Vonne van der Meer
Die letzte Fähre

Vonne van der Meer

Die letzte Fähre

Roman

*Aus dem Niederländischen
von Arne Braun*

Gustav Kiepenheuer Verlag

Originalausgabe:
De avondboot, Uitgeverij Contact,
Amsterdam 2001

Die Übersetzung wurde gefördert
vom Nederlands Literair Produktie- en Vertalingenfonds,
Amsterdam

ISBN 3-378-00646-3

1. Auflage 2002
© 2002 Vonne van der Meer
© Gustav Kiepenheuer Verlag GmbH, Leipzig 2002
(deutsche Ausgabe)
Einbandgestaltung atelier gold, Anke Fesel / Kai Dieterich
Druck und Binden GGP Media, Pößneck
Printed in Germany

www.gustav-kiepenheuer-verlag.de

Ich habe es wieder geschafft. Alles ist sauber, alles funktioniert. Die Matten sind ausgeklopft, die Gardinen hängen gebügelt vor den Fenstern; in die Lampe über dem Eßtisch habe ich eine neue Birne gedreht. Das Haus riecht noch ein bißchen nach Spiritus. Nicht wie eine zu stark parfümierte Dame, sondern genau richtig.

Nun also meine letzte Runde. Noch einmal gehe ich durch »Dünenrose«, mit Gästeaugen. Zuerst nach oben, in das blaue Zimmer unter dem Dach. Bettys Zimmer, nenne ich es. Betty und Herman Slaghek kommen bestimmt wieder, drei Wochen im Mai, schon zum fünften Mal. Dann die Treppe hinunter, die Stufen hat mein Nachbar diesen Winter gestrichen. Ich habe Herrn Dünenrose nicht um Erlaubnis gefragt, der überläßt doch alles mir. Später habe ich ihm eine Rechnung für die Farbe geschickt, und Bart hat natürlich nichts gekostet. Es sah schimmlig aus, die weiße Farbe hatte sich im Laufe der Jahre völlig abgetreten, als ob manche Leute nichts Besseres zu tun haben, als den ganzen Urlaub die Treppe rauf und runter zu rennen.

Unten habe ich eine feste Route, schon solange ich hierher komme. Ich beginne im Kinderzimmer neben der Eingangstür, dann in die Küche, durchs Wohnzimmer zum Elternschlafzimmer an der Seite des Hauses. Hebe die Vorhänge an, ob nicht irgendwo eine tote Spinne liegt. Die Toilette brauche ich nicht noch ein letztes Mal zu inspizieren, denn vor lauter Nervosität muß ich immer, als ob *ich* verreisen würde.

Wenn ich alles kontrolliert habe, gehe ich Schach spielen.

An mir ist ein wahrer Großmeister verlorengegangen. Wo sollen die Blumen hin, auf den Eßtisch? Oder doch lieber auf den Couchtisch bei den Flügeltüren, so daß das Licht darauf fällt? Lege ich die Sirupwaffeln, die ich für die Gäste gekauft habe, in die Dose oder auf die Anrichte? Und das Gästebuch? Zwischen die ersten leeren Seiten dieser Saison stecke ich dieses Buchenblatt hinein, fast zerfallen. Es besteht nur noch aus Umriß und Nerven und dazwischen einem durchsichtigen Gespinst, so stark wie dickes Papier. Ich sah es zufällig, als ich den Mops meiner Tochter im Wald hinter dem Hafen ausführte. Dort stehen überhaupt keine Buchen. Das Blatt muß von der anderen Seite der Insel herübergeweht sein, damit ich es finden konnte. Noch ein letzter Blick durch die Durchreiche in die Küche, die Streichhölzer liegen neben dem Herd, der Kühlschrank ist zu, Zucker, Tee …

Meine Aufgabe ist erledigt. Zeit zu gehen … nein, noch nicht, ich will noch einmal hinauf. Warum eigentlich? Ich habe dort nichts mehr zu suchen, da war ich schon. Alles sieht wunderbar aus, aber ich kann es nicht lassen. Ich will noch einmal die neue Treppe hinuntergehen, es genießen, wie schön die Stufen glänzen, wenn ich das Flurlicht anknipse, schau nur …

Was ist denn das da, auf der Ablage über der Garderobe? Ein Paar Handschuhe? Schon komisch, daß sie mir jetzt erst auffallen: ein Paar Damenhandschuhe, solche, wie man sie kaum noch sieht. Unten braunes Leder und eine gehäkelte Oberseite aus beiger Baumwolle, Autohandschuhe, ja, so nennt man das.

Die Leute lassen öfter mal was liegen, aber meistens sehe ich es sofort, wenn ich hereinkomme. Steht kein Name drin oder drauf, bewahre ich es auf. Hat nach ein paar Monaten noch niemand angerufen oder geschrieben, suche ich eine Verwendung dafür. Schirme, Schals, Sonnenbrillen, ich finde immer jemanden, und häufig bin ich dieser Jemand selbst.

Was ist denn jetzt los, ich glaub, ich fange an zu schrumpfen. Früher brauchte ich mich nicht auf die Zehenspitzen zu stellen, um etwas von der Ablage zu nehmen.

Im nachhinein verstehe ich nicht, warum ich sie unbedingt anprobieren mußte. Ich hätte doch mit einem Blick sehen können, daß sie sehr schön, aber auch viel zu klein waren, solche feinen Hände habe ich nicht. Trotzdem zog ich mir schnell den rechten Handschuh über, wie die Stiefschwester von Aschenputtel, die ihren plumpen Fuß in den gläsernen Pantoffel zu zwängen versuchte. Noch ehe meine Finger drin waren, fühlte ich es: ein Stück Papier.

Ich kenne diese Gewohnheit, stecke selbst auch manchmal einen zusammengelegten Umschlag mit einer Adresse oder einen Garantieschein in meinen Handschuh, nur war das hier dicker. Ich fischte es heraus und erkannte es sofort: dasselbe cremefarbene Papier wie im Gästebuch. Sieben fest zusammengefaltete Blätter, während ich sie glattstrich, dämmerte es mir. Ich brauchte das Gästebuch nicht zu holen, um mich zu erinnern, daß in der letzten Saison eine ganze Reihe von Seiten verschwunden war. Herausgerissen, vom letzten Gast. Darüber war ich damals ziemlich sauer. Und bin es immer noch. Ich verstehe so was einfach nicht. Daß jemand einen Klecks macht, sich verschreibt, okay, aber so viele Seiten. Ich habe mich die ganze Zeit gefragt, was da gestanden haben könnte, bin sogar noch einmal zurückgegangen, um im Scrabblekarton nachzusehen, ob sie zum Punktezählen gebraucht worden waren. Erst als ich den Karton wieder zumachte, bedachte ich: Gegen wen hätte sie denn spielen sollen? Soweit ich weiß, war sie hier mutterseelenallein. Es war Ende September, die Saison war fast vorbei.

Es hat mich den ganzen Winter nicht mehr losgelassen. Was stand da, das dann doch nicht gelesen werden durfte, von niemandem? Und letzteres hätte ich mir vorhin auch überlegen sollen, bevor ich ans Fenster ging, meine Lesebrille aufsetzte und die Seiten glattstrich. Ich hatte sie gelesen, ehe ich mich's versah: *Ich bin auf die Insel gekommen, um ein paar Tage allein zu sein, und nun habe ich das dringende Bedürfnis zu reden, brabbele hier auch viel öfter vor mich hin als zu Hause. Ist es die Stille, die Stille eines fremden Hauses, mit anderen Geräuschen?*

Jetzt, wo ich es zum zweiten Mal lese, das von der Stille und was sie alles dabei denkt, nicke ich wieder. Mir geht es auch so. Wenn ich in diesem Haus bin, fange ich automatisch an zu reden. Als ob noch etwas von all diesen Leuten in den Zimmern hängen würde, ein Treffen früherer Gäste. Es ist, als ob ich sie hören würde, die Frau in Rot. Ich sehe sie vor mir – eine hübsche Erscheinung, sehr dunkles Haar mit einer schlohweißen Locke vorn – wie sie da saß, auf der Terrasse, und immer wieder aufsprang und unruhig hin und her flatterte. Ich fand sie nur so mager, Haut und Knochen. Jetzt weiß ich, woher das kommt ... *Vielleicht kann man ja doch noch etwas machen, gibt es keine Metastasen, und ich sitze nächstes Jahr wieder hier ...*

Wenn ich wollte, könnte ich Herrn Dünenrose um eine Liste mit den Gästen vom vorigen Jahr und denen, die dieses Jahr erwartet werden, bitten. Er führt Buch über alle Namen, jahraus, jahrein. Aber auch ohne diese Liste weiß ich es: Sie kommt nicht wieder. Sie wollte nichts lieber, als auf die Insel zurückkehren, sie war nirgendwo so glücklich wie hier, aber sie wußte es selbst auch: es war das letzte Mal. Sie klagt nicht, doch zwischen den Zeilen lese ich, was für Schmerzen sie hatte. Wie ist es möglich, daß ich das nicht wußte? Habe ich sie richtig angesehen? Sie hat meinen Gruß immer erwidert, wenn ich ihr zuwinkte ... erwartete sie vielleicht etwas von mir?

All diese Fragen spuken mir im Kopf herum, und ich kann sie nicht einfach durch kräftiges Lüften herauswehen lassen. Ich hätte sehen müssen, wie schlecht es ihr ging, dann hätte ich vielleicht etwas für sie tun können. Tue ich denn überhaupt genug für die Gäste? Soll ich mir angewöhnen zu klingeln, am zweiten oder dritten Tag? Fragen, wie es ihnen geht, ob sie verstanden haben, wie der Durchlauferhitzer funktioniert, ob genug Decken da sind, ob nicht zufällig jemand eine schleichende Krankheit hat?

Ich habe mich immer glücklich geschätzt, diese Arbeit hier machen zu können; indem ich »Dünenrose« am Anfang der Saison sauber übergebe, sorge ich auch ein wenig für die Gäste. Die meisten Leute können heutzutage kaum erklären, was für eine Arbeit sie tun, aber für mich ist es klar: sauber ist sauber. Ansonsten sehe ich hin und wieder nach dem Rechten, ich fahre mal vorbei, nicke, denn man ist erst dann richtig an einem neuen Ort angekommen, wenn einen jemand grüßt. Die Kinder sind schon seit Jahren aus dem Haus, und so habe ich doch noch etwas, um das ich mich kümmern kann.

Aber nun schaue ich dauernd zum Eßtisch und stelle mir vor, daß sie dort an jenem letzten Morgen vor ihrer Abreise unter der Lampe gesessen und wie eine Wilde geschrieben hat, diese Nachteule in ihrer roten Strickjacke. Sie behauptet zwar, daß sie schreiben muß, jetzt oder nie, aber vielleicht wäre es ihr doch lieber gewesen, wenn ihr mal jemand zugehört hätte. Etwas erwidert hätte. Jetzt geht es nicht mehr. Was soll ich mit all diesen Erinnerungen an ihre Mutter, an ihre Kinder, an ihren Edu? Was soll ich mit Gedanken, die niemand kennen durfte, oder wollte sie insgeheim doch, daß sie gelesen werden? Wie hätte sie die Handschuhe sonst vergessen können? Wo steht es ... *Niemand wird dies jemals lesen, und doch will ich es geschrieben haben.*

Sie konnte nicht wissen, daß ich die Seiten finden würde. Jemand, dem es schwerfällt, etwas wegzuwerfen. Mit letzter Kraft hat sie auf dem Papier ihr Herz ausgeschüttet, und das soll ich dann im Kamin verbrennen? Das bringe ich nicht fertig. Ich würde das Gefühl haben, etwas in die Flammen zu werfen, das noch atmet. Zu unserer Hochzeit habe ich eine Kachel mit einem Spruch geschenkt bekommen: »Vom Konzert des Lebens kennt niemand das Programm«, und was sie hier schreibt, ist mindestens genauso wahr. *Eigentlich hat der Mensch nichts, außer einem Namen, und irgendwie habe ich das auf der Insel immer besser verstanden. Weil mir hier auch nichts gehört. Nichts von dem, was ich so genieße, kann ich mein eigen nennen.*

Ich falte die Seiten zusammen, stecke sie in den Handschuh zurück, die Handschuhe tief in meine Manteltasche, bis ich weiß, was ich damit machen soll. Jetzt muß ich mich doch wieder beeilen. Na los, den Ofen auf Sparflamme, das Gästebuch nicht auf den Sims, aber wohin dann …? Auf den Couchtisch, neben den gläsernen Aschenbecher in Form eines Seesterns, ein Geschenk von einem Gast, der durch einen Terrassenstuhl gebrochen war. Ein eigenartiges Ding, man muß hinschauen. Wer diesen Aschenbecher sieht, sieht automatisch auch das Gästebuch – es geht gar nicht anders –, schlägt es auf, findet das durchsichtige Buchenblatt und denkt: Ach, wie schön …

I

Er hatte das Haus für eine Woche gemietet, wußte aber nicht, ob er so lange bleiben würde. Obwohl er noch nie in »Dünenrose« gewesen war, hatte er eine genaue Vorstellung, wie es sein würde, die Tür aufzumachen und das Haus zum ersten Mal zu betreten. Diese Erwartung bezog sich nicht auf die Einrichtung oder die Aussicht ..., sondern darauf, wie er sich dort fühlen würde.

Wochenlang hatte er diesem Moment entgegengefiebert, wie einem Kuß, und seine Hand zitterte vor Erregung, als er den Schlüssel unter der Fußmatte hervorholte. Ich bin ja wie ein alter Knacker, dachte er. Er war schon seit Jahren in Rente, ruderte aber noch jeden Morgen auf seinem Hometrainer, und im letzten Winter, als es wieder einmal kräftig gefroren hatte, war er kilometerweit Schlittschuh gelaufen.

Als er den schmalen Flur betrat, seinen Koffer und eine Plastiktüte mit Wochenendeinkäufen unter der Garderobe abstellte und auf die geschlossenen Türen schaute, fühlte er nichts, nur Enttäuschung. Er sah sich um, atmete tief ein und wieder aus, räusperte sich, wie um zu zeigen, daß er da war. Er zupfte an seinem Schnurrbart. Hinter den hellgrünen Türen blieb es totenstill, die weiße Treppe nach oben schien noch nie von Menschen betreten worden zu sein, eine Treppe aus Eis. »Was mache ich hier?« Er starrte auf die Garderobenhaken, an denen ein paar Bügel hingen.

Zu Hause war das erste, was er beim Hereinkommen sah, die Garderobe mit ihrer Regenjacke, der weißen mit dem karierten Futter, ihrem kognakbraunen Wintermantel und der alten Wildlederjacke, die sie immer bei der Gartenarbeit getragen hatte. Die Kommode im Flur quoll über von Schals, Mützen, Baretten, alle von ihr. Zu Hause war alles, vom Eierbecher bis zum Gemälde, von ihr ausgewählt worden. Wie hatte er nur glauben können, daß er sie hier wiederfinden würde? In einem Ferienhaus, von fremden Händen eingerichtet, von immer wieder anderen Leuten bewohnt? Es roch sogar antiseptisch. Ihre Spuren waren längst verwischt.

»Marleen!«

Seine Stimme hallte durch das Haus, erschrocken schaute er sich um.

Am liebsten hätte er auf dem Absatz kehrtgemacht, aber er blieb. Einzig und allein weil er es sich vorgenommen hatte. Schon vor einem halben Jahr hatte er diese Reise geplant; er wollte es vor ihr geheimhalten, es sollte eine Überraschung sein. Erst nach der Operation, sobald sie wieder die alte wäre, wollte er es ihr sagen.

Und wenn sie das Frühjahr nicht erleben würde? Daran hatte er nicht denken mögen. Vom 28. März bis zum 4. April konnten sie das Häuschen haben. Es stand in seinem Kalender. Abgemacht ist abgemacht. Als sie im Oktober starb, war es ihm keinen Moment in den Sinn gekommen abzusagen. Die Notwendigkeit, auf die Insel zu fahren, wurde sogar noch zwingender, denn in »Dünenrose« hatte sie ihren letzten Urlaub verbracht. Allein.

Er verstand es nicht. Seit ihrer Hochzeit war sie noch nie allein losgezogen, auch nicht mit einer Freundin, wie es manche Frauen so gern zu tun schienen. Als er noch arbeitete, hatte er Überstunden gemacht, und nach seiner Pensionierung hatte er so viele Leitungsfunktionen wie möglich übernommen. Bis zu ihrem ersten Krankenhausaufenthalt war sie immer dagewesen, wenn er nach Hause kam. Jeden Urlaub hatten sie zusammen verbracht, fast fünfzig Jahre lang. Dieses ganze Emanzipationsgehabe war an ihr vorbeigegangen, und ausgerechnet da – in den Wochen, die ihre letzten sein sollten – war sie ungewohnt eigensinnig geworden. Sie war nicht zur Vernunft zu bringen gewesen und abgefahren, allein.

Er öffnete die Tür zu seiner Linken: hatte sie hier geschlafen? Gegenüber lag die Toilette oder das Bad. In der letzten Zeit hatte sie nachts andauernd rausgemußt. Es war ein kleines Zimmer mit einem Einzelbett, einem Schrank und zwei Fenstern – so dachte er, bis er entdeckte, daß er die grünen Vorhänge vor dem Fenster noch einmal im Spiegel über dem Waschbecken sah.
Er schob die geblümten Vorhänge zur Seite und schaute hinaus. So hatte sie manchmal oben vor dem Fenster gestanden, wenn er von der Arbeit gekommen war. Wenn er ihr dann zuwinkte, sah sie ihn mitunter nicht einmal. Er hatte sich nie gefragt, was sie machte, wenn er weg war. Sie las viel, wußte er, arbeitete im Garten und schrieb lange Briefe an die Kinder. Aber ob sie für sich kochte, ob sie sich jeden Morgen die Mühe machte, sich gleich anzuziehen, oder ob sie auch mal den halben Tag im Morgenmantel herumlief?
Sie nicht, bestimmt nicht, bis zum allerletzten Abend hatte sie vor dem Schlafengehen um eine Nachtcreme gebeten und um irgendeine Salbe für ihre Hände. Nein, er hatte ihre Toilettentasche nicht umsonst mitgeschleppt. Im Spiegel schaute er zu dem Koffer, der unter der Garderobe im Flur stand. Was hatte er noch eingepackt? Warum? Sie war tot. Ihre Asche befand sich in einer Urne, die er eigenhändig unter der hohen Birke vergraben hatte, wo sie im Sommer immer so gern saß. Sie brauchte ihre Toilettentasche nicht mehr, Marleen … Er schlug sich die Hand vor den Mund. Hatte er sie jetzt wieder gerufen?
Auf der Straße am Waldrand fuhr ein Mann in einem flatternden grünen Regencape vorbei. Wenn er diesen Radfahrer sehen konnte, konnten die Leute auf der Straße ihn

auch sehen. Ihn rufen hören. Laß das, stell dich nicht so an. Witwer ist ein würdiges Wort, verhalte dich auch so. Doch der Radfahrer schaute nicht hoch, hatte nur Augen für den Weg; seine rechte Hand lag auf dem Lenker eines zweiten Fahrrads, ein Damenrad, auf dem niemand saß. Unter dem Gepäckgurt steckte ein Nylonpäckchen in derselben Farbe wie sein Regencape.

Als Marleen endlich aus der Narkose erwacht war, hatte sie nach ihrer Mutter verlangt, die schon fast zwanzig Jahre tot war. Es wunderte ihn nicht nur, es ärgerte ihn auch, daß sie nicht einmal bemerkte, daß er an ihrem Bett saß, daß sie Mama, Mama rief statt Edu, Edu.

Was hatte das zu bedeuten, was, daß sie damals nicht nach mir verlangt hat? Daß sie ihren letzten Urlaub allein verbringen wollte, was sagt das über uns? Schließlich war sie früh halb sechs, als er das Schlafzimmer gerade einmal kurz verlassen hatte, gestorben.

Unglaublich dumm. Während er gewartet hatte, bis das Teewasser kochte, war er eingenickt. Er wurde den Gedanken nicht los, daß sie ihn weggeschickt hatte, um sich davonstehlen zu können, um nicht Abschied nehmen zu müssen. Um die Fragen, die er nicht zu stellen wagte – ob sie ihn bis zuletzt geliebt, ihn nie mit einem anderen betrogen habe –, nicht beantworten zu müssen.

Er war hochgeschreckt, als das Wasser überkochte und auf der glühenden Platte zischend verdampfte. Als er das Tablett mit zwei Tassen und einem Apfel in ihr Zimmer brachte, war es bereits geschehen. Er sah ihren Mund, aufgesperrt, den glasigen Blick, der ihn nicht mehr wahrnahm, fragte aber trotzdem: »Tee, Marleen ... und ein Äpfelchen? Du mußt wieder mal was essen. Wenn du es nicht schaffst, helfe ich dir.«

Er ging durch das Haus und stellte sich vor, wie sie hier vor einem halben Jahr herumgelaufen war, durch dieses Fenster geschaut, mit einer Zeitschrift auf diesem Sofa gesessen hatte. Das gesprenkelte Ei hatte vielleicht auch schon auf dem Sims gelegen. Die Vögel, die in den letzten Wochen angekommen waren, hatten damals wahrscheinlich gerade ihren Zug begonnen.

Er ging von Zimmer zu Zimmer, las die vergilbten Zettel an den Türen: »Die Gäste haben das Haus sauber zu hinterlassen«, und wo sich die Gartenstühle befänden, und daß alles, was zerbrach, »durch etwas Gleichwertiges« ersetzt werden müsse. Er las die Zettel hastig, als ob sie eine Botschaft für ihn enthielten. Als er auf dem Couchtisch im Wohnzimmer ein Gästebuch liegen sah, wollte er sofort sehen, ob sie etwas hineingekritzelt hatte.

Er zögerte einen Moment, ehe er das rote Buch hochnahm. Wenn er nun etwas zu lesen bekäme, das sein Leben auf den Kopf stellen würde? »Endlich zusammen.« – »Wie haben wir es genossen.« Oder: »Die glücklichsten Tage meines Lebens.« Wenn er so unsicher war wie jetzt, ging es ihm wieder durch den Kopf: daß sie hier einen anderen kennengelernt haben könnte. Oder hatte sie vielleicht schon zu Hause mit einem Liebhaber verabredet, zusammen hierher zu fahren? Man hörte ja öfter von unheilbar Kranken, die sich noch einmal mit Haut und Haar verliebten, ganz verrückt von der Gewißheit, daß es das letzte Mal sei.

Er öffnete das Buch, bei zwei leeren Seiten, zwischen denen das Skelett eines Blattes lag. Er hielt es gegen das Licht. Hatte sie es hineingelegt? Davor waren ein paar Seiten herausgerissen worden, unordentlich, als ob eine Maus daran genagt hätte. Wie er Marleen kannte, hatte sie sich bestimmt auch darüber geärgert. Ungeduldig blätterte er weiter zurück, doch er sah nirgends ihren Namen, ihre Handschrift, kein Satz, kein Wort, kein Hinweis. Er schlug das Buch zu, knallte es auf den Tisch. Was hoffte er hier zu finden?

Sie war verändert zurückgekommen, weniger ängstlich, aber schweigsamer. Er freute sich für sie, doch es machte ihn auch wütend, weil er an dieser Veränderung nicht teilgehabt hatte. Er kam einfach nicht dahinter, was sie verändert hatte. Wenn er fragte, was sie so allein getrieben habe, sagte sie »nachgedacht«. Wenn er fragte, worüber denn, antwortete sie »über mein Leben«. Auch über uns, hatte er fragen wollen, aber er wagte es nicht.

Je länger sie tot war, desto besser lernte er sie kennen. Weil er nun einen großen Teil des Tages ihr Leben führte. Jetzt mußte er alles selbst tun. Essen zubereiten, die Spülmaschine ein- und ausräumen, den Ausguß mit einer Stricknadel durchbohren, Haare und Seifenreste aus dem Duschabfluß fischen, all die tausend Handlungen, von denen er früher keine Ahnung gehabt hatte. Geschweige denn davon, wieviel Zeit das alles kostete. Jetzt verstand er erst, wie sie ihre Tage verbracht hatte.

Während er durch das Haus ging, entdeckte er ein etwas größeres Schlafzimmer mit einem Doppelbett. Das Zimmer war weiter von der Toilette entfernt, hatte aber eine schönere Aussicht. Er schaute aus dem Fenster, ohne viel zu sehen. Es hätten genausogut Fensterläden davor sein können. »Fahr doch nach Hause, Mann«, sagte er vor sich hin. Zu Hause schlief er noch immer in dem großen Bett, dem Bett, in dem sie gestorben war. Noch monatelang hatte er morgens seine Hand nach ihrer Seite ausgestreckt, heftig auf die Bettdecke klopfend, um ihr etwas zu erzählen, das ihm beim Aufwachen eingefallen war. Um wieder und wieder begreifen zu müssen, daß die Matratze neben ihm leer war und leer bleiben würde. Daß sie nicht nur mal eben austreten war oder hinuntergegangen, um die Zeitung von der Türmatte zu holen. So war sie Dutzende Male aufs neue gestorben. Wie oft hatte er die Träume, in denen sie ihn streichelte, verflucht, doch nun, da sie ausblieben, vermißte er sie. Er hatte das Gefühl, daß sie dabei war, aus seinem Leben zu verschwinden – zum zweiten Mal.

Als er an jenem Morgen des vierzehnten Oktober mit

dem Tablett an ihrem Totenbett stand, war er verblüfft: daß sie schon so weit weg war. Wie lange war er aus dem Zimmer gewesen, wie lange dauerte es, bis ein Kessel Wasser zu kochen anfing, ein Körper kalt wurde, acht, zehn Minuten? Während er den Tee ziehen ließ, hatte er einen Apfel geschält; ein langer Kringel, den er noch voller Stolz betrachtet hatte, ehe er ihn in den Treteimer fallen ließ. Und nun lag sie da, ihre langen mageren Finger um den Rand des Deckbetts geklammert. Er konnte schreien, so laut er wollte, sie würde ihn nicht hören.

Doch er gab keinen Mucks von sich, aus Angst, etwas zu zerstören. So leise wie möglich stellte er das Tablett auf das Nachtschränkchen, damit nichts, nicht das geringste Löffelklingeln, sie aufschrecken würde. Nein, nicht sie, nicht diejenige, die da lag, sondern etwas, das, nicht sichtbar, noch da war und sich viel langsamer davonmachte. Während er da stand, hörte er draußen auf der Straße das träge Klappern von Pferdehufen. Ein Geräusch aus seiner Kindheit, als der Milchmann, der Abfallsammler und der Lumpenhändler ihre Karren noch von Pferden ziehen ließen. Es war noch nicht hell, und doch fand er es nicht merkwürdig, ein Pferd so früh am Morgen. Er dachte: Gleich kommt der Doktor und dann der Bestattungsunternehmer, und später kommen unsere Kinder und Enkel, aber zuerst kommt das Pferd. Er war auch gar nicht erstaunt, als er ein paar Tage später auf dem Weg zum Krematorium einen Reiter in der Ferne erblickte. Als der Mann den Trauerzug nahen sah, parierte er sein weißes Pferd, nahm höflich die Kappe ab und senkte den Kopf. Da ist er wieder, hatte er gedacht und dem Reiter zugenickt.

Er stellte den Koffer auf die gelbe Tagesdecke des Doppelbetts und klickte die Schlösser auf. Zuerst packte er seine eigenen Sachen aus, legte die Bettwäsche, die er mitgebracht hatte, ans Fußende. Im untersten Teil des Koffers, verborgen unter einem Zwischenboden aus Plastik, lagen ihre Kleider: die weiße Spitzenbluse, die sie getragen hatte, als er sie '48 auf einem Fest des Segelclubs kennenlernte. Auf seine Bitte hin hatte sie sie immer aufbewahrt und zu besonderen Anlässen getragen. Außerdem hatte er noch eine rote Strickjacke eingepackt und die rote Hose, die sie in den letzten Wochen ihres Lebens fast täglich angehabt hatte. Sie hatte sie in einem Laden für Umstandskleidung gefunden; in der Taille war ein Gummizug, den sie immer, wenn sie wieder dünner geworden war, nur fester zu ziehen brauchte.

Die Kinder hatten schon ein paarmal angeboten, die Sachen ihrer Mutter abzuholen, zu sortieren und unter sich aufzuteilen. Was niemand haben wolle, könne in Müllsäcken an »Menschen in Not« gegeben werden. Was mischten sie sich ein. Er durfte gar nicht daran denken, seine Hand morgens in einen halbleeren Schrank mit meterweise kahlen Kleiderbügeln, die klirrend aneinanderschlugen, zu stecken. Barsch hatte er das Angebot zurückgewiesen, als ahnte er, daß er die Sachen irgendwann noch einmal brauchen würde. Als er gestern nachmittag den Koffer packte und nach ihrer Strickjacke griff, durchfuhr es ihn: Was soll ich damit, warum tue ich das? Doch der Drang war stärker als die Scham. Im letzten Augenblick hatte er ihr Baumwollkopftuch eingepackt, das mit den grellen Farben, die so schön von ihrem schwarzen Haar abgestochen hatten.

Er hatte es auf einem Markt in Portugal für sie gekauft, im Sommer, bevor sie krank wurde. Danach hatten sie Sardinen gegessen, in einem lauten, völlig verqualmten Lokal am Kai, an dem Mopeds vorbeirasten. Um die salzigen Fische hinunterzuspülen, hatten sie viel zuviel Rosé getrunken, und nach der Siesta hatten sie miteinander geschlafen. Er hatte sie mit den Schlafknittern an ihrem Arm geneckt, war mit der Fingerspitze daran entlanggefahren, als wären es Linien auf einer Landkarte. Im Urlaub bist du ganz anders, viel lieber, hatte Marleen immer gesagt. Er hielt sich das Tuch an die Nase. Es roch nach ihr, aber wie lange noch? In den Zeitungen standen lauter überflüssige Diagramme, doch das Wichtigste wurde nicht ausgerechnet. Er nahm die Strickjacke hoch, drückte sie an seine Wange, vergrub das Gesicht darin, rieb seine Haut über die Wolle, bis es schmerzte, aber er konnte nicht aufhören. Er scheuerte sich, immer verzweifelter, wie ein Hund, der einen brennenden Juckreiz zu stillen versucht.

Im nächsten Augenblick fand er sich im Flur wieder, vor dem Spiegel neben der Garderobe. Neugierig musterte er sich von Kopf bis Fuß. Die kurzen Ärmel, die bei ihr kokett von den Schultern abgestanden hatten, spannten um seine Muskeln; wenn er nicht aufpaßte, würden die Nähte platzen. Die Bluse schloß mit kleinen blumenförmigen Glasknöpfen, die er mit viel Mühe durch die engen Knopflöcher nestelte, den Knopf auf seinem Bauch und den darunter ließ er offen. Der Stoff ihrer Hose fiel locker um seine nackten Beine; trug sich ziemlich gut, so eine Frauenhose, nur den Gummi in der Taille hatte er etwas weiter stellen müssen.

Die Strickjacke war groß genug. Sie hatte oft Sachen für ihn gekauft, ohne daß er dabei war, Oberhemden, aber auch mal ein Jackett. Was ihr ein wenig zu weit war, paßte ihm genau. Als letztes band er sich das Tuch um den Kopf, mit einem Knoten im Nacken, wie sie es getragen hatte, wenn sie die Rosen verschnitt. Es gelang ihm nicht auf Anhieb. Das Tuch verrutschte immer wieder, mal fiel der Rand tief in seine Stirn, so daß er nichts mehr sah, mal zog er es schräg über ein Auge, wie ein Seeräuber. Als er einen festen Doppelknoten binden wollte, glitt er ab, und seine Fingerknöchel trafen ihn an der Ohrmuschel. »Au, paß doch auf, was du machst!« Wenn er sich überlegte, daß sie das mit einem Handgriff konnte. Manchmal flocht sie sich auch einen Schal ins Haar, sehr kunstvoll, aber das brauchte er gar nicht erst zu versuchen; er hatte nicht so dickes Haar wie sie, und graue Borsten konnte man nicht flechten.

Es war kein Anblick. Marleen und er waren etwa gleich groß gewesen, doch er hatte offenbar längere Beine, denn die Hose reichte ihm nur halb über die behaarten Waden. Grinsend schaute er zu Boden, wo ihre Toilettentasche an der Scheuerleiste stand, aber dann mußte er sich doch wieder selbst betrachten: Was war in ihn gefahren? Als Kind hatte er sich nie verkleidet. Er hatte sich nie heimlich in ein altes Ballkleid seiner Mutter gezwängt, war nie auf zu hohen Absätzen hin und her stolziert wie manche seiner Freunde.

Scheu blickte er ins Wohnzimmer. Das Haus mit den blauen Jalousien, ein Stück weiter, machte einen unbewohnten Eindruck, aber eine Nachbarin könnte ihn sehen, wenn sie vorbeikäme, um sich Streichhölzer zu borgen. Bloß gut, daß er, schon halb entkleidet, daran gedacht hatte, die Vorhänge zu schließen.

Er lockerte das Tuch etwas, um den Kopf besser drehen zu können. Daß die Bluse zu straff saß, machte nichts, es würde ihn zwingen, sich eleganter zu bewegen. Die Toilettentasche ließ er ungeöffnet zu seinen Füßen stehen, er hatte nicht das Bedürfnis, sich die weißen Wimpern dunkler zu färben oder die Lippen zu schminken. Geschweige denn, sich den Schnurrbart abzurasieren. Er wollte ihr überhaupt nicht ähnlich sehen. Aber was wollte er dann?

Barfuß lief er durchs Haus, setzte Teewasser auf, öffnete Schränke auf der Suche nach einer Tasse und stellte sich vor, er wäre sie. Er konzentrierte sich auf die Erinnerung an ihre Statur, wie sie sich bückte, sich umdrehte, das Ei vom Sims nahm. Sie bewegte sich immer, als ob sie bewundert würde, als ob jede ihrer Handlungen von Belang sei. Vielleicht war das ja die einzige Möglichkeit zu überleben, wenn man so eine verborgene Existenz führte. Hatte er ihr oft genug gesagt, daß er sie liebte? Und daß er schätzte, was sie alles für ihn … Komm, nicht grübeln, noch genug zu tun. Das Teegeschirr bereitstellen, die Einkäufe auspacken, Milch und Butter in den Kühlschrank.

Er merkte, daß er leichter atmete, fast unhörbar, wie sie. Seine Haut wurde nicht glatter, und unter der Bluse entstanden keine Wölbungen, und doch fühlte er, wie er langsam graziler wurde, durchscheinender. Hin und wieder ertappte er sich dabei, daß er sich an den Bauch faßte, so wie er es sie oft hatte tun sehen in jenen letzten Wochen, und dann bekam er automatisch auch diesen verbitterten Zug um den Mund, spürte er.

Als er sich eine Weile warmgelaufen hatte, setzte er sich in den Sessel neben dem Ofen und schenkte sich Tee ein. Er merkte, daß er den Becher anders festhielt, nicht mit der ganzen Hand, sondern am Henkel zwischen Daumen und Zeigefinger. Obwohl er riesigen Durst hatte, ließ er den Tee, genau wie sie, fast kalt werden, ehe er den Becher an die Lippen führte.

Er wußte nicht, wie lange er da schon saß, ihre Lieblingslieder summend, die ihm in den Kopf kamen, eins nach dem anderen; erst tauchte eine Zeile auf, dann hörte er die Melodie des Refrains. Ehe er sich's versah, sang er die Worte einer ganzen Strophe:

> Man hat ihre kleinen Nägelchen
> Mit Mostrich vollgeschmiert
> Doch sie hat's trotz der Mostrichkur
> Noch immer nicht kapiert
> Sie leckt sich nun den Mostrich ab
> Und schlemmt noch mal so fein
> Als ob ihre kleinen Fingerchen
> Aus Fleischkroketten sei'n
>
> Louise, hör auf, an den Nägeln zu kauen ...

Er hätte nicht geglaubt, daß er dieses Lied noch kannte, er hatte überhaupt kein Gedächtnis für solche Dinge. Marleen schon, sie erinnerte sich an all die Lieder, die ihre Onkel bei Geburtstagen zum Pianola gesungen hatten. Nun schau mich mal einer an, wie ich hier sitze, in ihrer Haltung ... nein, so. Energisch schlug er ein Bein über das andere, wippte mit dem Fuß im Takt einer neuen Melodie, als es klingelte.

Er wagte nicht, seinen Tee abzustellen, das knackende Rattan würde ihn noch verraten. Mit angehaltenem Atem schaute er von der Haustür am Ende des Flurs zur Terrassentür, die noch immer eingehakt war. Derjenige, der vor der Tür stand, könnte sich wundern, daß alle Vorhänge geschlossen waren, am hellichten Tag. Er könnte auf die Idee kommen, um das Haus herumzulaufen, nachzusehen. Als es zum zweiten Mal klingelte, gellend laut, stand er auf und ging in den Flur.

Angespannt schaute er auf den Briefschlitz, ob sich die Klappe bewegte. »Können Sie später noch einmal wiederkommen?« rief er in Richtung Tür.

Eine Frauenstimme antwortete, doch was sie sagte, ging an ihm vorbei. Er stand wie angewurzelt da und wartete, daß die unbekannte Besucherin wieder abschwirren würde. Knarrend ging das Tor auf und zu. Als er sicher war, daß sie weg war, versuchte er es noch einmal. Vorsichtig, aus Angst, die Stimme, die wie ein Atemzug aus seinem Mund gekommen war, zu verjagen.

»Tee«, sprach sie zögernd, »ja, ich möchte gern noch eine Tasse. Etwas dazu, eine Sirupwaffel? Auf der Anrichte liegt eine Packung, oder lieber doch nicht ...«

Er faßte sich an den Hals, fühlte den Adamsapfel, fuhr sich mit der Hand über den Brustkorb, der noch genauso flach war wie sonst, und von dort über die Rundung seines Bauches bis zum Schritt. Er war immer noch er, derselbe, doch aus seiner Kehle kam ihre Stimme. »Es ist das letzte Mal, Edu, das verstehst du doch? Danach mußt du mich gehen lassen. Versprichst du das? Nein, keine Widerrede. Hör zu! Ich bin lange genug bei dir geblieben. Es wird Zeit, daß du mich losläßt ...«

Sie sagte es noch einmal, stockte. Er konnte sie nicht gut

verstehen, denn sie fing an zu weinen. Weinte und redete zugleich. »Mach dir nichts draus. Ich weine nicht, du kennst mich doch, ich weine nie.« Weil er nicht wußte, was er sagen sollte, wie er sie trösten könnte, zog er sich das Baumwolltuch vom Kopf und wischte ihre Tränen von seinen Wangen.

Er schrak hoch, als das Schiff mit drei langen Signaltönen Abschied von der Insel nahm. Viertel vor fünf. Als er sich vorbeugte, merkte er, daß ihm die Bluse am Rücken klebte. Auch seine Stirn war schweißnaß, seine Kehle brannte, sein Mund war trocken wie nach einer unruhigen Fiebernacht.

Als ob stundenlang ein Sturm in ihm gewütet hätte, ihn am Wickel gepackt und durchgeschüttelt hätte, so fühlte er sich: erschöpft, aber vollkommen klar. Er stand auf, zog die Strickjacke aus und hob den klammen Stoff der Bluse an seinem Rücken an; es brachte Abkühlung, als ob er ein Stück Haut, das sich geschält hatte, abzöge. Erleichtert streckte er sich, hörte etwas platzen; ein, zwei Glasknöpfe sprangen von der Bluse und rollten über den Boden. Er bückte sich, um einen davon aufzuheben, sah so schnell nicht, wo der andere lag. Nachher, wenn er sich umgezogen hatte und die Vorhänge wieder geöffnet werden konnten, würde er danach suchen.

Mitten im Zimmer blieb er stehen und starrte auf den glitzernden Knopf in seiner Hand. Wenn er diese Klarheit nur festhalten könnte. Er ballte die Faust, die Spitzen des Knopfes drangen in seine Haut, doch er ließ ihn nicht los.

Daß er seiner Einsamkeit nicht entkommen könne, hatte sie gesagt. Es ist so etwas wie Schmerz, etwas, dem man sich nicht widersetzen sollte. Man muß hineinkriechen, bis das brennende Gefühl zu etwas Glühendem wird, an dem man sich wärmen kann. Alles ist Ergebung, hatte sie gesagt.

Er hatte nicht zu fragen gewagt, wie sie zu dieser Erkenntnis gekommen war. Er wußte, daß sie verdammt viel

Schmerzen gehabt hatte in den letzten beiden Jahren, aber wie einsam sie in ihrer siebenundvierzigjährigen Ehe mit ihm gewesen war, traute er sich nicht zu fragen. Das war auch nicht nötig, denn während er da saß, in ihren Kleidern am Fenster, war es, als ob er sie aus der Ferne betrachten würde. Sie saß in ihrem gemeinsamen Haus in Winterswijk, er stand auf dem Gartenweg mit dem Schlüssel in der Hand. Er sah sie sitzen, durch einen Spalt in den Vorhängen, allein, in einem großen, leeren Zimmer, unter der Lampe, nicht ein Mal, sondern all die Male, da er später, viel später nach Hause kam, als er versprochen hatte. Weil er aufgehalten, noch auf ein Gläschen eingeladen, in ein Gespräch verwickelt worden war, von einem Problem aufgefressen, beschäftigt, eingespannt ... die Zeit vergessen, sie vergessen.

Es wurde ihm immer erst bewußt, wenn er sie sah.

Aber er dachte auch immer erst an sie, wenn er sie sah. Er hatte sich nie gefragt, ob sie ihn vermißte. Solange sie lebte, hatte er sich nie in sie hineinversetzt.

Auf der Straße kam ein Pferd vorbei, ein lockendes Geräusch. Erst schräg hinter ihm, da, wo er am Nachmittag den Radfahrer gesehen hatte, doch kurz darauf lief es den Badweg hinunter, aufs Meer zu.

»Kannst du mir verzeihen?« flüsterte er dem Pferd hinterher. »Bitte ...«

Er brauchte nicht viel lauter zu flehen, um zu wissen, daß er seine eigene Stimme wiederhatte. Sie war weg, mit dem Pferd davon.

II

Martine lauschte dem Summen des Gasherds, dem einzigen Geräusch im Haus. Auch draußen war es vollkommen still. Ob nur Menschen, die aus dem Trubel einer Stadt kommen, das bemerken? In so einer Stille würde man das trockene Ticken einer Uhr erwarten, aber es war nirgends eine Uhr oder auch nur ein Wecker zu entdecken. Wollten die Besitzer von Haus »Dünenrose«, daß die Gäste die Zeit vergessen? Gab es so etwas wie Inselzeit, einen Tagesrhythmus, der von Ankunft und Abfahrt der Fähre bestimmt wurde, von den Gezeiten, dem Wetter, und hatten sie sich dem nur hinzugeben?

Dichter Nebel hing über der Insel, und es nieselte schon seit ihrer Ankunft; den Strandspaziergang mußten sie noch ein wenig aufschieben. Martines Blick wanderte durch die Durchreiche in das angrenzende Zimmer. Ihre Mutter war neben dem Ofen eingeschlafen. Sie rührte sich nicht, und in dem grünen Rahmen der Durchreiche glich sie einem Gemälde: Schlummernde Frau. Sie hatte ihre Schuhe ausgezogen, und das beige Umschlagtuch lag über ihren Knien. Seit Jahren hatte Martine ihre Mutter nicht mehr ungestört beobachten können. Sie besaß keinen Schlüssel zu ihrem Elternhaus und kam nie unangekündigt. Zur vereinbarten Stunde wartete ihre Mutter mit Kaffee oder Wein, immer angekleidet und frisiert, nie mit offenem Haar. Seit Martine mit achtzehn zu Hause ausgezogen war, hatten sie nicht mehr zusammen Urlaub gemacht. Ihre Mutter war freudig überrascht gewesen über die Einladung. »Anfang Mai? Das trifft sich gut. Da fahre ich immer eine Woche weg. Als

Papa noch lebte, mit ihm, und später mit Tante Hedwig. Ein Jahr nahm ich den Zug nach Basel, im nächsten kam sie hierher. Aber jetzt, wo sie auch nicht mehr da ist ... ich habe noch nichts gebucht.«

Warum im Mai, dachte Martine jetzt, und nicht im März oder April, wenn es noch so trübe und grau sein kann in der Stadt, das muß ich sie doch einmal fragen. Im Mai fangen die Bäume in Oud-Zuid schon an auszutreiben, und das Wetter ist oft so mild, daß man ohne Jacke in einem Straßencafé sitzen kann. Sie warf das abgebrannte Streichholz in die dafür vorgesehene Büchse. Erst als sie das »Tick« hörte, wurde ihr bewußt, daß sie die Handbewegung ohne nachzudenken gemacht hatte, als ob sie hier wohnen würde. Die Büchse stand neben dem Herd, an derselben Stelle wie voriges Jahr, als sie mit Sanne hier gewesen war, und dort, auf der anderen Seite, stand die Teekanne mit dem Sprung in der Tülle.

In »Dünenrose« war alles gleichgeblieben, und dadurch wurde ihr bewußt, wieviel sich in ihrem Leben verändert hatte. Voriges Jahr war Sanne gerade mal schwanger gewesen, und jetzt hatte sie ein Kind. Es war nach ihr genannt worden, Martine, eine Geste, die ihr mehr bedeutete, als sie geahnt hätte. Sie war nicht einmal mit Sanne verwandt, nur eine Freundin. Seit sie ein Patenkind hatte, war die Beziehung zu ihrer Mutter wieder enger geworden. Wenn sie mal nicht mehr ist, was bin ich dann? Vor mir nichts, nach mir nichts, ein freischwebendes Molekül in der Zeit.

Während sie Tassen in die Durchreiche stellte und anfing, Brote zu schmieren, schaute sie immer wieder zu ihrer Mutter hinüber. Es war schwer vorstellbar, daß der Tod sie überfallen könnte, sie gegen ihren Willen entführen würde. Selbst im Schlaf war sie beherrscht; ihr Kopf mit dem hochgesteckten braungefärbten Haar hing nicht nach vorn oder abgeknickt zur Seite, sondern ruhte auf einem kleinen Kissen, das sie von zu Hause mitgebracht hatte; die rostfleckigen alten Hände lagen gefaltet in ihrem Schoß. Sie hatten eine ganze Woche, um am Strand frische Luft zu schnappen und lange Radtouren durch die Dünen zu machen. Daß Hans am Dienstag für einen Tag herüberkommen wollte, würde ihrer Mutter bestimmt gefallen. Sie lebte immer auf in der Gesellschaft eines Mannes, auch wenn dieser ihr Sohn sein könnte. Hans war fünfundvierzig, ein Jahr älter als Martine; sie hatten schon seit sechs Monaten ein Verhältnis. Es wurde höchste Zeit, daß sie ihre Mutter und ihren Geliebten miteinander bekannt machte.

Außer dem Brautpaar war sie auf dem Empfang im Garten eines Schlosses irgendwo in Twente niemandem begegnet, den sie kannte. Er war ihr aufgefallen – obwohl er später behauptete, er hätte sie schon lange stehen sehen –, als er zu einem Tischchen unter einer Platane gegangen war, an dem ein hochbetagter Mann saß, drei leere Stühle um sich herum. Martine hatte sich gefragt, ob sie dem alten Mann nicht Gesellschaft leisten, ihm ein Stück Hochzeitstorte bringen sollte, ein Glas Champagner? Aber wie wurde sie ihn dann wieder los? Während sie noch zögerte, sah sie, daß Hans ihm die Hand gab und sich zu ihm setzte. Es war neu für sie, daß sie sich zu einem Mann hingezogen fühlte, einfach nur, weil er nett war.

Sie schnitt die dünnen weißen Butterbrote schräg durch, auf englische Art; für ihre Mutter waren Sandwiches der Inbegriff von Festlichkeit. Gleich würde sie die Teelichter anzünden, die sie mitgebracht hatte, dann fiel es vielleicht nicht auf, daß das Haus so herbstlich eingerichtet war. Im letzten Moment hatte sie daran gedacht und auch noch eine Packung koffeinfreien Cappuccino gekauft, den Mama so lecker fand, und eine Schachtel italienische Mandelkekse, Cantuccini. Jeder Keks in extra Seidenpapier, solche Dinge mochte Mama, dann war es für sie wie Geburtstag.

Sie wußte jetzt schon, was ihre Mutter gleich fragen

würde: Ein fünfundvierzigjähriger Mann ... er ist doch frei? Als Hans sich hingesetzt hatte, sah sie nur noch seinen Rücken. Der Rücken hätte die brennende Frage beantworten müssen. Er trug ein häßliches Fischgrätenjackett – zu dick für einen warmen Septembertag, das Weiß in dem Gewebe war zu hell, das Grau zu dunkel – und darunter ein hellblaues Oberhemd. Wenn er den Kopf bewegte, sah sie den Zipfel einer roten Fliege. Er hatte schwarzes, lockiges Haar, hier und da grau durchsetzt. Um seinen Scheitel herum war es völlig platt, als ob er sich nach dem Aufstehen nicht gekämmt hätte. Vielleicht hatte er eine Frau, und die war verreist, oder sie hatte keine Zeit für solche Belanglosigkeiten? Offenbar spürte er ihre Augen in seinem Rücken, denn er drehte sich um und klopfte einladend auf den Sitz des Stuhles neben sich. »Setzen Sie sich doch zu uns!«

Eine halbe Stunde später wurde der alte Mann von einem Taxi abgeholt. Hans begleitete ihn zur Einfahrt und kehrte dann sofort wieder an ihren Tisch zurück. Das erste, was er fragte, war: »Warum hast du so geguckt? Das hat mich ganz verlegen gemacht.«

»Deine Haare.« Automatisch ging seine Hand an seinen Hinterkopf. »Ganz platt, obwohl du so viele Locken hast ...« Er antwortete nicht sofort, sondern zog ein schwarzes Käppchen aus seiner Jackettasche, an dem zwei Haarklemmen baumelten. »Ich bin direkt aus der *shul* hierhergefahren. Aber ich werde einen Zettel hineinkleben. Elftes Gebot: Haare kämmen.«

Die Mutter nieste und öffnete die Augen. An ihrem wirren Blick sah Martine, daß sie noch nicht ganz hier war. Früher hatte ihre Mutter auch immer zu den unmöglichsten Tageszeiten ein Nickerchen gehalten. Blinzelnd ließ sie nun den Blick durch das Zimmer schweifen: vom runden Eßtisch mit der Korblampe über den verschlissenen orange-braunen Läufer zum braunen Sofa, zur offenstehenden Tür des

Schlafzimmers, wo Martines schwarzer Kimono ausgebreitet auf dem Bett lag.

»Schläfst du da, Kind?«

»Wenn du einverstanden bist? Ich habe für dich ein Bett in dem Zimmer gegenüber der Toilette bezogen.« Sie stellte die Teekanne und den Teller mit Broten auf den Tisch und zeigte an die Decke. »Da oben ist auch noch ein Zimmer, aber die Treppe ist so steil.«

Die Mutter dankte ihr mit einem gähnenden Nicken, schob einen Haarkamm in ihren Dutt zurück.

»Ich sage es dir lieber gleich, Mam. Ich bin so frech gewesen, das Schlafzimmer mit dem Doppelbett zu nehmen, weil ich noch jemanden erwarte.«

»Jemanden?«

»Einen Freund. Er kommt am Dienstag, und er bleibt nur eine Nacht.«

Neugierig zog ihre Mutter die Brauen hoch, wodurch der weiße Fleck in ihrem linken Auge noch größer wirkte. Es war kein Star, wie alle immer dachten, sondern eine Beschädigung der Netzhaut, durch die sie schon seit ihrem zwanzigsten Lebensjahr auf diesem Auge fast blind war.

»›Ein‹ Freund?« fragte sie amüsiert und mit einem Schlag hellwach.

»Na gut: mein Freund. Mein jetziger Freund. Hans.«

»Aber warst du nicht mit einem Bas zusammen?«

»Schon lange nicht mehr. Komplizierte Geschichte, erzähl ich dir mal in Ruhe. Wir haben ja noch ein paar Tage Zeit ...«

»Oh, aber das mußt du nicht«, sagte ihre Mutter und beugte sich schnell vor zu dem Teller auf dem Couchtisch.

Martine schluckte. Es war nicht leicht, vertraulich mit ihr zu sein, aber das war es nie gewesen. Ihre Mutter war nicht prüde, daran lag es nicht; bevor sie Martines Vater kennenlernte, hatte sie schon verschiedene Beziehungen hinter sich gehabt. Mit zweiundzwanzig war sie bereits geschieden gewesen von einem Mann, über den Martine und ihre Brüder nur wußten, daß er Hugo hieß. Mit all den anderen Liebhabern war eine farbenreiche Geschichte verbunden, nur mit Hugo nicht. War die Trennung zu schmerzlich gewesen für eine Anekdote? *The first cut is the deepest ...*

»Ich finde es prima, daß dein Hansemann kommt«, sagte ihre Mutter zwischen zwei Bissen. »Aber warum hast du mir das nicht eher gesagt? Warum so geheimnisvoll?«

Martine schaute sie erleichtert an: bis vor einer Stunde hatte Hans nicht gewußt, ob er wegkönne. Er war Arzt in einer Gemeinschaftspraxis. »Vorhin, als du geschlafen hast, habe ich ihn von einer Telefonzelle aus angerufen. Er hat mit einem Kollegen tauschen können. Er wollte unbedingt am Dienstag aus der Stadt weg.«

Nach kurzem Zögern fragte ihre Mutter: »Und warum ausgerechnet am Dienstag?«

»Tag der Befreiung.« Martine wiederholte, was Hans ihr erzählt hatte: daß er am 4. Mai mit seinen Eltern zum Totengedenken gehe, aber am 5. Mai immer aus der Stadt fliehe. »Zu viele Fahnen, zu viel fröhliches Tamtam. Seine Großeltern beiderseits sind nicht aus dem Krieg zurückgekommen.«

»Hans ist doch gar kein jüdischer Name?«

»Ja, und doch ist er einer, ein frommer Jude.«

Sie kicherte, aber ihre Mutter reagierte nicht. Um ein Gefühl des Unbehagens zu unterdrücken, plapperte Martine weiter: wie lange sie sich kannten, wo überall in der Welt er als Arzt gearbeitet hatte, wieviel Zeit sie zusammen verbrachten. Oder besser gesagt: wie wenig, es schien, als ob er von Tag zu Tag mehr zu tun hätte.

»Ich erzähl dir was, Mam. Hörst du zu? Es ist doch viel schöner, ihn hier kennenzulernen als an meinem Geburtstag in einem Restaurant?«

Schweigend rührte die Mutter in ihrem Tee und sagte Minuten später: »Ja, nein, natürlich ...«

»Was guckst du so verdrießlich? Das ›fromm‹ war nur ein Scherz. So fromm ist er nicht. Was sollte er sonst mit mir?«

Sie konnte nicht einschlafen, und deshalb entging es ihr nicht, daß auch ihre Tochter, in dem Schlafzimmer am anderen Ende des Hauses, wach war. Sie hörte, wie Martine das Licht anknipste, aufstand, den Reißverschluß einer Tasche öffnete. Hatte sicher kalte Füße, suchte ein Paar dicke Sokken, nur das große Zimmer war geheizt. Sie mochte zwar auf einem Auge blind sein, aber ihrem Gehör fehlte nichts. Leider, dachte sie manchmal, sonst würde ich vielleicht besser schlafen. Bei jedem unbekannten Geräusch mußte sie sich vergewissern, wo es herkam. Der Gasofen im Wohnzimmer rauschte. Und ab und zu ertönte ein metallisches Ticken, als ob etwas auseinanderspritzte, der Wasserhahn in der Küche tropfte; Martine hatte ihn nach dem Abwasch nicht fest genug zugedreht. Beim geringsten Windstoß klapperte die Tür des Schuppens neben dem Haus, wo, einem handgeschriebenen Zettel im Flur zufolge, die Gartenstühle untergestellt waren.

Das Haus war so ruhelos wie sie selbst. Seit dem Moment, da Martine diesen Mann erwähnt hatte, war die Illusion von einem unbekümmerten Urlaub vorbei. Es war auch immer wieder dasselbe. Eine Begegnung mit einem Unbekannten führte früher oder später zu Fragen. Ständig würde sie auf der Hut sein müssen, diesmal noch mehr als sonst. Hans war Arzt, er würde darauf herumhacken und garantiert wissen wollen, warum sie nicht sofort einen Spezialisten konsultiert hatte, vielleicht hätte das Auge dann noch gerettet werden können.

Sie drehte sich auf den Rücken, versuchte einzuschlafen, indem sie den Lichtstreifen betrachtete, der von der Haustürlampe durch einen Spalt in den Vorhängen an die Decke fiel; eine altmodische Decke aus hellgrün gestrichenen Holzfaserplatten, kreuzweise mit Leisten verkleidet, an denen

Elektroinstallationsrohre entlangliefen. Gerrit, Carel und Martine hatten früher gern Pfeile durch solche Rohre geschossen, was ihnen ihr Vater wieder und wieder verboten hatte. Daan hatte immer Angst gehabt, daß so ein Pfeil sie ins gesunde Auge treffen könnte.

Direkt über ihr lag ein verschlossenes Zimmer mit dem Schild PRIVAT an der Tür. Martine hatte sich gewundert, daß sie sich nicht mit einer Beschreibung des Obergeschosses zufriedengegeben hatte, sondern mit eigenen Augen sehen wollte, wieviel Zimmer dort noch waren. »Ich bin einfach nur neugierig«, hatte sie gesagt, während sie die Hand auf die Klinke einer Tür legte, die nicht nachgab. Mit Martine war die Phantasie durchgegangen. Es sei bestimmt etwas Dramatisches passiert in diesem Zimmer, ein Mord oder so. Da hätte sie davon anfangen können. Wieder hatte sie eine Gelegenheit verstreichen lassen, die zigste, so wie sie ihr Leben lang den Moment, mit den Kindern darüber zu reden, nicht genutzt hatte.

Dutzende Male hatte sie es geübt: Ich war schon ein Jahr mit Hugo verheiratet, als ich dahinterkam, daß er Mitglied der NSB geworden war. Einmal bin ich mit auf so einer Versammlung gewesen, ein Mal nur, und danach nie wieder. Es war in einem brechend vollen Saal irgendwo in Alkmaar, ich hatte ihn sofort verloren, kannte sonst niemanden. Beim Hitlergruß wußte ich mir keinen Rat. Ich schaute mich um – wo war Hugo nur? – ich wurde von allen Seiten angestarrt. Ich streckte den Arm aus – was blieb mir denn übrig? –, hob ihn aber nur so halb, bis kurz über den Nabel, als ob es eine Gymnastikübung wäre, auf die ich keine Lust hätte. Den Rest des Abends habe ich mich in der Toilette eingeschlossen.

Damit konnte sie den neuen Freund ihrer Tochter doch nicht belästigen? Gut, sie hatte Hugos Ideen nicht geteilt, aber sie hatte ihn deswegen auch nicht verlassen. Wo hätte sie denn hingesollt, mitten im Krieg? Zurück zu ihren Eltern konnte sie nicht, die waren von Anfang an nicht begeistert gewesen über diese Ehe: ein älterer Mann und schon mal verheiratet ... Nicht doch. Daß ich mein Leben lang andere belüge, ist schlimm genug, aber nicht mich selbst. In meinem Kopf bin ich frei. Wenn ich gewollt hätte, wirklich gewollt, wäre ich schon irgendwo untergekommen. Aber ich wollte nicht stark genug. Weil ich trotz allem verrückt nach ihm war, niemand konnte mich so zum Lachen bringen wie er. Während des ganzen Krieges sorgte er dafür, daß wir zu essen hatten, wußte immer etwas zu deichseln. Oder vielleicht habe ich mich bloß nicht getraut, ihn zu verlassen. Wie auch immer, aus vielerlei Gründen zog ich es vor, bei ihm zu bleiben, bis er verhaftet wurde.

Was war das? Ganz ruhig, ruhig, es ist nichts in diesem Zimmer. Privat. Die Besitzer bewahren dort wahrscheinlich ihre Wäsche auf, Schaftstiefel, ein elektrisches Heizgerät, ein paar Schalen, zu kostbar, um sie fremden Händen auszusetzen. Und das Tor ächzte heute nachmittag auch schon so entsetzlich, das ist der Wind, es schleicht niemand ums Haus. Sie spitzte die Ohren. Morgen nicht vergessen nachzusehen, was immer so vibriert, wenn der Kühlschrank anspringt. Ohropax hatte sie schon so oft ausprobiert. Auch wenn es totenstill war, hörte sie im Schlaf manchmal eine Türklingel, Männerstimmen, einen Schrei, der sofort erstickt wurde.

Gegen zehn hatte es geklingelt. Durch den Marmor im Flur schrillte die Klingel sehr laut, man hörte sie in jedem Zimmer des Herrenhauses in der Emmastraat, wo sie mit Hugo wohnte. Zwei Männer, sah sie, als sie die Pappe umbog, die zur Verdunklung vor das Fenster geklebt worden war. Kaum waren sie drinnen, da hoben sie schon ihre Stimmen, aber worüber sie sich erregten, konnte sie nicht verstehen. Oder doch, sie sprachen über sie, sie hörte ihren Namen: Ingrid, Ingrid. Wo soll sie denn hin, hörte sie Hugo rufen, die Sperrstunde hat längst angefangen, ich kann sie doch nicht allein auf die Straße schicken?

Dann hatte er sie hinaufgelotst, ins Schlafzimmer: »Bleib du hier.« Er drückte sie sanft auf das Bett. Legte einen Arm um sie und preßte ihr mit derselben Bewegung ein nasses Taschentuch aufs Gesicht. Für einen Moment dachte sie noch, daß er mit ihr schlafen wolle, *tender is the night,* Hugo war zwanzig Jahre älter, ein erfahrener Liebhaber, bis ein merkwürdiger Geruch, ein Krankenhausgeruch, in ihre Nase drang und sie so schlaff wurde wie eine Stoffpuppe. Geh schlafen, hatte er gesagt, es ist besser, wenn du nicht dabei bist. Nein, nicht schlafen, ich bin noch nicht müde!

Im Halbschlaf hatte sie wenig später wieder die Klingel gehört. Und kurz darauf einen Schrei, Poltern, Krachen, als ob mit einer Brechstange Dielen herausgebrochen würden. Ein Schleifen über den Fußboden, Fluchen, Hammerschläge … Schlaftrunken war sie die Treppe hinuntergestolpert, was war da los, und dabei war sie gestrauchelt und mit dem Kopf gegen einen Tisch gefallen. So sei es gewesen, sagte Hugo am nächsten Tag. Aber sie hatte sofort Zweifel gehabt. Hatte sie vielleicht erst einen Schlag auf den Kopf bekommen und war dadurch gestürzt? Sie wußte es nicht, erinnerte sich nur, daß sie benommen zusammensackte mit einem matschigen Gefühl in der Augenhöhle und daß sie in ein Zimmer getragen und die Tür hinter ihr abgeschlossen wurde.

Hugo hatte ihr nie erzählen wollen, wer da geschrien hatte und warum sie den Fußboden, ihren schönen Parkettboden, aufgebrochen hatten. Über das ramponierte Holz wurde ein Teppich gelegt. »Und wenn sie fragen, woher ich das blaue Auge habe?« Zufällig war sein Blick auf den Tennisschläger in einer Ecke des Flurs gefallen: »Ein Unfall auf dem Tennisplatz, einigen wir uns darauf.« Sie solle sich keine Sorgen machen, sie brauche nicht zum Arzt zu gehen, das Auge würde schon von allein wieder heilen.

Aber habt ihr denn im Krieg Tennis gespielt? hatten die Kinder erstaunt gefragt. Ihre Erklärung, daß manche Dinge im Krieg einfach weitergingen, daß die Menschen sich verliebten, heirateten, Kinder bekamen und manchmal tanzen gingen oder Tennis spielen, wenn auch mit immer kahleren Bällen, hatte die Aufmerksamkeit von der Lüge abgelenkt.

Nein, Lüge war nicht das richtige Wort. Oder? Sie hatte nie erfahren, was da vor ihr verborgen worden war. Ein Mord, das stand für sie fest, aber an wem? Auf wessen Grab hatte sie zwei Jahre lang gelebt? Jemand, der zu viel über Hugo wußte, ihn hätte verraten können? »Du mußt dich da unbedingt raushalten«, hatte er gesagt. »Du hast nichts damit zu tun.« Das war auch so, aber all diese Nuancen, die interessierten doch die Leute nicht? Nach dem Krieg wurde Klarheit verlangt: Freund oder Feind, und eigentlich immer noch. Darum hatte sie es nur Daan erzählt und Hedwig, und nach deren Tod niemandem mehr. Warum sollte der neue Freund von Martine Verständnis für ihre Lügen und Halbwahrheiten aufbringen, für diesen blinden Fleck in ihrem Leben?

Sie wurden beide erst nach neun wach. Sonnenlicht durchflutete das Haus, und nach dem Frühstück zogen sie schnell ihre Wanderschuhe an, um die Insel zu erkunden. Für Martine war der Spaziergang ins Dorf eine einzige lange Erinnerung an das letzte Jahr. Alles ist noch da, seufzte sie dauernd. Die einzige Veränderung im Straßenbild waren die Ausländer. Flüchtlinge, sah sie mit einem Blick, an ihren Kleidern, den Jacketts der Männer, einem pastellfarbenen Regenmantel, einem geblümten Satinkopftuch, unter dem Kinn zusammengebunden. An allerlei Details konnte man erkennen, daß es keine gewöhnlichen Inselgäste waren, vor allem aber an ihrem Blick: der war alles andere als sorglos.

Nun stand sie mit ihrer Mutter ein Stück außerhalb des Dorfs, am Fuße der Leuchtturmdüne, wo sie voriges Jahr auch mit Sanne gestanden hatte, die damals in der fünften Woche schwanger war und schon beim Anblick dieser

Treppe mit mehr als fünfzig Stufen müde wurde. Sanne war da gerade zwanzig gewesen, ihre Mutter war sechsundsiebzig. »Ist es nicht zu hoch für dich, Mam?« fragte sie, aber die Mutter hatte schon mit dem Aufstieg begonnen. Eine Brise wehte das Regencape auf und eine Locke ihres braunen Haars; würdevoll wie ein alter Indianer lief sie die Düne hinauf. Es war gut, daß sie zusammen hier waren. Hans war mit keinem Wort mehr erwähnt worden, ihre Mutter hatte sich offenbar mit seinem Kommen abgefunden.

Oben angelangt, merkten sie, daß sie nicht die einzigen waren, die den Leuchtturm aus der Nähe sehen wollten. Ein paar Minuten später begann eine Führung, der ihre Mutter sich anschloß, ohne sie um ihre Meinung zu fragen. »Wenn wir es jetzt nicht tun, wird es nichts mehr«, sagte sie entschlossen.

»Aber Mama, wir sind noch eine ganze Woche hier.«

Doch die Mutter hatte ihre Schultertasche schon geöffnet und kramte nach ihrem Portemonnaie. Sie sei noch nie auf einem Leuchtturm gewesen, sagte sie. Martine blieb so lange wie möglich draußen stehen, denn von diesem Punkt aus konnte man die ganze Insel in ihrer vollen Breite von der Nordsee bis zum Wattenmeer überblicken. In der Senke zwischen der Leuchtturmdüne und Duinkersoord graste eine Herde Ziegen mit großen, eingedrehten Hörnern. Es sah aus, als ob sie Lockenwickler trügen. In dem Moment, als sie sich zu ihrer Mutter umdrehte – wußte die vielleicht, was für eine Rasse das war? –, spürte sie eine Hand an ihrem Bein, ein Herumfingern am Saum ihres Pullovers. Ein kleiner Junge schmiegte seine Wange an ihren Schenkel. Sie legte ihre Hand auf sein warmes Köpfchen und hoffte, daß er nicht sofort hochschauen würde. Solange sie sich nicht rührte, würde er seinen Irrtum vielleicht nicht bemerken.

»Robbie! Robbie, wo bist du?« Erschrocken blickte er hoch, ließ sie los und machte, daß er wegkam. Martine lächelte seiner Mutter zu, die ihn mit ausgestreckten Armen auffing und über den Kopf hob. Dann wandte Martine sich schnell ab, sie fühlte sich ertappt. Sie versuchte das Köpfchen an ihrem Schenkel zu vergessen, indem sie entzückt die Aussicht in sich aufnahm. Zu ihren Füßen lag der Kiefernwald und dahinter das Dünengebiet mit ihrem Häuschen. Auf der höchsten Düne, hinter dem Waldrand, sah sie das rote Ziegeldach von »Dünenrose«. Und dort, auf diesem Weg, war sie voriges Jahr gelaufen, im strömenden Regen, wütend auf Sanne und all die Leute, die einfach so Kinder bekamen.

Ihre Mutter stellte sich neben sie. Die Szene mit dem Jungen war ihr entgangen, und selbst wenn sie es gesehen hätte, würde sie doch nicht verstehen, was in Martine vorging. Über solche Dinge sprachen sie nie. Immer wenn Martine ihr etwas Vertrauliches sagen wollte, wurde ihre Mutter abweisend, als ob ein Bekenntnis ein Geschenk wäre, das ihr aufgedrängt wurde.

Sie schaute ihre Tochter an und tippte sich streng an ihr gerunzeltes Ohrläppchen: aufpassen jetzt, die Führung hat angefangen. Hans würde sie sicher mögen, und wäre es auch nur wegen ihrer Vitalität, ihrer Wißbegierde. Der Führer begann eine Geschichte über die Insel im sechzehnten Jahrhundert, als es noch keinen Turm gab und große Feuer angezündet wurden, um die vorbeifahrenden Schiffe zu warnen. Das Brennholz mußte vom Festland kommen, denn bis zum zwanzigsten Jahrhundert gab es keinen Wald auf der Insel. Komisch, dachte Martine, immer wenn ich durch den Kiefernwald radle, denke ich, daß diese Bäume schon seit Jahrhunderten so rauschen. Oder ist ewig nicht dasselbe wie alt? Als ihr Patenkind sie zum ersten Mal angelächelt hatte, ein paar Sekunden nur, hatte sie auch gefühlt, daß dieses Lächeln viel älter war als das Kind in der Wiege.

»Und wer bezahlte das Brennholz?« hörte sie ihre Mutter fragen. »Die Vlieländer?« Die Mutter hatte solche Angst, für eine mummelnde Alte gehalten zu werden, daß sie in Gesellschaft immer laut sprach und übertrieben artikulierte. Aber ihr Interesse war echt, sie hörte sich auch die Antwort an. »Feuergeld«, wiederholte sie, während sie sich zu Martine umdrehte, »man ist nie zu alt für ein schönes neues Wort.«

Der Insulaner erzählte, daß der Turm im Zweiten Weltkrieg von den Deutschen als Beobachtungsposten genutzt worden war. Sie hätten ihn komplett in Tarnfarben überstrichen. »Als ob man so etwas verbergen könnte«, flüsterte Martine, »etwas, das ja gerade dazu gebaut worden ist aufzufallen.« Die Mutter nickte, doch ihre Aufmerksamkeit galt dem Führer, der auf ein paar Pusteln im Metall hinwies: da waren die Kugeln der Alliierten quer durch den Turm hindurchgegangen.

»Gab es auch Untergetauchte auf Vlieland?« fragte eine Frau einen Mann. »Bestimmt nicht. Auf Asylbewerber waren sie voriges Jahr auch nicht so erpicht. Ich dachte noch: Wieder ein Ort, wo wir nicht mehr mit Anstand hinkönnen.«

Das Ehepaar kicherte.

Martine sah, daß ihre Mutter betreten auf die Schuhspitzen starrte, und auch sie hoffte nur, daß der Führer nichts mitbekommen hatte.

Sie spürte die Hand ihrer Mutter auf dem Arm. »Sie gehen nach oben ins Allerheiligste, aber ich habe genug gesehen. Laß uns nach Hause gehen.«

Wenn sie müde war, wurde das Mondauge noch weißer, als ob eine schmelzende Schneeflocke darauf schwimmen würde. »Ist es dir zuviel? Zu viele Treppen?« Martine strich über die Hand ihrer Mutter, die sich kalt und pergamentartig anfühlte.

»Zu viele Treppen«, bestätigte die mit einem feinen Lächeln, während sie ihre Hand zurückzog.

Martine knipste die Stehlampe an, die sie aus dem Wohnzimmer mitgenommen hatte, beugte sich über den Bettrand und tastete nach ihrer Reisetasche. Sie hatte das Lehrbuch absichtlich nicht ausgepackt, sonst würde sie vielleicht vergessen, es wegzuräumen, übermorgen, wenn Hans kam. Er durfte nicht wissen, womit sie sich beschäftigte, daß sie die Sprache der Engel lernte, eine Sprache, die bestimmt so genannt wurde, weil es einer Engelsgeduld bedurfte, sie zu erlernen.

Hans hatte erst vor einem Jahr mit dem Hebräischen angefangen. Er war nicht religiös erzogen. Seine Eltern wollten nicht Juden sein, sondern Amsterdamer, Kosmopoliten. Er war sich nicht sicher, ob er noch Teil der Gemeinschaft werden konnte, mit der er jeden Sabbat die Thora las, aber er wollte es versuchen. Warum? Darauf hatte er keine klare Antwort. Sie hatte ihn gelegentlich vorsichtig und ein wenig eifersüchtig ausgehorcht, ob er eine plötzliche Einsicht gehabt habe oder eine Offenbarung, doch nein, davon könne keine Rede sein. Höchstens von der wachsenden Erkenntnis, daß etwas fehle in seinem Leben. Er hoffe, praktizierend, *lernend* zum Glauben zu finden.

Sie wollte den Glauben, der immer stärker an ihm zerrte, verstehen lernen. Die Geheimsprache in den Büchern, die stapelweise neben seinem Schreibtisch lagen, entziffern. Nur um ihm folgen zu können, redete sie sich ein, oder war es mehr?

Jetzt, da sie mit Hans zusammen war, spürte sie, daß neben Liebe, selbst neben einer großen Liebe noch ein Verlangen wachsen konnte. Sie verstand es nicht und nannte es nur das andere Verlangen. Wenn sie hebräische Texte las, wurde es einigermaßen gestillt, als ob die dreitausend Jahre alten Worte Brotkrumen wären, eine Spur, der sie folgen müsse.

Sie blätterte in dem Buch, bis ihr Blick auf eine Reihe eingerahmter Vokabeln fiel. *Freund, Schrift, binden* sind aus denselben drei Buchstaben aufgebaut, las sie, haben dieselbe Wurzel, dieselbe *Schoresch*. Sie lächelte, sie hatte gemerkt, daß das Lernen dieser fremden Schrift die Bindung zu Hans verstärkte, auch wenn es vorläufig ein geheimer Bund bleiben mußte. Erst wenn sie sich sicher wäre, daß sie durchhalten würde, wollte sie es ihm erzählen.

Sie wiederholte die Worte laut, blätterte zurück zu der Lektion, die sie gestern abend durchgenommen hatte, als sie nicht schlafen konnte, weil sie ihre Mutter am anderen Ende des Hauses herumgeistern hörte. *Rechem*, Gebärmutter, hatte dieselbe *Schoresch* wie *rachamiem*, das Barmherziger bedeutete. Meistens lernte sie spätabends am besten, aber in dieser Nacht war sie nicht bei der Sache. Schriftzeichen, die sie schon vor Monaten mühelos erkannt hatte, verwechselte sie mit Buchstaben, die ähnlich aussahen, sich aber dennoch deutlich durch ein Jota, eine Schleife oder einen Strich davon unterschieden. Das *Beth* wurde ein *Kaf*, und sie las zweimal Kethlehem, Ravid statt David, und sie konnte das Wort *jad* einfach nicht übersetzen, weil sie immer wieder jar las. *Har* bedeutete Berg, aber was war ein jar, und was hatte es zu bedeuten, daß ihre Mutter so verspannt reagiert hatte, als sie ihr sagte, daß Hans am Dienstag käme? Zwischen den Wortreihen hindurch tauchte das gegerbte Gesicht ihrer Mutter auf, gestern nachmittag beim Tee im Zimmer nebenan: das neugierige Lächeln, das von einem Moment auf den anderen erfror.

Sie schob das Lehrbuch zur Seite. Es hatte keinen Sinn, es länger zu leugnen: ihre Mutter war erbleicht. Warum? Sie hatte seit vierzig Jahren jüdische Nachbarn, die ihren Schlüssel hatten und die Blumen gossen, wenn sie nicht da war. Was war dann das Problem bei einem jüdischen Schwiegersohn?

Sie starrte an die Decke, hoffte, daß Buchstaben erscheinen würden, eine Antwort – welche Bibelgeschichte war das doch gleich, Worte auf einer weißen Wand? *Mene mene tekel* ... Hat sie Angst, daß ich ihn heirate und daß seine Familie mich nie akzeptieren wird? Wenn sie wüßte, wie liberal diese Leute sind, wie herzlich sie mich empfangen haben. Hat sie Angst, daß ich Jüdin werde, so eine fanatische Bekehrte? Daß ich mir eine Jacke anziehe, die zu groß und zu schwer für mich ist?

Morgen mußte sie sie rundheraus fragen, sonst würde die Begegnung am Dienstag eine Katastrophe werden. Morgen war Montag, sie hatte noch einen Tag, um alle Mißverständnisse aus der Welt zu schaffen.

Martine stopfte händeweise Erdnüsse in sich hinein und schenkte sich noch einmal ein aus der Flasche Genever, die sie für Hans gekauft hatte. Schon den ganzen Tag hing die Frage in der Luft; sie waren damit aufgestanden, hatten damit gefrühstückt, waren damit durch die Dünen gewandert und am Strand entlang. Der Seewind konnte sie nicht wegblasen oder unter Flugsand verbergen. Sie brannte in ihren Gedanken und in der Luft, die sie einatmeten, machte ihre Wangen rauh. Wenn ich von selbst davon anfangen könnte, hätte ich es doch längst getan, dachte Ingrid, während sie ihre Tochter voller Erwartung ansah. Doch als Martine fragend zurückschaute, schlug sie die Augen nieder und beugte sich vor zu dem Teller auf dem Tisch. Martine hatte den Hering geputzt, in kleine Stücke geschnitten und Holzspieße mit kecken rot-weiß-blauen Fähnchen hineingesteckt, die sie in einem der Küchenschränke gefunden hatte.

Während Ingrid das Spießchen zwischen ihren Fingern hin und her drehte, merkte sie, daß ihre Tochter sie beobachtete. Nahm sie Anlauf? Nein, sie griff nur nach der Flasche Weißwein, um ihr nachzuschenken. Ingrid lehnte ab, indem sie schweigend den Kopf schüttelte. Wenn sie zuviel trank, bekam sie nur Mitleid mit sich selbst. Martine klemmte die Hände zwischen ihre Knie und erzählte zum x-tenmal, daß Hans Jura studiert hatte, bevor er mit Medizin anfing. Er habe erst spät seine Berufung entdeckt, sei schon weit über dreißig gewesen, als er sein Studium abschloß und sich nach Afrika schicken lassen konnte.

»Wie interessant«, log Ingrid, froh über jeden Aufschub, »erzähl.«

Vielleicht wäre ihre Liebe zu Hugo eine gute Einleitung; daß auch sie damals gehofft habe, daß es für immer sei. Liebe, war es das wirklich gewesen? Wenn sie zurückblickte, mußte sie zugeben, daß es bei ihr nicht so tief gesessen hatte, nicht viel tiefer als die Härchen auf ihrem Arm, die ihr nun zu Berge standen. Mit einem Ruck zog sie sich die Ärmel ihrer Wolljacke über die Fingerknöchel. Nein, Liebe war es vielleicht nicht gewesen, eher ein Rausch. Als Hugo verhaftet wurde und aus ihrem Blickfeld verschwand, war der Bann mit einem Schlag gebrochen. Noch ehe die Scheidung ausgesprochen war, trat ein anderer Mann in ihr Leben ... und dann Daan, der der Vater ihrer Kinder werden sollte. Wenn man jemanden so schnell vergaß, hatte man sich geirrt. Sie war gerade mal neunzehn gewesen, als sie Hugo geheiratet hatte, ein Kind noch, das hatte Daan auch so oft gesagt: Dein einziger Fehler war, daß du bei diesem Kerl geblieben bist. Das war schwach, aber schließlich warst du noch ein Kind.

Das half ihr dann wieder eine Weile weiter. Bis sie ein Interview mit einer Frau in ihrem Alter las, Jüdin, aber so blond, daß sie nicht unterzutauchen brauchte. Mit einem falschen Personalausweis hatte sie jahrelang Kinder nach Friesland und Limburg gebracht. Mit neunzehn konnte man auch eine Heldin sein, neunzehn zu sein, war keine Entschuldigung.

»Tine?«

»Dir ist kalt, soll ich dir dein Tuch holen? Oder den Ofen höherdrehen?«

Sie schüttelte den Kopf, bedeutete Martine, daß sie sitzen bleiben solle.

»Hab ich dir mal von der Nacht deiner Geburt erzählt?«

Martines Mund fiel vor Enttäuschung ein Stück auf; ihre Lippen und Zähne waren grau vom Hering. Nervös piekte sie sich mit der Spitze des Fähnchens in den Handballen. »Nein«, sagte sie, »außer daß es eine klare, eiskalte Sternennacht war. Aber ist das wichtig, Mam? Ich will dich etwas fragen. Bevor Hans kommt.«

»Es hat, glaube ich, damit zu tun«, antwortete Ingrid. »Und leg das Spießchen weg. Du brauchst dich nicht länger zu foltern.«

Sie wartete, bis ihre Tochter das Fähnchen auf den Teller gelegt hatte, ließ ihren Blick darauf ruhen, um sich besser konzentrieren zu können. »Es dauerte schon den ganzen Tag, die Wehen kamen, erst regelmäßig, doch dann ebbten sie wieder ab. Es wurde Abend, es ging einfach nicht voran ...«

Anfangs redete sie noch atemlos, erstaunt, daß die Worte, die sie bisher nur gedacht hatte, jetzt ausgesprochen wurden, Gehör fanden.

»Ich hatte Papa nach Hause geschickt, und der Arzt war auch gegangen. Doch dann nahmen die Wehen wieder zu, und es ging auf einmal sehr schnell. Der Gynäkologe wurde in aller Eile herbeigetrommelt; als er in den Kreißsaal gestürmt kam, war er noch dabei, seinen weißen Kittel anzuziehen. Er hatte ihn halb an, konnte aber in der Eile den linken Ärmel nicht finden. Ich suchte etwas, um mich von den Schmerzen abzulenken, und während ich preßte, fiel mein Blick auf die Wäschereimarke im Kragen seines Kittels. So ein zerknittertes beiges Zettelchen an einer Sicherheitsnadel.«

»Mam, bitte, schweif nicht ab.«

»Und dann kamst du. Ich spürte dein Köpfchen, als ob ich aufgesperrt würde. Wenn das Köpfchen da ist, ist das Schwerste vorbei. Der Gynäkologe war so ein lieber, väterlicher Mann. Er sagte, daß ich sehr tapfer sei und phantastisch ruhig. Noch ein bißchen durchhalten, sagte er und streifte seine Ärmel hoch, um die Hände nach dir auszustrecken. Und da sah ich sie, diese Nummer ...«

»Welche Nummer?«

»Eine eintätowierte Nummer, auf der Innenseite seines linken Arms. Eine Lagernummer. Er hatte ziemlich behaarte Arme, wodurch die Innenseite noch kahler und weißer wirkte – bis auf diese Nummer. Ich mußte sie sehen.«

Sie schaute aus dem Fenster, über die Dünen. Damals, als der Arzt ihr das Kind in den Arm gelegt und ihr gratuliert hatte, da hatte sie den Blick auch abgewandt. Es war eine klare Januarnacht gewesen: während sie die funkelnden Sterne betrachtete, fragte sie sich, in welchem Sternzeichen dieses Kind geboren war, Stier, Widder, Schütze, Skorpion? Hatten die Sterne wirklich Einfluß auf ein Menschenleben? Und, was in einem vorging bei der Geburt, was die Mutter fühlte und sah, während sie ihr Kind zur Welt brachte, spielte das auch eine Rolle? Wenn Scham ein Tier war, was war es dann für eins, ein großes oder aber ein ganz kleines Tier? Ein Kamel, das nie ungesehen durch ein Nadelöhr kriechen könnte? Oder ein Insekt, das einem unbemerkt Eier unter die Haut legte? Larven, die in erwarteten und unerwarteten Momenten aus dem Ei brachen: während des Totengedenkens oder wenn eine Geschichte von Großeltern erzählt wurde, die nicht aus dem Lager zurückgekehrt waren.

Das Tor unten an der Straße ging schleifend auf und zu. Sie horchte, doch es folgten keine Schritte, es war sicher der Wind. Ihr Blick kreuzte den von Martine. Ihre Tochter war auf die Sofakante vorgerutscht und schaute sie noch immer verständnislos an. Und ich dachte, daß ich das Schwierigste hinter mir hätte, aber an dieser Geschichte ist alles das Schwierigste.

Martine erwachte aus ihren Grübeleien durch ein schallendes Lachen, draußen. Auf dem Badweg kam ein junges Paar auf einem Tandem angefahren; der Mann trug den gleichen dunkelblauen Trainingsanzug wie die Frau. Martine schaute ihnen erstaunt hinterher. Sie hatte vergessen, daß es eine Welt außerhalb dieses Hauses gab, doch die Zeit war nicht stehengeblieben, als ihre Mutter anfing, vom Krieg zu erzählen. Die Leute radelten in aller Seelenruhe über die Insel, dachten an das, was sie heute getan hatten, oder machten Pläne für morgen. Sie hatten keine Ahnung, was sich hier, hinter diesem Fenster abspielte. Daß eine Mutter soeben ihr Geheimnis erzählt hatte. Wodurch für die Tochter nichts mehr beim alten war.

Im Fahren warf der Mann einen Blick auf seine Uhr, und automatisch tat Martine das auch. Es war halb acht, nur noch eine halbe Stunde. Am liebsten würde sie ans Meer gehen, frische Luft schnappen, etwas anderes riechen als Hering und Genever, weg von hier. Aber ihre Mutter sah erschöpft aus, und sie wollte sie jetzt nicht allein lassen. Sie drehte sich zu ihr um, suchte ihren Blick. Sie wollte etwas sagen. Daß sie froh sei, es nun zu wissen. Froh, was für ein Wort, aber was sonst?

»Du brauchst es ihm nicht zu erzählen«, sagte ihre Mutter. »Nicht jetzt schon.«

Martine löste sich vom Fenster und fing an, zwischen der Durchreiche und dem Tisch hin und her zu laufen, der bedeckt war mit Flaschen, Gläsern, leeren Erdnußpackungen, einem Heringsteller mit fettigen Fähnchen. Noch ehe ihre Mutter ausgeredet hatte, war es ihr schon im Kopf herumgegangen: Wie bringe ich es ihm bei, und wann? Soll ich ihn nicht lieber sofort anrufen und ihn bitten wegzubleiben?

Ihr Leben lang hatte sie auf einen Moment der Intimität gehofft, und nun wünschte sie, es wäre nie geschehen. Oder eher. So daß sie es Hans am Beginn ihrer Beziehung hätte sagen können, als sie nur durch Museen geschlendert waren, noch nicht einmal Hand in Hand. Ach so vorsichtig hatten sie angefangen, aus Angst vor der nächsten Enttäuschung.

Hör auf damit, sagte sie sich. Es ist, wie es ist. Erst habe ich ihn kennengelernt, und jetzt kommt sie mit ihrer Geschichte. Zwischen ihr und mir wird sich vieles ändern. Wenn sie krank wird, kann sie sich von mir pflegen lassen, ohne die Angst, sich in Fieberträumen zu versprechen. Wenn sie nachts hochschreckt durch unheimliche Geräusche, werde ich verstehen, warum. Verläßt sie Anfang Mai wieder für ein paar Tage die Stadt, so werde ich mich nicht darüber wundern. Wenn sie stirbt, gibt es wenigstens einen, der ihr Geheimnis kennt.

»Jedenfalls nehme ich morgen früh die Fähre«, hörte sie ihre Mutter sagen.

Martine stellte den Abwasch in die Durchreiche und drehte sich um. »Was sagst du?«

Ihre Mutter schwieg.

»Wenn du zurückfährst, komme ich mit«, sagte Martine, und ihre Hände suchten sich schnell wieder etwas zu tun. Sie hatte das Gefühl, daß ihre Mutter mit ihrem einen Auge durch sie hindurchschaute, ihre Gedanken erriet, jede Wendung, jede Widersprüchlichkeit: hättest du bloß lieber den Mund gehalten. Was soll ich damit? Es ist doch eine Ewigkeit her? Natürlich will ich dich besser kennenlernen, nur nicht jetzt. Guck nicht so!

Schon als Kind hatte sie Angst vor der Menschenkenntnis ihrer Mutter gehabt, es mitunter unerträglich gefunden, daß sie in den Taten eines jeden sofort das Eigeninteresse entdeckte. Sah sie die Feigheit der anderen eher, weil sie die wiedererkannte?

»Wie willst du denn ohne mich nach Hause kommen, mit diesem bleischweren Koffer? Mit dem Zug vielleicht?«

»Ich habe alles schon geregelt. Gerrit steht um halb zwei in Harlingen.«

Eifersucht durchzuckte Martine. Der Stolz, in das Geheimnis ihrer Mutter eingeweiht worden zu sein, wurde dadurch zunichte gemacht, daß ihr ältester Bruder morgen den Retter in der Not spielen durfte.

»Und was hast du gesagt? Daß du nach Hause willst, weil ich so unmöglich bin?«

»Schatz, wir wiederholen das bestimmt noch mal, so ein paar Tage zusammen weg, aber jetzt kann ich nicht hierbleiben.«

Mit einer viel zu heftigen Bewegung schob Martine den Abwasch durch die Durchreiche in die Küche; auf der anderen Seite ging ein Teller auf dem Steinfußboden zu Bruch.

»Den müssen wir ersetzen«, hörte sie ihre Mutter sagen, »schreib es dir auf, dann vergißt du es nicht.«

»Nachher, sobald das Totengedenken vorbei ist, rufe ich Hans an und sage ihm, daß er nicht kommen kann. Ich denk mir schon eine Ausrede aus. Und du bestellst Gerrit ab.«

Ihre Mutter schüttelte den Kopf und stand auf.

»Ich habe dieses Haus für eine ganze Woche gemietet. Du kannst mich hier nicht allein zurücklassen!«

Die Mutter antwortete nicht. »Ich lege mich kurz hin«, sagte sie nur. Während sie in den Flur ging, zeigte sie auf den Fernseher. »Es ist gleich acht. Vielleicht willst du die Gedenkfeier auf dem Dam sehen oder die Glocke auf der Waalsdorper Vlakte?«

III

Hans wurde durch das Heulen des Schiffshorns geweckt; in seinem Traum war es eine Trompete, die die Stille bei der Gedenkfeier beendete. Als ob die Stille ein leeres Blatt wäre, das mittendurch gerissen würde. Bei diesem Geräusch dachte er jedes Jahr dasselbe: das sind also zwei Minuten. Benommen schaute er sich um. Während der ganzen Überfahrt hatte er geschlafen, tief in den Kragen seiner Wachsjacke geduckt. Um ihn herum waren die Menschen eifrig dabei, ihre Taschen, Plastiktüten und Kinder einzusammeln; manche eilten schon zu den Treppen links und rechts im Gangbord. Das Stimmengewirr wurde vom aufgeregten Gekreisch der Möwen übertönt. Dieselben Möwen, die schon seit Harlingen mitflogen, Vlieländer Möwen? Eine Lautsprecherstimme teilte mit, daß zuerst die Autos, dann die Gepäckkarren und als letztes die Passagiere das Schiff verlassen durften. Er beschloß, so lange wie möglich draußen auf dem Oberdeck zu bleiben, er hatte es nicht eilig.

Fröstelnd streckte er sich und stand auf, lief mit steifen Beinen zur Reling, um zu schauen, ob er Martine schon am Kai entdecken konnte. Meistens sah er sie sofort, ihre Locken waren hennarot, und sie kleidete sich in leuchtenden Farben. Während er versuchte, sie in der wartenden Menge zu erspähen – die Locken, die Lederjacke mit dem Pelzkragen –, tastete er in seiner Tasche nach einer Packung Kaugummi; nach einer weiteren Nacht mit wenig Schlaf schmeckte seine Zunge nach toter Maus. Am liebsten würde er sie nicht küssen, auch wenn sein Atem nach Milch und Honig riechen würde, doch bei einem Wiedersehen an einem Kai würde er wohl nicht darum herumkommen.

Voriges Wochenende hatte er Dienst gehabt, am Wochenende davor hatte er zum letzten Mal einen halben Tag und eine Nacht mit ihr verbracht. Sie hatten im Vondelpark Tennis gespielt, danach auf dem Albert-Cuyp-Markt eingekauft und zusammen für Freunde von ihr gekocht. Zehn Tage hatte er nachdenken können, und sein Entschluß stand fest: Morgen, vor seiner Abreise, das war der Moment. Lieber hier als zu Hause. Dann hatte sie wenigstens noch ein paar Tage, um sich vom ersten Schock zu erholen, konnte sie gegen die Brandung wüten oder gegen ihre Mutter. In der Stadt würde sie nur in Versuchung kommen, ihn anzurufen, um noch einmal von ihm zu hören, warum. Und er würde nicht wagen, das Gespräch einfach abzubrechen, würde mit ihr reden und reden. Aber was gab es noch zu sagen?

Zufällig, er hatte die Suche schon aufgegeben, sah er sie aus einem Restaurant kommen. Vielleicht konnte er heute abend mit ihr dort essen gehen? Es würde ihn nicht wundern, wenn sie die gleiche Idee gehabt und gerade einen Tisch bestellt hätte. Sie lief über die von Windschutzscheiben umgebene Terrasse und überquerte kurz vor einem Bus die Straße.

Wenn sie jetzt verunglücken würde, durchfuhr es ihn. Vor zwei Wochen war er schon drauf und dran gewesen, Schluß zu machen, doch als sie ihm mit schmerzverzerrtem Gesicht geöffnet hatte, weil sie von einem Hexenschuß geplagt wurde, hatte er sich nicht getraut. Wie schön, daß du da bist, hatte sie gesagt, noch ehe er sie begrüßt hatte, ich kann keine Tasse mehr heben.

Sie war allein, sah er, ihre Mutter war sicher im Häuschen geblieben. Gleich würden sie sie abholen, um einen Spaziergang oder eine Radtour zu machen. Etwas zu dritt unternehmen. Sobald er merken würde, daß sie nicht mehr mithalten könne, würde er sein Tempo verlangsamen, und wenn sie sich diskret zurückziehen wollte, würde er sich mit all seinem Charme dagegen wehren.

Er folgte Martine mit den Augen. Sie ging nicht zu dem überdachten Passagierdurchgang, sondern hintenherum auf den schmalen Deich. Auf halber Strecke blieb sie stehen und hielt mit der Hand über den Augen Ausschau nach den ersten Leuten, die die Gangway herunterkamen. Sie war nicht zu spät, nur auf die Minute pünktlich, wie immer. Um auf sich aufmerksam zu machen, pfiff er auf den Fingern, schrill, durch den Maschinenlärm des Schiffes hindurch, zwei langgezogene, fragende Töne. Mit einem breiten Lächeln, das ihre weißen Zähne entblößte, schaute sie hoch, erst zu tief und dann auf das Oberdeck, wo er in der äußersten Ecke an der Reling lehnte.

Er winkte stürmisch, doch die Verlegenheit ließ sich nicht wegwischen: war dieser Pfiff, ihr Pfiff, das Signal, mit dem er spätabends sein Kommen ankündigte, nicht viel verräterischer als der Kuß, vor dem ihm so graute? Sie winkte jetzt auch, flüchtig, und zeigte auf den Zaun, wo sie ihn erwarten würde. Mit großen Schritten lief sie den Deich wieder hinunter und blickte sich zu seiner Verwunderung nicht ein einziges Mal um.

Kurz darauf, als er mit seinem Gepäck aus dem Passagierdurchgang kam, hatte er sie schon wieder aus den Augen verloren. Er drehte sich um und schaute in Richtung Fähre. Hatte er ihre Gebärden falsch verstanden?

»Hans! Hier.«

Er sah sie wieder die Straße überqueren, diesmal mit einem grauen Samsonite auf Rädern. Neben ihr lief eine Frau mit hochgestecktem Haar und einer auffallend großen Sonnenbrille, obwohl die Sonne nicht schien; unter den Arm hatte sie ein grünes Kissen geklemmt. Martine ließ den Koffer los und ergriff seinen Ellenbogen, zum Kuß kam es nicht. Eilig stellte sie ihn ihrer Mutter vor, Hände wurden geschüttelt, Entschuldigungen ausgesprochen. Die Pläne seien geändert worden. »Leider muß ich weg«, sagte die Mutter, »aber wir begegnen uns bestimmt noch einmal.«

»O ja, bestimmt«, sagte er, während er sich fieberhaft fragte, wie es nun weitergehen sollte. Ohne Mutter ging es nicht. Er hatte auf sie gerechnet, sie war der Blitzableiter.

Offenbar war ihm die Enttäuschung vom Gesicht abzulesen, denn Martine sagte: »Ja, schade, was? Aber ihre beste Freundin ist krank geworden.« Noch ehe sie ausgeredet hatte, wandte sie sich ab und lief durch das Tor auf die Gepäckkarren zu, den Koffer wie einen unwilligen Hund hinter sich herzerrend. »Laß mich das tragen, denk an deinen Rücken«, rief er, doch sie deutete auf die Räder und schüttelte barsch den Kopf.

»Alles Gute, für Ihre Freundin«, stammelte er.

Die Mutter nickte. »Ja, und Ihnen einen schönen Tag auf der Insel. Und vielleicht auf Wiedersehen ...?« sagte sie mit einem Zögern in der Stimme, etwas Fragendem, Unsicherem, das ihn verwirrte, um so mehr, da er ihre Augen hinter den dunklen Brillengläsern nicht sehen konnte. Mütter schienen einen untrüglichen Instinkt für die Männer ihrer Töchter zu haben. Ahnte sie Schlimmes? Er senkte den Blick, verbarg seine klammen Hände in den Jackentaschen und wünschte, er wäre derjenige mit einer Sonnenbrille, die er nicht absetzen würde, bis der Abend kam.

Sie drehte sich um und ging zu Martine, die den Koffer in einen der Gepäckkarren gestellt hatte und sie am Fuße der Gangway erwartete. Aus der Ferne sah er, wie sie sich umarmten, das Kissen fiel zu Boden. Die Mutter nahm den Kopf ihrer Tochter in die Hände, schaute sie lange an und sagte etwas, worauf Martine nickte und ihrer Mutter einen Kuß auf die Stirn gab. S i i da standen, war es, als ob die Mutter emigrieren und ihre Tochter nie mehr wiedersehen würde.

»Wann fährt das letzte Schiff?« fragte er, während sie zu den Rädern gingen, die an der weißen Mauer der Terrasse vom »Zeezicht« lehnten. Martine blieb stehen, gab ihm den Schlüssel vom Rad ihrer Mutter und zog die Augenbrauen hoch. »Aber du wolltest doch erst morgen zurückfahren?« Sie ließ ihre Fingerspitzen absichtlich in seiner Handfläche ruhen, ein nachträglicher Kuß. Er zog die Hand zurück, beugte sich schnell über das Fahrradschloß.

Mit dem Kopf auf die Reisetasche weisend, die er unter seine Gepäckgurte schob, fragte Martine, ob er auf direktem Weg nach Hause wolle oder über eine lange Radtour. »Radfahren«, sagte er fast befehlend. Er durfte gar nicht daran denken, allein mit ihr in einem zugigen Sommerhäuschen zu sitzen, einander gegenüber an einem Tisch mit Wachstuchdecke, ihrer gespannten Aufmerksamkeit ausgeliefert.

Langsam, die schlendernden Urlauber umkurvend, fuhren sie durch die enge Dorfstraße. Wie konnten all die Leute hier nur so unbekümmert flanieren? Als er zum ersten Mal in Gabun gelandet war, hatte er sich nicht befremdeter umgesehen. Es schien, als ob auf dieser Insel alle Hand in Hand liefen. »Du kannst dem nicht entkommen, auch hier nicht«, sagte Martine und deutete auf eine Frau, die mit einer rot-weiß-blauen Fahne auf eine Leiter kletterte. Durch das Gewicht der Stange verlor sie fast das Gleichgewicht. Zerstreut schaute er hoch und dann zu Martine und sah an ihrem Blick, daß sie seine Schweigsamkeit falsch interpretierte.

Was machte er hier? Es war ein idiotisches Unterfangen, diese ganze Reise, die Autofahrt über den ellenlangen Abschlußdeich, die Überfahrt, eindreiviertel Stunden mit dem Schiff, all der Aufwand.

»Wie war es gestern abend?« fragte sie, als sie das Dorf hinter sich gelassen hatten. »Ich habe dich noch angerufen, gegen zehn ...«

»Mich angerufen, warum?«

Sie schaute vor sich auf die Straße. »Um dir schon mal zu sagen, daß du meine Mutter nur kurz sehen wirst.«

Gut, sie wußte also, daß er nicht zu Hause gewesen war. Er straffte sich. Am liebsten hätte er alles sofort herausgeschleudert, aber er konnte es nicht.

»Nach der Gedenkfeier bin ich mit zu meinen Eltern gegangen.«

»Ja, das habe ich mir schon gedacht, gegen elf nahm immer noch niemand ab.«

Rasendschnell formulierte er die nächste Ausflucht. Wenn sie ihn später noch einmal angerufen hatte, würde er sagen, daß er bei seinen Eltern übernachtet hätte: seine Mutter sei früh ins Bett gegangen mit Migräne – du weißt, wie sie ist, in diesen Tagen –, sein Vater hätte das Bedürfnis nach Gesellschaft gehabt. Aber Martine stellte keine Fragen mehr und fuhr, ohne etwas zu sagen, neben ihm her.

»Lieb von dir«, sagte sie nach einer Weile nachdenklich.

»Was ist lieb von mir?«

»Daß du mit zu deinen Eltern gegangen bist. An so einem Abend.«

Er schaute weg, beschämt, aber auch irritiert über die Schüchternheit, mit der sie »an so einem Abend« sagte. Als ob sie den ganzen Krieg in diesem Satz unterbringen wollte. Als ob sie etwas gutmachen müßte.

Sie fuhr näher an ihn heran, legte die Hand auf seinen Arm. »Aber das war auch das erste, was ich dachte, als ich dich sah. Endlich mal ein netter Mann.«

Er machte einen plötzlichen Schwenk und legte seine Hände dicht nebeneinander wie auf einem Rennrad, beugte sich tief über den Lenker. Manou würde seine Heuchelei sofort durchschauen und kurzen Prozeß machen, doch Manou liebte ihn. Manou war direkter. Die nahm nicht immer vorweg, was er vielleicht fühlte oder im Innersten seiner Gedanken wünschte. Die ließ das alles aus und meldete klar ihre Ansprüche an. Er haßte diese Schwindelei. Das war nichts für ihn. So war er nicht, nicht mit Manou. Er wollte nichts lieber, als ehrlich sein, aber Martine machte es ihm unmöglich mit ihrem sentimentalen Gegrübel.

Nach einer guten Dreiviertelstunde hatten sie »Het Posthuis« erreicht. Auf dem Freisitz würde sie es ihm erzählen. Je länger sie darüber nachdachte, desto sicherer wurde sie. Hans würde es zu schätzen wissen, daß ihre Mutter gewollt hatte, daß er die Wahrheit über ihre Vergangenheit erführe, ehe er sie kennenlernte. Wenn er ihr nicht mehr begegnen wolle, würde sie das auch respektieren, hatte sie vorhin noch gesagt. Aber so schlimm würde es schon nicht kommen. Ihre Mutter war schließlich kein NSB-Mitglied gewesen. Sie war blutjung, als sie Hugo heiratete, ein Kind noch, und sobald sie konnte, hatte sie sich wieder von ihm scheiden lassen. Nein, das letzte stimmte nicht. Merkwürdig, sie neigte jetzt schon dazu, alles zu bagatellisieren, die Scham ihrer Mutter war wie ein Floh auf sie übergesprungen.

Sie ging Hans voraus zu einer leeren Ecke des Freisitzes, damit sie offen sprechen konnten. Er würde gewiß nicht weglaufen, aber wie er sonst reagieren würde, vermochte sie nicht vorherzusagen. Als sie an einem Sonntagnachmittag zusammen durch das Plantageviertel gegangen waren, hatte er ihr das Haus gezeigt, in dem seine Großeltern gewohnt hatten, bevor sie abgeholt wurden. Er war nie drinnen gewesen. Während sie auf der anderen Straßenseite standen und schauten und Hans von seinen Großeltern erzählte, die er nicht gekannt hatte, ging die Tür des Hauses auf. Eine junge Frau stellte einen Karton mit Zeitungen auf den Fußweg und eilte wieder die Treppe hinauf, wobei sie die Haustür einen Spaltbreit offenließ. Da geschah es, oder es geschah eigentlich nichts, außer daß ein Windstoß die Tür wie mit unsichtbarer Hand weiter öffnete. Hans unterbrach seine Geschichte, starrte auf die Treppe und erbleichte.

Aus den Augenwinkeln beobachtete sie ihn. Er hatte die

Speisekarte hingelegt und wedelte nervös mit einem Bierdeckel. Spürte er, daß etwas in der Luft lag? Oder arbeitete er einfach zu viel? In den letzten Wochen hatte er ihr schon ein paarmal abgesagt, weil er spätabends noch zu einem Patienten mußte und danach lieber in seine eigene Wohnung ging, um zu schlafen. Sie hatte angeboten, zu ihm zu kommen, aber das wollte er nicht, denn er wußte nie genau, wann er zu Hause sein würde. So vertat er viel Zeit damit, zwischen seiner Wohnung und ihrer Wohnung hin und her zu rennen und sich jedesmal wieder eingewöhnen zu müssen. Anfangs hatte er es ja spannend gefunden, in einer anderen Wohnung aufzuwachen, aber immer öfter überwog der Ärger darüber, daß er etwas vergessen hatte: ein Buch, eine Telefonnummer, ein sauberes Oberhemd.

Sie betrachtete seine Hände, die jetzt fest ineinander verschlungen auf der Tischplatte lagen, die Knöchel glichen weißen Kieselsteinen. Seine Nägel waren immer kurz geschnitten, wie bei einem Pianisten. Bevor sie zum ersten Mal mit ihm ins Bett gegangen war, hatte es sie verwirrt, daß die Hände, die sie berühren sollten, tagsüber so viele andere Körper betastet hatten. Schwangere Bäuche, Wunden, unheilverkündende Schwellungen, hin und wieder einen Toten und nun gleich sie. Inzwischen war sie daran gewöhnt und auch an die Eifersucht, die manchmal in ihr aufflammte, auf die Frauen, die er an jenem Tag untersucht hatte.

Ein Mädchen stellte einen Eimer Wasser neben den Tisch und fing an, mit resoluten Bewegungen die Fenster zu putzen, die trübe und schmierig waren vom Salz. Obwohl er nicht im Weg saß, schob Hans seinen Stuhl umständlich zur Seite, um ihr mehr Platz zu machen. »Verlorne Liebesmüh, was, bei diesem Seewind«, sagte er und nickte ihr freundlich zu.

»Ja, aber es muß trotzdem sein. Da hilft alles nichts.«

Martine wiederholte ihre Worte in Gedanken und beschloß, sie als Zeichen aufzufassen. Dieses Kind war eine

Botin, die ihr klarmachen wollte, daß der Moment gekommen sei. Sie konnte es nicht länger hinausschieben.

Doch gerade als sie sich zu ihm vorbeugte, betrat eine Gruppe die Terrasse. Mit watschelndem Schritt und schiefen Grimassen, geschmückt mit grellbunten Basecaps und Sonnenschilden, ließen sich etwa zehn geistig zurückgebliebene Männer schwer schätzbaren Alters direkt neben ihnen nieder. Hans sah zu, wie sie sich aus ihren Sachen schälten und die Stühle verrückten, um im Windschatten und in der Sonne sitzen zu können.

Um seine Aufmerksamkeit auf sich zu ziehen, legte sie ihre Hand auf seinen Arm und sagte, daß sie etwas loswerden wolle. Aber sie unterbrach sich selbst, als sie hörte, daß die Männer deutsch sprachen; dadurch erinnerte sie sich, daß Hans erzählt hatte, seine Eltern hätten noch jahrelang einen großen Bogen um Deutschland gemacht. Und wenn sein Vater auf der Straße ein Auto mit einem deutschen Nummernschild entdecke, rase er daran vorbei; er denke nicht im Traum daran, hinter einem Moffen herzufahren. Im selben Moment sah sie – zum ersten Mal – die Raubvögel, die auf die Scheiben des Freisitzes gemalt waren. Hans stieß sie an und sagte etwas. Er lächelte ihr zu, aber seine Frage drang nicht zu ihr durch. Ihr Mut sank: Wie sollte sie es zur Sprache bringen?

Doch sie brauchte schon nichts mehr zu sagen, denn einer der Jungen setzte einen Kaffeebecher an den Mund und fing an, darauf lauthals *O, When the Saints* zu blasen. Nicht einmal, sondern zwanzigmal. Sobald der Refrain vorbei war, begann er von vorn, begeistert, als ob er es zum ersten Mal spielen würde. Sie schaute zu Hans, der voller Hingabe zuhörte und sie ganz vergessen hatte.

Er wollte einen Moment allein sein, denn ihn schwindelte. Das verstand sie natürlich und deutete mit dem Kopf auf das Schlafzimmer. Sie vertraute darauf, daß alles in Ordnung kommen würde, wenn sie ihm nur etwas Zeit gönnte. Oh, allzeit verständnisvolle, allzeit naive Martine. Er zog die Tür leise hinter sich zu und ließ sich auf den Bettrand fallen. Er wagte kaum zu seufzen, endlich war er allein.

Er riß seine Schnürsenkel auf, warf die Schuhe von sich und legte sich hin. In der Mittagssonne glich die gelbe Tagesdecke einem warmen Strand, doch der Stoff fühlte sich kühl an. Er erwog noch, unter die Decke zu kriechen, tat es aber nicht. Ihr Geruch, der Zitronenduft ihres Parfüms, hatte sich inzwischen in den Laken festgesetzt.

Er schaute auf einen Fleck an der Holzfaserdecke. Er wollte wissen, wie der dorthin kam, konnte seine Augen nicht davon abwenden, als ob es eine Narbe wäre. Hatte jemand in dem Zimmer da oben ein Waschbecken überlaufen lassen? War das Fenster bei einem Regenschauer offengeblieben, war das Dach undicht, hatte sich eine Pfütze auf dem Fußboden gebildet? So lenkte er sich eine Weile ab.

Fast unhörbar hatte sie angekündigt, daß sie ihm etwas Wichtiges zu sagen hätte. Diese gelispelte Mitteilung auf einem Freisitz am anderen Ende der Insel hatte ihm einen Schreck eingejagt. Ein paar Minuten lang hatte er sich nichts anderes denken können, als daß sie schwanger sei. Sie würde das Kind behalten wollen, und er würde also für den Rest seines Lebens an ihr festhängen. Auch wenn er in einer anderen Wohnung mit einer anderen Frau wohnen würde, die jung genug war, ihm drei Kinder zu schenken, und das auch wollte. Er sah sich von einer Familie zur anderen hetzen, vom Kinderfest zum Judoclub, vom jüdischen Religionsunterricht zum Ballett, mit einem Buckel von Schuld, weil immer jemand zu kurz kam, bis er sich erinnerte, daß Martine letzten Samstag ihre Regel bekommen hatte. »Drei Tage zu früh«, hatte sie empört gerufen, denn es war ihr erster gemeinsamer Abend in dieser Woche gewesen.

Nicht schwanger, Gott sei Dank, aber was dann, hatte er sich gefragt, während sie, mit den Fingern in ihren Locken wühlend, allen Mut zusammennahm. Wollte sie Schluß machen? Es erstaunte ihn, daß er nicht erleichtert war. Hatte sie ihn deshalb antanzen lassen? War das der Grund dafür, daß die Mutter abgereist war, hatte Martine sie weggeschickt?

»Heraus damit«, sagte er, breit lächelnd, um seine Unsicherheit zu verbergen. In diesem Moment begann ein Deutscher an einem Tisch neben ihnen zu trompeten. Eine Betreuerin fragte, ob sie sich durch das Konzert nicht gestört fühlten. »O nein, gar nicht«, hatte er geantwortet und gewünscht, der dicke Junge mit seinem Kaffeebecher würde ihnen den Rest des Tages folgen, bis zur Fähre, bis auf die Gangway.

Später auf dem Fahrrad hatte Martine ihm in einem Zug gebeichtet, was sie gestern von ihrer Mutter erfahren hatte. Während er sich verfluchte, daß er ihr nicht zuvorgekommen war, redete sie immer weiter über ihre Mutter, die er sein Lebtag nicht mehr wiedersehen würde. An deren Gesicht er sich kaum erinnerte. Ihre Mutter würde »vollstes Verständnis« dafür haben, wenn er ihr vorläufig nicht begegnen wolle.

»Oder überhaupt nicht? Sie würde es natürlich sehr schade finden, aber sie würde es verstehen.«

Während er auf den Radweg starrte, fragte er sich, wie er das Gespräch nun noch auf Manou bringen könnte.

»Sag was«, drängte sie. »Du brauchst mich nicht zu schonen. So schlimm kann es nicht sein, als daß ich es mir nicht schon selbst ausgemalt hätte.«

Er zuckte mit den Schultern. »Ich kenne vermutlich noch mehr Leute, die so jemanden in der Familie haben. Nur erzählen die es mir nicht.«

Sie schaute ihn erstaunt an. »Aber ich bin deine Freundin. Und dieser Jemand ist meine Mutter. Ich verstehe ja, daß ich dich damit überfalle, aber ich kann es doch nicht für mich behalten.«

Wieder dieser fragende Blick, dem er ausweichen mußte, denn er konnte sich schon nicht mehr vorstellen, wie er reagiert haben würde, wenn Martine die einzige in seinem Leben gewesen wäre und die Frau mit der Sonnenbrille seine zukünftige Schwiegermutter. So viel Phantasie hatte er einfach nicht. Er versuchte eine zusammenhängende Antwort zu geben, merkte aber, daß er sich immer nur eines fragen konnte: wie er sie jetzt noch loswurde.

Auf der anderen Seite der Tür hörte er sie rastlos auf und ab gehen. Sie legte Zeitungen zusammen, machte das Radio an – ein Fetzen einer Nachrichtensendung, Dienstag, 5. Mai 1998, 14.00 Uhr – und schaltete es wieder aus, dann wurde es still im Haus. Bitte, stell das Radio wieder an, schön laut. Such etwas Mitreißendes mit viel Blech und Schlagzeug, dann kann ich aus dem Fenster klettern und mich schnell aus dem Staub machen. Wenn sie merken würde, daß er nicht mehr im Schlafzimmer war, würde er schon auf der Fähre sein. Wenn, wenn, wenn seine Jacke mit der Rückfahrkarte und den Autoschlüsseln nicht im Flur gehangen hätte und er weniger anständig gewesen wäre, dann hätte er das tun können, ja, sich davonschleichen, nie wieder etwas von sich hören lassen. Und wie wollte er Manou dann noch unter die Augen treten? Die verließ sich darauf, daß er heute Schluß machte.

»Gott steh mir bei«, seufzte er; und er schlug die Hände vors Gesicht und wünschte, er hätte sich im Hebräischunterricht mehr Mühe gegeben: Ich hebe meine Augen auf zu den Bergen. Woher kommt mir Hilfe? *Esah, enai el hehariem ...* Die ganze Gruppe konnte Psalm 121 auswendig, nur er nicht.

»Was ist?« hörte er Martine fragen. »Hast du gerufen?«

»Nichts, es ist nichts«, antwortete er mutlos und drehte sich auf die Seite. Ihm blieb nichts anderes übrig, als allmählich aus ihrem Leben zu verschwinden. Er würde sagen, daß er etwas Zeit brauche, die nächste Fähre nehmen, ihre

Nachrichten auf dem Anrufbeantworter ignorieren. Ihr einen Brief schreiben, daß alles zu schmerzlich, zu verwirrend sei. Martine würde die Götter verwünschen, die Geschichte, das Schicksal, daß ihre Mutter ausgerechnet jetzt mit ihrem Geheimnis herausgerückt war. Aber war das nicht weniger grausam als die Wahrheit? War es nicht besser, vom Schicksal verraten zu werden als von einem Geliebten?

Während seine Gedanken noch um diese Frage kreisten, fiel sein Blick auf ihre Reisetasche, halb unter dem Bett. Der Reißverschluß war offen, er sah eine Wollsocke, einen schwarzen Slip, mit Spitze abgesetzt. Er zog ihn aus der Tasche. Schwarz stand ihr gut, sie trug oft etwas Schwarzes im Bett, teure Unterwäsche, für Manou mußte er auch mal so was kaufen. Die trug ihre weißen T-Shirts, bis sie graugewaschen waren und Löcher unter den Achseln hatten. Als er neulich mit Martine in den Vondelpark gegangen war, waren sie an dem großen Dessousgeschäft an der Ecke Hobbemastraat, gegenüber dem Eingang zum Park, vorbeigekommen; dort könnte er mal mit Manou hingehen. Martine wollte wie gewöhnlich in aller Ruhe vor dem Schaufenster stehenbleiben, doch er hatte sie weitergezogen und in Kauf genommen, daß sie seine Verlegenheit für Prüderie angesehen hatte.

Von Manou wußte er, daß sie lange an ein und derselben Jugendliebe hängengeblieben war, doch Martine hatte ihm nie sagen wollen, mit wieviel Männern sie vor ihm im Bett gewesen war. Ihre Fingerspitzen verrieten, daß es so einige gewesen sein mußten. Es war, als ob sie nicht drei, sondern sieben Fremdsprachen spräche. Er wollte seinen Betrug nicht beschönigen, aber es war wenigstens nicht die bekannte Geschichte von einem Mann mittleren Alters, der sich von einem jungen Hühnchen den Kopf verdrehen läßt. Mit Lust allein hatte es nichts zu tun, eher mit dem erregenden Gefühl, nach Jahren endlich nach Hause zu kommen.

Gestern hatte er Manou zur Totengedenkfeier in die Apollolaan mitgenommen, etwas, was er noch nie, mit nicht einer Frau, gewagt hatte. Danach waren sie mit zu seinen Eltern gegangen. Beim Abschied hatte seine Mutter ihn gerührt umarmt und ihm ins Ohr geflüstert: »Und Martine …? Nicht hinhalten, ja, dafür ist sie zu nett.«

Vor ihm war sie mit einem Bas zusammengewesen, und nach ihm würde wohl auch wieder jemand kommen. In ein paar Monaten würde er ihr irgendwo in der Stadt über den Weg laufen, am Arm eines Mannes, mit dem sie viel glücklicher werden würde als mit ihm. Er durfte den Platz, den er in ihrem Leben einnahm, nicht überschätzen; sie hatte ihre Arbeit an der Universität, eine Jahreskarte für die Museen, treue Freundinnen, ein Patenkind, das nach ihr genannt worden war, stapelweise Bücher neben dem Bett. Wenn er spätabends zu ihr kam, saß sie immer noch an ihrem Schreibtisch oder auf dem Sofa und las.

Er hörte, wie ein Stuhl verrückt wurde, ihre Schritte, die näher kamen. »Willst du Tee?«

»Gern«, antwortete er und knüllte den Slip zu einem Knäuel zusammen, das er an sich drückte. Als ihre Schritte sich entfernten, beugte er sich über den Rand des Bettes und zog die Ledertasche hervor. Ehe er den Slip zurücklegte, hielt er ihn sich in einem Reflex ans Gesicht und schnupperte daran. Es war etwas, das seine Mutter früher oft mit den Sachen getan hatte, die sie vom Badezimmerboden auflas, eine Gebärde, die bei ihm als Kind immer ein Gefühl der Abscheu und der Erregung hervorgerufen hatte. Er seufzte tief, versuchte dem Verlangen zu widerstehen, die Vorhänge zu schließen, Martine zu sich zu rufen – entschlossen legte er den Slip in die Tasche zurück.

Für einen Moment glaubte er, sich versehen zu haben, denn was sollte Martine mit einem hebräischen Buch?

Er irrte sich nicht, auch ohne Lesebrille erkannte er die großen, schwarzen Buchstaben auf dem grünen Umschlag als hebräische Schriftzeichen. Die Plastikhülle des Lehrbuchs reflektierte das Sonnenlicht, er blinzelte. Nicht hinschauen! Nicht alles wissen wollen, nicht jetzt, wo du sie gerade verlassen willst.

Doch er hatte das Buch schon in der Hand, die Brille schon aufgesetzt: *Biblisches Hebräisch*, las er, *Einführungslehrgang*. In seiner Verwirrung schlug er den Syllabus vorn auf. Seite 116 stand unten auf der ersten Seite. Er drehte das Buch um und fing an, von hinten nach vorn zu blättern, von rechts nach links zu lesen. Sah Anmerkungen in ihrer Handschrift, Fragezeichen, Unterstreichungen. Vorn war eine Liste eingeklebt: wieviel Lektionen sie in wieviel Wochen schaffen wollte. Sie war schon seit Februar damit beschäftigt, und die Planung ging bis Ende August. Ende August wollten Manou und er zusammen verreisen, mit dem Auto durch Amerika, von Küste zu Küste.

Sein Blick fiel auf eine Reihe eingerahmter Wörter: *Freund, Schrift, binden* haben dieselbe Wurzel. Das letzte Wort hatte sie dick unterstrichen. Seit Monaten war sie dabei, sich in sein Leben hineinzugraben, viel weiter, viel tiefer, als er vermutet hatte. Es war ihm zwar aufgefallen, daß sie die Herkunft vieler jiddischer Worte kannte, doch er hatte das ihrer umfassenden Bildung zugeschrieben und keinen Verdacht geschöpft, wenn sie sich begierig in seinem Bücherregal bedient hatte, auf der Suche nach einem weiteren Kommentarband.

Was war ihm noch entgangen? War sie vielleicht schon auf der Suche nach einem Haus, telefonierte sie schon mit Maklern? Hatte sie schon mit einem Rabbi gesprochen? Dachte sie daran – o nein, laß es nicht wahr sein –, Jüdin zu werden?

Er starrte auf ihren Kimono an der Tür, hinter der das Zimmer war, in dem sie häuslich mit Tassen klapperte, das Teegeschirr bereitstellte, Familie spielte. Haßte sie, aber mehr noch sich selbst: Warum hatte er nicht widerstanden, seine rechte Hand nicht mit der linken zurückgehalten, das Lehrbuch nicht in der Tasche gelassen? Jetzt konnte er nicht mehr tun, als ob er nicht wüßte, wie sehr sie ihn liebte.

Sie saß in demselben Sessel, in dem ihre Mutter gestern ihr Geständnis abgelegt hatte, er auf dem Sofa gegenüber. Nervös strich er über die braunen Kissen. Unwillkürlich, oder vielleicht um der Wirklichkeit für einen Moment zu entfliehen, dachte sie an Sanne, die auch dort auf dem Sofa gesessen hatte, als sie erzählte, daß sie in der fünften Woche schwanger sei. Wieviel Finger hatten an diesem Bezug herumgefummelt, wieviel Geschichten waren auf diesem Sofa schon erzählt worden, wirklich geschehene, erfundene, geträumte Geschichten? Und seine Geschichte?

Auf Strümpfen war er gerade aus dem Schlafzimmer gekommen. Er sah so elend aus, daß er ihr leid tat. Um sich das Schlimmste zu ersparen, überlegte sie, was er sagen würde: Er käme nicht darüber hinweg, daß sie die Tochter von jemandem sei, der den Arm zum Hitlergruß erhoben habe.

Doch nein, kein Wort über ihre Mutter, auch nicht über Hugo. Es schien, als ob diese Geschichte völlig an ihm vorbeigegangen sei, zum einen Ohr rein, zum anderen wieder raus. Als ob er den Bericht über die Nacht ihrer Geburt – als der jüdische Gynäkologe seine Hände ausstreckte und ihr auf die Welt half, jene kalte Januarnacht, in der ihre Mutter die Lagernummer sah und den Tiefpunkt ihrer Scham erreichte – nie gehört hätte. Er nannte einen Namen: Manou. Zu schön, zu elegant, ein Name aus einem Buch von Modiano, von dem er alles gelesen hatte, Manou kam bestimmt aus *Villa triste*. Hans behauptete, sie sei eine Cousine seines allerältesten Freundes; ja, Dick kannte sie, aber von Manou hatte sie noch nie gehört. Nach ein paar Sätzen hörte sie schon nicht einmal mehr zu, so fadenscheinig fand sie seine Geschichte.

»Warum sollte ich eine andere Frau erfinden«, sagte er jetzt, nach einer langen Pause.
»Weil du mich loswerden willst.«
Er schlug die Augen nieder.
»Wegen der Sache ... mit meiner Mutter.«
Als er weiter schwieg, stand sie auf, schloß die Durchreiche zur Küche, schob die Stühle näher an den Tisch heran, stellte die Teelichter auf dem Fensterbrett in Reih und Glied.
»Aber dann sag das doch. Und zaubere nicht irgendeine Manou aus dem Hut.«
Während sie es aussprach, fiel ihr ein, daß er nie einen Hut trug, höchstens eine Mütze, wenn es kalt war, und das Käppchen, das er bei ihrer ersten Begegnung aus der Tasche gezogen hatte. Sie kicherte, ein nervöses Lachen, das abrupt abbrach, als sie bemerkte, wie er sie anschaute. Sie erschrak. Nicht über etwas Distanziertes in seinen Augen, sondern weil sie sah, daß sie ihm leid tat. Durch diesen weinerlichen Blick begann sie zu zweifeln. Konnte es wahr sein, gab es sie wirklich, das Mädchen mit dem schönen Namen? War das der Grund, warum er in letzter Zeit oft so abwesend und reizbar war? Mal euphorisch geschäftig, dann wieder vollkommen lustlos? Sie starrte ihn an, drückte die Schulterblätter gegen die Wand, grub die Backenzähne in die Innenseite ihrer Wange, kaute darauf, als ob es ein zähes Stück Fleisch wäre.
»Was soll ich sagen, damit du mir glaubst?« fragte er. »Wieviel Details willst du hören?«
Sie schüttelte den Kopf. Kein Mädchen, keine andere. Er redet sich heraus. Mama hatte recht, ich hätte es ihm nicht sofort erzählen sollen.
»Willst du wissen, wie ich sie kennengelernt habe? Wie oft ich in den letzten Wochen bei ihr war? Wann genau?«
Sie sah, wie er zu seinem Jackett schaute, das über der Sofalehne lag, in einer der Innentaschen steckte sein Kalender. Gleich würde er ihn hervorholen, durch die vergangenen

Wochen blättern. Schau hier, ein M, das M von Manou, nicht von Martine, und hier noch eins und hier ihre Telefonnummer.

Sie drehte sich von ihm weg, blickte aus dem Fenster und dachte an all die Male, da er ihr vom Auto aus abgesagt hatte: Ich mach's kurz, ich stehe an einer Ampel ... Es wird jetzt grün, ich muß weiter. Sie holte tief Luft. »Diese ganzen Notfälle, war sie das?«
»Oft ja.«
»Und ich dachte noch: Wie viele Menschen doch auf einmal sterben.«
Im Spiegel der Fensterscheibe sah sie, daß er aufstand und sich mit gesenktem Kopf in den Flur trollte.

Sie hatte an ihm vorbei aus der Haustür schlüpfen wollen, um an den Strand zu gehen, allein zu sein. Nicht im Stich gelassen werden, sondern ihn hier zurücklassen. Sieh nur zu, was du machst und wie du zur Fähre kommst. Laß bitte nie mehr von dir hören. Ruf mich nicht an, streich mich aus deinem Adreßbuch. Und wage es ja nicht, mir zufällig irgendwo über den Weg zu laufen. Zieh um, weit weg, auf einen anderen Kontinent, geh nach Afrika, werd wieder Arzt ohne Grenzen und nimm sie mit. Ich will ihren Namen nie mehr hören.

Doch sie war zu ihm gelaufen, hatte sich an ihn geklammert, wie eine Seepocke an einen Stein. Er hatte sie zum Sofa gelotst, ihr schweigend über den Kopf gestrichen, minutenlang, bis ihre Locken sich statisch aufluden. Um sie zu beruhigen, hatte er angefangen, ihr ganz professionell den Nacken zu massieren, während er »ruhig, ruhig« flüsterte, aber sie hatte es nicht weglullen lassen. Die Panik, die wie Verlangen in ihr aufgeflammt war, konnte nicht gestillt werden.

Und nun war er weg. Der nasse Fleck auf dem Laken unter ihrem Hintern begann schon abzukühlen. Sie hatte gehört, wie er vorsichtig aus dem Bett gestiegen war, duschte, sich ankleidete, die Tür hinter sich zuzog. Und die ganze Zeit hatte sie getan, als ob sie schliefe, den Kopf tief unter der Decke verborgen. Sie wollte nicht sehen, wie eilig er es hatte, die letzte Fähre zu erreichen.

Draußen, auf dem Badweg, waren Kinderstimmen zu hören, ein springender Ball. Spätnachmittag, Zeit, nach Hause zu gehen; baden, umziehen, einen Schnaps trinken, ja, na gut, noch ein letztes Eis, weil Ferien sind. Für den Bruchteil einer Sekunde sah sie ihn, hier in »Dünenrose« mit Manou, zwei kleinen Kindern und überall Spielzeug auf dem Boden.

Sie klaubte ein Haar vom Kissen, die Spitze war schwarz, doch an der Wurzel war es grau. Sie hatte ihn gefragt, ob er keine Angst habe, sich neben einer jungen Frau steinalt zu fühlen. Sie wird wollen, daß du den Bauch einziehst, eine modische Armbanduhr trägst und andere Schuhe. Interessiert sie sich wirklich für dich, denkt sie manchmal über dich nach? Weiß sie, wo du herkommst, wer du bist? Ist sie eigentlich Jüdin? Ist es das? »Hör auf«, hatte er erwidert, »alles, was ich sage, ist Salz auf deine Wunden.« Dadurch, durch das, was er nicht aussprach, begriff sie es erst richtig: daß er eine andere hatte, die jetzt seine Liebste war.

Lange blieb sie so liegen, ihre Schenkel fühlten sich klebrig an, zwei Nacktschnecken. Keine Ahnung, wieviel Zeit verstrichen war, seit die Tür hinter ihm zugefallen war. Auch von draußen kam kein Geräusch mehr, alle waren längst zu Hause. Sie dachte, daß sie die Stille liebte, doch diese Stille beklemmte sie; sie hörte nur ihr Herz pochen. Wenn es nachher dunkel war, würde es noch stiller wirken, das Haus ein Grabmal, vor das er einen Stein gerollt hatte.

Sie konnte sich nicht vorstellen, daß sie dieses Bett, dieses Zimmer jemals wieder verlassen würde. Warum sollte sie? Wenn sie doch nur in diesem klammen Fleck im Laken verschwinden könnte, wie in einem Eisloch. Durch die Kälte würde sie schon bald nichts mehr spüren, nichts mehr denken, erlöst sein von der Flut der Bilder von ihm und ihr, im Bett, an dem hölzernen Küchentisch in seinem Souterrain, im Park hinter einem Kinderwagen.

Doch ehe die Dämmerung hereinbrach, stand sie auf und zog ihren Kimono an, um die Lichter anzuknipsen, den Ofen höherzudrehen und Wasser für eine Tütensuppe aufzusetzen. Benommen lief sie durchs Haus, schrammte sich den Ellenbogen an einem Türpfosten, stieß sich den Kopf an einem Schrank. Es mußte sein, aufstehen, etwas tun, ganz egal, was. Sie wußte nur zu gut, nur allzu gut, wie es war, mitten am Abend allein, verfroren, in einem feuchtdunklen Haus zu erwachen.

Als sie eine Schale von einem Brett nahm, fiel ihr Blick auf den Zettel: daß alles, was zerbrach, durch etwas Gleichwertiges ersetzt werden müsse, und schlagartig fiel ihr ein, daß sie versprochen hatte, ihre Mutter anzurufen. »Heute abend, oder sonst morgen früh«, hatte sie ihr hinterhergerufen, als sie die Gangway hinaufgegangen war. Sie stellte das Gas ab, suchte einen Topflappen, um den Kessel mit kochendem Wasser herunterzunehmen.

Ich rufe nur schnell an, um zu hören, ob du gut angekommen bist, würde sie sagen. Und um Bescheid zu geben, daß ich morgen nach Hause komme. Ja, morgen schon, mit der ersten Fähre. Warum? Das erzähl ich dir noch mal, vielleicht … wenn du es hören willst. Ich werde jetzt packen, das Haus aufräumen, ein bißchen saubermachen. Meine Tasche stelle ich dann gleich in den Flur neben die Haustür. Morgen nur noch die Bettwäsche hinein und meinen Kulturbeutel. Ja, eigentlich bin ich schon weg.

Sie goß Wasser über das tomatenrote Pulver und fing an, langsam zu rühren, *rechem, rachamiem,* wie von selbst bewegte sich ihr Körper mit dem Löffel mit. Es war etwas, dem sie sich kaum widersetzen konnte, als ob sie auf einem

Schiff stünde. Gebärmutter, Barmherziger ... Während sie da stand, sich an der Anrichte wiegend, als ob sie ihr eigenes Kind wäre, das getröstet werden mußte, hallten in ihrem Kopf die Worte nach, die sie ein paar Tage zuvor wiedergelesen hatte. »Rechem, rachamiem«, sagte sie unhörbar leise und schaute auf das schwarze Fenster, hinter dem sie die Dünen wußte und dahinter die tiefdunkle See, und sie fuhr fort zu rühren, »Barmherziger, Ewiger ... erbarme Dich über mich.« Gegen den Rand des Bechers tickte hell der Löffel, der Löffel.

Ich sehe Menschen, die überhaupt nicht dasein können. Sollte lieber nicht drüber reden. Mit niemandem. Sonst wird noch überall im Dorf ausposaunt, daß ich zu alt werde für diesen Job. Auf einer Insel spricht sich Klatsch und Tratsch nun mal noch schneller rum. Aber komisch ist es schon. Ich klingle, sechs Wochen ist es nun her, am ersten Wochenende der neuen Saison, am letzten Sonntag im März. Normalerweise lasse ich mich nicht blicken, aber nachdem ich diese herausgerissenen Seiten gelesen hatte, habe ich mir vorgenommen, wachsamer zu sein. Da höre ich eine Frau, die mich bittet, später wiederzukommen. Jetzt erst fiel mir auf, daß die Vorhänge im Wohnzimmer zu waren, mitten am Tag. Nun ja, ich wundere mich über gar nichts mehr. Will sicher ein Nickerchen auf dem Sofa machen, dachte ich noch. Wenn man nicht daran gewöhnt ist, kann das Licht am Meer sehr grell sein. Ich laufe also den Weg hinunter, schaue mich noch einmal um, und in diesem Moment kommt eine kräftige Brise auf, und der Vorhang vor der Verandatür, die nur eingehakt war, wird aufgeweht.

Da sah ich sie, die mit den Handschuhen. Sie stand mit dem Rücken zu mir, leicht gebeugt, in ihrer roten Strickjacke, ein Tuch um den Kopf. Nein, ich habe es mir nicht eingebildet. In all den Jahren, seit mein Jelte tot ist, habe ich ihn nie so deutlich gesehen. Als er nicht mehr da war, bin ich abends gegen neun immer zum Kai gegangen, um auf die Abendfähre zu warten, so wie ich es gewohnt war, als er noch lebte. Menschen, die zum ersten Mal auf die Insel fahren, nehmen in der Regel die Morgen- oder Mittagsfähre, die wollen nicht in der Dämmerung oder im Dunkeln ankommen. Aber die Abendfähre bringt immer ein paar bekannte Gesichter, Insulaner, die auf dem Festland arbeiten, und Gäste, die schon einmal hiergewesen sind. Manchmal dachte ich zwar: Der sieht aus wie Jelte. Aber nie: Das ist er. Nie so sicher wie bei dieser Frau.

Ich konnte in jener Nacht nicht schlafen. Sie lebte also noch, sie war zurückgekommen. Was sie nicht zu hoffen gewagt hatte, war doch geschehen. Morgen oder übermorgen, sobald sie sich ein wenig eingewöhnt hätte, würde ich ihr die Handschuhe mit den herausgerissenen Seiten bringen. Es würde mir schwerfallen, mir nicht anmerken zu lassen, daß ich alles gelesen hatte, drei, vier Mal. Daß ich sie schon durch und durch kannte.

Zwei Tage später bin ich noch einmal hingegangen. Die Vorhänge waren offen, und die Tür war wieder eingehakt. Am Fenster saß ein Mann und las die Zeitung. Ihr Mann sicher. Ich klingle, er macht auf. Ich frage, wie es geht: ob der Durchlauferhitzer noch funktioniert, ob sie alles finden konnten, ob genügend Decken da sind für ihn und seine Frau? Er schluckte – er hatte so einen ausgestülpten Adamsapfel, wie ein Pelikan in einem Naturfilm.

»Ich bin allein hier.«

»Oh«, sagte ich und wurde feuerrot, in meiner Manteltasche brannten die Handschuhe mit den herausgerissenen Seiten, und fast hätte ich sie ihm gegeben: Gehören diese Handschuhe vielleicht Ihrer Frau? Ich hatte meine Hand schon in der Tasche, um sie hervorzuholen, und das muß ihm aufgefallen sein, denn sein Blick ging von meiner Manteltasche zu mir, und er schaute mich fragend an.

»Und Sie sind die Haushüterin?«

»Die Putzfrau.«

Er lachte. »Die Gäste haben das Haus sauber zu hinterlassen ...‹«

»Ja, das habe ich geschrieben.«

»Aber eigentlich machen Sie die ganze Arbeit.«
»Nur am Anfang und am Ende der Saison. Ansonsten mache ich nur hin und wieder eine Lampe aus.«
Warum, weiß ich nicht, aber ich starrte die ganze Zeit auf seinen Ehering. Seit ich Witwe bin, trage ich Jeltes Ring vor meinem, aber Männer tun so was nicht. Er war ein Stück kleiner als Jelte, aber er hatte genau solches Stoppelhaar, Haar, auf das man seine Hand legen möchte. Vielleicht zauderte ich ja deshalb und hoffte, daß er mich auf einen Kaffee hereinbitten würde.

Wenn ich sofort umgekehrt wäre, hätte er vielleicht nicht daran gedacht, aber weil ich so herumdruckste, stellte er mir noch eine Frage. Er habe hier am Tag seiner Ankunft etwas verloren, sagte er.
»Etwas Wertvolles?«
»Einen Knopf.«
Er beschrieb ihn und bat mich, ihm den Knopf, wenn ich ihn irgendwann einmal finden sollte, zuzuschicken. Oder eigentlich war es keine Bitte, sondern ein Befehl. Er gab mir seine Adresse. Mr. E. Bruinsma, in Winterswijk. Er zog die Visitenkarte einfach aus der Innentasche eines Jacketts, das an der Garderobe hing, und drückte sie mir in die Hand. Er brauchte nicht erst einen Stift zu holen, also bat er mich nicht hinein ... nun ja, es macht nichts.

Nachdem er abgefahren war, habe ich sofort angefangen zu suchen. Alle Scheuerleisten inspiziert, den Läufer angehoben und auch die Sofakissen. Sie werden übrigens scheußlich kahl. Heute habe ich dann die Nähte abgetastet, mit geschlossenen Augen, da sucht es sich besser. Was wollte ich noch tun? Kurz in das blaue Zimmer oben, nachsehen, ob der Wasserhahn richtig zu ist. Komisch, jetzt ist die Treppe so schön geworden, aber mir graut davor, wieder diese ganzen Stufen. Ich denke, ich werde im Oktober den kleinen Bram mal mitnehmen, wenn ich den Laden hier dichtmache, denn diese Treppe fällt mir immer schwerer. Es ist eigentlich auch nicht nötig, nicht heute. Wahrscheinlich hat noch niemand oben geschlafen, die Damen waren nur zu zweit hier. Die ältere, die Mutter, nehme ich an, trug oft eine Sonnenbrille; die hatte sicher auch Probleme mit dem grellen Licht.

O ja, die Küche, kurz über die Anrichte wischen, die ist voller Spritzer. Für einen Moment dachte ich, daß es Blut ist. Ich bin froh, daß ich es entdeckt habe, denn für die nächsten Gäste ist das nicht so schön, der Dreck von anderen. Aber ich verzeihe es ihnen; im Vorbeigehen habe ich schon gesehen, daß sie etwas ins Gästebuch geschrieben haben. Wenn ich nachher fertig bin, darf ich lesen. Wegen dieses Knopfs mache ich mich nicht verrückt. Was das Haus verliert, gibt das Haus zurück. Nur komisch, daß so ein resoluter Mann Hemden mit Glasknöpfen in Form einer Blume trägt.

IV

Ben saß am offenen Fenster und rauchte die erste Zigarette des Tages. Vor ihm auf dem Tisch lag das Buch, das er gestern abend mit nach oben genommen hatte. Seine Mutter hatte wieder angefangen zu nerven, daß man sich wirklich nicht zu langweilen brauche, wenn der Fernseher nicht funktioniert, daß sie Monopoly spielen könnten oder Radio hören oder lesen; um davon erlöst zu sein, hatte er das erstbeste Buch gegriffen, das er hatte liegen sehen. Was gibt's da zu lachen? Jetzt verstand er, warum sie ihm so dämlich grinsend hinterhergeschaut hatte. Er schnippte die Asche in eine Streichholzschachtel, die er speziell zu diesem Zweck in die Büchse neben dem Herd geleert hatte.

Vorigen Monat waren vier Mädchen hiergewesen. Zwei ganze Wochen, vier ganze Mädchen, in diesem Haus. Nach den Paßfotos zu urteilen, die sie schief und krumm in das Gästebuch geklebt hatten, als ob es ein Hausaufgabenheft wäre, mußten sie etwa siebzehn sein. Nur drei Jahre älter als er. Er las die Namen unter den Fotos; Vornamen, Nachnamen, aber keine Adressen. Es ging ungerecht zu in der Welt: sie waren zu viert ohne Mann, und er war schon seit Tagen allein mit seiner Mutter. Sein Bruder Jeroen würde erst morgen kommen. Die Mädchen hätten im Mai Abitur gemacht, stand da, dies sei ihr erster Urlaub ohne Eltern. Eine wollte wahrscheinlich Dichterin werden: *Das Haus war sicher nobel, doch was fehlte, war ein Käsehobel.*

Wenn man die Zeit nur ineinanderschieben könnte, so daß jetzt gleichzeitig voriger Monat wäre und er mit diesen Mädchen im Haus »Dünenrose« sitzen würde. Seine Mutter würde davon nicht so begeistert sein, die war hier, um sich zu erholen, aber das müßte sie dann eben in einem Zelt in den Dünen tun. In dem Moment, als er an sie dachte, sah er sie auf dem Badweg kommen. Es passierte ihm öfter, daß er seine Mutter durch den bloßen Gedanken an sie ins Zimmer laufen ließ oder über den Gartenweg, doch diesmal hatte er es schlecht getimed, denn er hatte gerade erst ein paar Züge genommen. Schnell schob er seinen Stuhl zurück, kleckerte dabei etwas Asche auf die Mädchen, drückte die Zigarette in der Streichholzschachtel aus, die er in einer flachen Schublade unter der Tischplatte verschwinden ließ.

Er hatte gedacht, daß sie ins Dorf gegangen sei, erwartete sie erst in einer Stunde zurück, mit frischem Brot und Orangensaftpaketen. Sie lief barfuß mit den Sandalen in der Hand, hatte sich nicht einmal die Mühe gemacht, ihre Bluse zuzuknöpfen, und man sah den nassen Badeanzug unter ihren Sachen; das kurze Haar stand ihr vom Kopf ab, sie sah aus wie ein Hooligan mit diesem gestreiften Badetuch über den Schultern. Wenn kleine Kinder und schöne Mädchen so herumliefen, mußten sie es selbst wissen, aber fünfzigjährige Mütter hatten sich gefälligst Mühe zu geben, nicht aufzufallen.

Er schlug die Augen nieder und versuchte zu entscheiden, welche von den vieren die Hübscheste sei. Schwierige Wahl, auch weil es noch sehr die Frage war, ob es überhaupt etwas zu wählen gäbe. Sie fänden ihn bestimmt zu jung, was sehr kurzsichtig wäre. In zehn Jahren macht so ein Altersunterschied nichts mehr aus, sagte seine Mutter immer, womit sie recht hatte, aber das half ihm jetzt auch nichts. Forschend betrachtete er die Gesichter. Wenn sie vorausschauend wären, würden sie ihn nehmen und nicht einen achtzehnjährigen Jungen mit einem italienischen Motorroller. Nun sag doch selbst, Nadine, wandte er sich an das Mädchen rechts unten auf der Seite, die ihm die Jüngste, aber auch die Intelligenteste zu sein schien, was sind schon drei Jahre?

Männer sterben durchschnittlich sechs Jahre eher als Frauen; wenn du mich nimmst, bist du nicht so lange Witwe.

Er blätterte zurück auf der Suche nach einem Altersgenossen. Nach den vier Mädchen hatte das Haus offenbar leergestanden, oder es waren ausschließlich Analphabeten hiergewesen. Kein Wort, nicht einmal ein Kreuzchen oder ein Fingerabdruck. Vielleicht waren die anderen Junigäste von der Insel geflüchtet, denn es hatte nur geregnet. Vom 9. bis zum 30. Mai waren Herman und Betty Slaghek hier. *Das fünfte Jahr.* Unbegreifliche Wesen, diese Erwachsenen. Wer fuhr schon fünf Jahre hintereinander in dasselbe Häuschen auf derselben Watteninsel, wenn man für ein paar hundert Gulden nach Hawaii fliegen konnte? *Wir waren freudig überrascht, daß bei unserer Ankunft ein Apfelkuchen auf dem Tisch stand!* Ungerecht. Bei ihrer Ankunft letzten Samstag hatte ein brechend voller Müllsack mitten im Flur gestanden, den er sofort zum Container unten an der Straße schleppen mußte. Und im Klo schwamm ein Haufen, so groß wie die Kienäpfel, die hier überall auf den Fensterbänken lagen. *In der Geschichte Vlielands grabend, stieß ich auf den Namen Willem de Vlamingh, 1640 auf der Insel geboren, Walfänger und Entdecker der Westküste Australiens! Betty hat mich gebeten, den Namen unseres Sohnes Evert nicht mehr im Gästebuch zu erwähnen. Aber kurios ist es schon, daß die Geschichte dieser Insel so mit der Australiens verwoben ist, wo wir vor fünfeinhalb Jahren unseren Sohn bei einem Unfall verloren haben. Oder bin ich es, der diese Dinge allzu oft miteinander verbindet? Wenn ich eine Zeitung aufschlage, fällt mein Blick sofort auf das Wort Australien.*

Vor den Slagheks, die seitenlang ihr Bestes gegeben hatten, die Landschaft zu beschreiben, die jeder, der nicht völlig mit Blindheit geschlagen war, auch selbst sehen konnte, war eine Martine hiergewesen. Eine undeutliche, kritzelige Handschrift. Keine halbe Seite, aber sie war auch nur ein paar Tage geblieben, vom 2. bis zum 6. Mai. Wie alt diese

Martine war, konnte er aus der Schrift nicht ersehen, trotzdem wollte er sie entziffern. Seiner Mutter ging es mit Klatschblättern ähnlich: sie kaufte sie nie, aber im Zug machte sie allerlei Verrenkungen, um mit wildfremden Menschen mitlesen zu können.

Er sah aus dem Fenster, mitten auf der Straße blieb sie stehen. Würde sie hochschauen, zu seinem Zimmer direkt unter dem Dach, zu seinem Krähennest, wie sie es nannte? Spürte sie, daß er an sie dachte? Nein, sie drehte sich um und bückte sich, um die Sandale aufzuheben, die sie hatte fallen lassen. Auf ihrem Hintern war ein großer dunkler Kreis von dem nassen Badeanzug. Schon seit drei Tagen lief sie in diesen Khakishorts herum, auch wenn es gar kein Kurze-Hosen-Wetter war. Sie hatte sie mindestens eine Größe zu klein gekauft, der Stoff drückte ihr Hinterteil platt. Es war wie so ein wattiertes Schild, das Catcher beim Baseball trugen. Wie sollte er ihr beibringen, daß er so lieber nicht mit ihr ins Dorf ging? Und schon gar nicht, wenn sie ihre Bluse in die Hose steckte. Sie verstand wirklich Spaß, fand es nicht schlimm, wenn er von ihren Airbags sprach und den Busen damit meinte, aber er durfte es nicht zu weit treiben. Meistens tat er das auch nicht. Als Sohn einer geschiedenen Mutter war man doch mehr oder weniger der Mann im Haus, derjenige, der sich mit dem Sicherungskasten auskannte, platte Reifen flickte, den Fahrradschuppen abschloß, sie zum Lachen brachte, wenn sie unter Hitzewallungen litt. Seit Jeroen eine Freundin hatte, bei der er regelmäßig ganze Wochenenden übernachtete, ruhten diese Aufgaben immer häufiger auf seinen Schultern.

Er seufzte und stand auf, wedelte mit einer Computerzeitschrift das letzte bißchen Rauch hinaus und nahm sich vor, sich gleich auch noch etwas Zahnpasta in den Mund zu spritzen. In diesem Augenblick schaute sie hoch, und ihre Blicke trafen sich; für einen Moment unterbrach er seine Bewegung, doch dann fing er an, ein bißchen zu winken, in der Hoffnung, sie würde denken, daß er sie schon die ganze Zeit mit der Zeitschrift willkommen heißen wollte. Sie warf ihm strahlend eine Kußhand zu, und er schämte sich für seinen Betrug.

Warum suchte sie sich keinen Mann, dann könnte er endlich aufhören, ihr lieber Sohn zu sein, ihr Benjamin. Sie war selbst schuld, wenn sie beschummelt wurde. Ständig drängte sie auf »erwachsene« Absprachen, rang ihm ein Versprechen nach dem anderen ab. Sobald sie auch nur etwas Verdächtiges zu riechen glaubte, am Kragen seiner Jacke, an den Ohrstöpseln seines Walkmans, in seinem Haar, fragte sie mit einem beunruhigten Blitzen in den Augen: Du rauchst doch nicht?! Woraufhin es unmöglich war, es zuzugeben; nicht daß er sich eine Zigarette nach der anderen anzündete, aber so um die fünf rauchte er schon schnell mal an einem Tag. Er hörte sie etwas über Jeroen rufen, mit dem sie telefonieren müsse, machte aber schnell einen Schritt zurück, damit er von der Straße aus nicht sichtbar war. Gott sei Dank war niemand sonst auf dem Badweg, niemand wußte, daß diese enthusiastisch winkende Frau seine Mutter war.

Sie legte das Telefon auf den Sims zurück, stolz, daß sie es ohne Bens Hilfe hatte bedienen können. Sie benutzte das Ding erst seit ein paar Tagen, hatte es auf Bens Drängen hin gekauft. Er fand es eine »schreckliche« Vorstellung, zwei Wochen unerreichbar zu sein. Was soll ich dann machen, wenn ich mit meinen Freunden reden will, ans andere Ufer brüllen? Vielleicht hätte sie nicht nachgeben sollen, denn jetzt fragte er ständig, ob jemand für ihn angerufen habe, und reagierte gekränkt, wenn das nicht der Fall war. Schon wieder nicht? Unmöglich.

Sie rief hinauf, daß sie etwas mit ihm zu besprechen habe. »Wieso? Was denn?« fragte Ben. Sie hörte ihn unruhig mit den Füßen über den Holzboden scharren. Nach einem Blick durch die Durchreiche verstand sie, warum: er hatte den Abwasch von gestern abend noch nicht gemacht. Während sie in die Dusche ging, um sich die Strandbeine abzuspülen, antwortete sie, daß er herunterkommen solle, sie habe genug von der Schreierei.

Es war kein starkes Argument, in diesem Haus brauchte man die Stimme kaum zu heben, um in anderen Zimmern verständlich zu sein. Auch deshalb war sie froh über Jeroens Mitteilung, daß seine Freundin morgen nicht mitkommen würde. Die beiden stritten sich oft, das heißt: Loeke machte eine Szene, und Jeroen schwieg und schnitt Ben Grimassen.

Als sie vor vier Tagen hier angekommen waren, hatte sie noch mit Loeke gerechnet und sich sofort den Kopf zerbrochen, wer wo schlafen würde. Sollte sie Jeroen und seine Freundin zusammen legen oder getrennt? Loeke war auch erst sechzehn. Loekes Mutter behauptete, daß in all den Monaten noch nichts passiert sei. Wir sehen das falsch, hatte sie mit etwas Autoritärem in der Stimme gesagt, wir denken gleich sonst was, während die Kinder sich gerade mal ein bißchen beschnuppern. Die merken schon selbst, wann sie soweit sind. Loekes Mutter machte sich keine Sorgen. Jeroen wisse doch, wie er an Kondome kommen konnte, habe wahrscheinlich längst welche, nun denn, ihre Tochter auch.

Wie immer waren es die Mütter der Mädchen, die am besten wußten, wie die Dinge standen, und auch bestimmten, wann die Zeit reif war. Bei Loeke durften sie von Anfang an zusammen schlafen: was hatte sie da noch zu melden? Daß es unter ihrem Dach nicht erlaubt war? Um dann mit scheelen Blicken zusehen zu müssen, wie ihr ältester Sohn eine saubere Unterhose in seinen Rucksack stopfte, um bei den Schwiegereltern zu übernachten?

Sie stellte die Dusche ab und ging mit einem Handtuch in das Schlafzimmer gegenüber, wo sie sich auf dem unbezogenen Bett die Beine abtrocknete. Am Fußende lag eine karierte Decke, in der noch ein paar Kiefernnadeln steckten.

Frühere Gäste hatten sie sicher mit in den Wald genommen und sich darauf geliebt, an einem der seltenen warmen Sommertage. Wenn sie die Gelegenheit bekam – was nicht so einfach war, weil Jeroen, schon seit er sprechen konnte, bei allem, was sie ihm beibringen wollte, sagte: »Weiß ich, weiß ich doch längst« –, wenn sie also die Gelegenheit bekam, das Thema anzuschneiden, legte sie die Betonung nicht auf die biologischen Aspekte des Verhältnisses zwischen Mann und Frau, sondern auf Liebe. Auf Verantwortung. Sie hoffte, daß Ben und er nicht einfach so mit einem Mädchen ins Bett gehen würden, nur weil sie attraktiv war. Es ist mehr. Ein Mensch ist kein Kaninchen. Wenn sie am Kern ihrer Ausführungen angelangt war, gähnte Jeroen meistens schon und fragte höflich, ob er den Fernseher wieder anmachen dürfe.

Sie öffnete das Fenster, um das Zimmer zu lüften. Von der Sorge, wer wo schlafen sollte, war sie nun erlöst, denn Loeke hatte sich in letzter Sekunde doch für einen Urlaub mit ihren Eltern in einem Luxusappartement auf Sizilien entschieden. An ihrer Stelle hatte Jeroen einen Freund eingeladen. Jeroen und der Junge, dessen Namen sie nicht verstanden hatte, mußten mal zusehen, wo sie schlafen wollten. Zusammen hier, oder Jeroen bei Ben und der Junge hier. Unter beide Betten war ein Klappbett geschoben, einfacher ging es nicht. Summend lief sie in den Flur, um unten an der Treppe noch einen Versuch zu wagen, Ben aus seinem Krähennest zu locken.

Sie hörte einen Wasserhahn laufen, durch die Leitungen ein Gurgeln. Kurz darauf kam Ben die Treppe heruntergeschlurft. Auf halber Höhe blieb er stehen und schaute mürrisch auf sie herab. Das tat er immer, wenn er Angst hatte, eins auf den Deckel zu kriegen, auf der Treppe hatte er wenigstens eine gewisse Überlegenheit. Er fragte, ob sie an Gel gedacht habe, ohne Gel im Haar könne er nicht auf die

Straße, müsse er wieder den ganzen Tag sein Basecap aufbehalten. Und war frisches Brot da? Sie wollte ihm die Leviten lesen wegen der Unordnung in der Küche und wegen des Tons, den er ihr gegenüber anschlug, doch sie hielt ihren Ärger zurück und berichtete ihm die Neuigkeit.

»Loeke hat es sich anders überlegt. Sie kommt morgen abend nicht mit.«

Jetzt, wo er lachte – zum ersten Mal seit Tagen –, fiel ihr auf, wie blaß er noch immer war. »Fräuleinchen kommt nicht mit. Wieso nicht? Ist es aus?«

Danach hatte sie nicht gefragt. Es war schon komisch, daß Loeke, nachdem sie sich monatelang dem Sizilienplan widersetzt hatte, als ob es sich um eine Deportation nach Alcatraz handeln würde, nun doch mit ihren Eltern mitwollte. Aber so direkt wie Ben hätte sie die Frage nicht zu stellen gewagt. Als Jugendliche hatte sie es eine Unverschämtheit gefunden, daß Eltern glaubten, sie alles fragen zu dürfen: ob sie verliebt sei, von wem sie den Brief habe? Wenn sie je Kinder bekommen würde, hatte sie sich geschworen, würde sie es ganz anders machen. Abwarten, sie nicht wegen jeder Kleinigkeit einem Kreuzverhör unterziehen; die Tagebücher ungeöffnet lassen, nie ohne anzuklopfen ihr Zimmer betreten.

»Nein, daß es aus ist, hat er nicht gesagt.«

»Er kommt doch aber?«

»Ja, mit einem Jungen, den er aus der Küche von ›De Olmen‹ kennt.« Es tat ihr gut, daß Ben sich auf seinen Bruder freute. Seit der Vater der beiden vor zehn Jahren weggegangen war, war ihre Familie so klein; wenn zwei sich stritten oder einer sich erbost zurückzog, war nur noch wenig davon übrig.

»Wer? Wie heißt er? Ist es einer von den anderen Tellerwäschern?«

»Die Verbindung war ziemlich gestört. Ein Name mit vielen I's. Pietepiet, kann das sein?«

Ben landete direkt vor ihren Füßen. Derb schlug er seine Hände um ihre Wangen, machte eine Bewegung, als ob er sie küssen wollte, zuckte aber im letzten Moment wieder zurück und schüttelte ihren Kopf liebkosend hin und her. Zahnpastaspritzer klebten an seiner Spange, sah sie, als er sie anlachte. Fast hätte sie etwas dazu gesagt, aber sie wollte den Augenblick nicht verderben.

»Pietepiet? So heißt doch kein Mensch, Mama. Nur Schoßhunde und Kanarienvögel.«

Während sie zusammen in die Küche gingen, um sich den Abwasch vorzunehmen, phantasierten sie noch eine Weile weiter, wie Jeroen morgen die Gangway herunterkommen würde, mit einem großen Vogelkäfig in der Hand.

Die ersten Tage mit Ben waren ruhig verstrichen. Die Dünenlandschaft um das Haus hatte in diesem grauen Licht etwas von einem verblaßten Foto. Ben beklagte sich über das trübe Wetter, über das langweilige Dorf, wo seiner Meinung nach absolut nichts los war. Auf anderen Watteninseln gab es viel mehr Jugendcampingplätze: hätten sie da nicht hingekonnt? Sie machte sich noch keine Sorgen, denn von früheren Urlauben wußte sie, daß ihre Söhne die erste Woche hauptsächlich schlafend verbrachten. Trotzdem informierte sie sich schon einmal, wann wieder eine Wattwanderung stattfinden würde oder eine Führung über das militärische Übungsgelände Vliehors und was ein Ritt durch die Dünen kostete.

Sie liebte diese sich immerfort von hell nach dunkel verfärbenden Wolkenfelder und ließ sich nicht davon abhalten, im Regen am Meer entlangzulaufen. Sie war glücklich bei den Dingen, die sie als Kind schon genossen hatte: in die Wellen zu schauen, zwischen den Steinen nach Krabben zu suchen, mit einem Stock in den Algen zu stochern oder sich neben einer Qualle hinzuhocken, die bei Nordwind angespült worden war, und über den blauen Wackelpuddingkörper zu staunen. Aber Ben reichte das nicht. Der mußte sich noch mit den Elementen messen oder mit Altersgenossen. Der hatte vielleicht doch handfestere Bedürfnisse, auch wenn er selbst nicht zu wissen schien, welche.

Mit der Ankunft von Jeroen und Dimitri wurde indes alles anders. Sobald sie über die Schwelle traten, war es, als würde »Dünenrose« von der großen, lauten Familie bewohnt, nach der sie sich immer gesehnt hatte. Wer sich zurückzog, brauchte sich nicht einsam zu fühlen, denn aus jedem Winkel des Hauses war Lärm zu hören.

Dimitri war ein Jahr älter als Jeroen, siebzehn, aber schon ein Mann. Oder war ihr Sohn das auch, sah sie ihn nur mit ihrem Mutterblick flaumig und unschuldig? Dimitri war kaum größer als Jeroen, jedoch breiter in den Schultern, die gut zur Geltung kamen, weil er schneeweiße T-Shirts trug. Er hatte eine hohe Stirn und benutzte seine Sonnenbrille als Diadem, um das halblange, dunkelblonde Haar aus dem Gesicht zu halten. Und er rasierte sich schon. Sie brauchte ihm die Informationen nicht aus der Nase zu ziehen: seit wann er Jeroen kannte, in welche Schule er ging und was er so in seiner Freizeit machte, er erzählte das alles sofort, von sich aus. Nachdem er seine Fußballtasche in das grüne Zimmer geworfen hatte – er würde auf dem Klappbett schlafen, er könne überall pennen, selbst auf einer Parkbank –, kam er zu ihr, um ihr zu sagen, wie »klasse« er es von ihr finde, daß er eine Woche mit Jeroen mitdurfte, »obwohl Sie mich ja gar nicht kennen«.

Die Freunde meiner Söhne sind mir immer willkommen, sagte sie. Es fiel ihr nicht schwer, gastfreundlich und interessiert zu sein. Dimitri behandelte sie wie einen Menschen und nicht nur wie ein breithüftiges Wesen, um das man nicht herumkam, solange die Freunde noch zu Hause lebten. Er selbst wohnte seit ungefähr sechs Monaten zur Untermiete, von einem Sozialarbeiter betreut, der regelmäßig kontrollierte, ob er die Wohnung sauberhielt, kochte und zur Schule ging. Hin und wieder sah sie ihn forschend an: Warum wohnte er nicht mehr bei seinen Eltern? War seine Mutter tot? Hatte er eine Weile auf der Straße gelebt? Trank eines seiner Elternteile? Hatte sein Vater allzu lockere Hände? Er würde schon davon anfangen, aber vorläufig stellte er die Fragen.

Am ersten Abend blieben sie nach dem Essen zusammen am Tisch zurück, während Ben und Jeroen den Abwasch erledigten. Sie wollte eine Zeitung nehmen, doch noch ehe sie die Gelegenheit dazu bekam, fragte er, was sie beruflich mache. Weil sie sich nicht vorstellen konnte, daß sich jemand für ihre Arbeit in der Abteilung Bürgerangelegenheiten im Rathaus interessierte, faßte sie sich kurz. Aber Dimitri hörte zu, stellte gezielte Fragen, wie lange sie diese Stelle schon habe und was genau zu ihren Aufgaben gehöre. Als Jeroen und Ben in der Küche laut über etwas lachten, zog er die Durchreiche zu.

Ehe sie sich's versah, hatte sie ihm erzählt, wo ihre eigentlichen Ambitionen lagen, und ausführlich von den Ausstellungen berichtet, die sie hin und wieder neben ihren anderen Tätigkeiten im Rathaus organisierte. Nein, sie selbst sei nicht kreativ, absolut nicht, aber sie liebe den Kontakt mit Menschen, die etwas erschaffen. Der Vater ihrer Kinder, Koen, habe auch in seiner Freizeit gemalt. Akte. Als junge Frau habe sie ihm stundenlang Modell gestanden, sitzend, liegend, auf dem Bauch, auf der Seite ... Sie unterbrach sich. Warum erzählte sie das? Schnell begann sie wieder von ihrem Job: sie könne die Ausstellungsarbeit nicht zu einer vollen Stelle ausbauen, dafür habe die Gemeinde kein Geld. Er hörte geduldig zu, schlug nicht vor, daß sie kündigen solle, er verstand, daß sie für sich einen Kompromiß geschlossen hatte, weil man nun mal nicht von der Luft allein leben kann.

Als Dimitri und Jeroen sich mit Ben im Kielwasser gegen elf ins Dorf aufmachten, schaute sie ihnen von den Flügeltüren aus nach. Dimitri hatte ihr zugeredet, auch mitzukommen, aber sie hatte das Angebot lächelnd abgelehnt.

Dimitri und Jeroen radelten vornweg, doch schon nach ein paar Metern wich Dimitri aus und sorgte dafür, daß Ben zwischen ihnen fahren konnte. Für Ben war es auch ein Glück, daß Dimitri Loekes Platz eingenommen hatte, denn Loeke behandelte ihn wie ein überflüssiges Anhängsel.

Sobald sie außer Sichtweite waren, schloß sie die Vorhänge, stellte die leeren Becher in die Durchreiche, spazierte in den Flur, ohne zu wissen, warum. Sie öffnete die Tür zum Zimmer der Jungen, begriff, daß sie da nichts zu suchen hatte, kehrte aber nicht um. Jeroens Reisetasche war noch zu. Er hatte nur die Musik installiert, seinen Discman an zwei kleine Boxen angeschlossen, die er von zu Hause mitgebracht hatte; auf dem Nachtschränkchen lag ein stattlicher Stapel CDs. Morgen würde sie ihn warnen: wenn das Fenster offen war, mußte er die Musik leise stellen.

Auf dem Klappbett lag Dimitris Fußballtasche, zur Hälfte ausgepackt, eine fest zusammengerollte Zeitschrift mit einem Gummi darum ragte heraus. Sie hielt den Kopf schräg, um zu sehen, was für eine Art Blatt es war. Etwas über Computer, Surfbretter, Sport, nackte Frauen?

Sie verschränkte die Arme; am liebsten hätte sie den Rest von Dimitris Sachen auch ausgepackt, aber Jeroen hatte ihr das schon vor Jahren verboten, und der war immerhin ihr eigen Fleisch und Blut. Sie schaute zum Schrank, dessen Tür aufstand, sah einen unbekannten Stapel zusammengelegte T-Shirts, eine orangefarbene Badehose mit weißen Streifen, noch mit dem Preisschild dran. Würde ihm gut stehen, dieser Streifen, sie selbst hatte sich kurz vor dem Urlaub auch einen neuen Badeanzug gekauft, dunkelblau mit türkisen Krabben, Blau ließ ihre Augen leuchten. Sie warf einen Blick in den Spiegel über dem Waschbecken, zupfte an ihrem Haar, das vor nicht allzu langer Zeit noch kastanienbraun gewesen war, dickes, gesundes Haar, doch innerhalb kurzer Zeit war es immer grauer, spröder geworden.

Was mache ich hier? Statt sich zurückzuziehen, ging sie zum Schrank, weil sie im Spiegel etwas entdeckt hatte, das ihre Neugier erregte: zwischen zwei Shirts, die nicht Jeroen gehörten, ragte die Ecke eines glänzenden Umschlags hervor, so ein farbiger, in dem man auf der Bank ein Bündel Bargeld oder ausländische Valuta bekommt. Wo hatte Dimitri das Geld her? Was sollte ein Junge seines Alters, der als Nebenverdienst in einem Restaurant abwäscht, mit so einem dicken Stapel Banknoten? Warum hatte er so viel Geld bei sich? Es war bestimmt ein Umschlag mit Fotos … von wem? Hatte er vielleicht auch eine Freundin? Da er allein wohnte, konnte er empfangen, wen er wollte. Sie hatte ihn noch nicht von einem Mädchen reden hören, aber was sagte das schon?

Schnell machte sie den Schrank zu. Dies war das Reich der Jungen. Bevor sie die Tür hinter sich zuzog, warf sie noch einen letzten Blick zurück. Es roch etwas muffig im Zimmer, nach schmutzigen Socken, morgen würde sie den beiden eine Plastiktüte für ihre Wäsche geben. Dimitri machte vielleicht einen selbständigen Eindruck, aber er war auch erst siebzehn, ein Teenager noch, mit Schweißfüßen.

Ben versuchte zu vergessen, daß überall um ihn herum Mädchen tanzten, die hin und wieder in seine Richtung schauten: dieser Junge da in dem zu großen schwarzen T-Shirt und der weiten grauen Hose, und dem blauen Basecap mit dem Schirm im Nacken. Wenn er an ihre prüfenden Blicke dachte, konnte er sich nicht mehr von der Stelle rühren. Gott sei Dank blinkten bunte Spots im Takt der Bässe auf, und man sah einander nie von Kopf bis Fuß in vollem Licht, sondern nur zerstückelt und in Bonbonfarben.

Sie tanzten bestimmt schon eine Viertelstunde, Dimitri, Jeroen und er inmitten von etwa zwanzig Unbekannten. Auf Schulfesten tanzte er nie, aber auf so einer abgelegenen Insel konnte man endlich einmal tun, worauf man Lust hatte, ohne daß man sich am nächsten Tag in der Pause einen Kommentar dazu anhören mußte. Er hob den Saum seines Shirts an und fächelte sich Kühlung zu. Seine Mutter jubelte den ganzen Tag, wie herrlich es auf der Insel rieche, aber dann war sie noch nicht in »De Stoep« gewesen. Zigaretten, Bier, ein Wölkchen Hasch und dazwischen überall diese Düfte, die sich die Mädchen hinter die Ohren sprühten, an den Hals oder unter die Achseln. Er wurde nicht schlau daraus, es waren alles Mädchendüfte. Vielleicht wurde es ja doch noch etwas mit diesen Ferien. Es schien genug los zu sein im Dorf; sie hatten in »De Zeeman« Pool gespielt, und danach waren sie noch in zwei anderen Kneipen gewesen. Sobald er von jemandem mißtrauisch beäugt worden war, hatte Dimitri gebluﬀt: »Natürlich ist er sechzehn.« Nach einer halben Stunde war von seinem Taschengeld schon nichts mehr übrig gewesen, doch Dimitri hatte einen ausgegeben. Dimitri war sehr spendabel, hatte für sie alle drei die fünf Gulden Eintritt für »De Stoep« bezahlt, aber er arbeitete ja auch, und nicht nur einmal in der Woche wie Jeroen, sondern fast jeden Abend.

Er konnte sich nicht erinnern, wann er zuletzt beim Tanzen so ins Schwitzen gekommen war. Als er klein war, hatte er jeden Nachmittag nach der Schule eine ganze Weile vor dem Spiegel getanzt. Manchmal hatte er sich erst eine weiße, enge Hose angezogen und einen schwarzen Hut aufgesetzt, der noch von seinem Vater war und jahrelang in der Kleiderkiste gelegen hatte. Er ging damals in die 5. Klasse und übte stundenlang Michael Jacksons *Moonwalk*, von seiner Mutter der Laufbandschritt genannt, und die doppelte Drehung, die er immer schneller und schneller können wollte, bei der man versuchen mußte, in der Grätsche und mit der Hand im Schritt zu landen. Als er elf war, hatte er nie verstanden, warum die Erwachsenen darüber lachten.

Mal sehen, ob er ihn noch konnte, den doppelten Jackson. Er wartete den richtigen Moment ab, um ihn zu probieren, aber ohne die Gebärde am Ende, dafür war er jetzt zu alt. Er machte die Drehung ein paarmal hintereinander, immer besser, und als ihm schwindlig wurde, war die Musik, Gott sei Dank, gerade vorbei. Er fuhr sich mit der Hand durchs Haar, unter seiner Mütze hatte er angefangen mächtig zu schwitzen. Es war ihm nicht entgangen, daß ein paar Mädchen, und nicht die häßlichsten, ihn bewundernd beobachteten. Er stützte die Hände auf seine Knie und krümmte den Rücken, ein Tormann, der vor den Augen eines proppenvollen Stadions auf einen Elfmeter wartet. Schnell wieder zu Atem kommen und dann noch eine Showeinlage geben. Aus den Augenwinkeln sah er, daß ein paar Leute schon in Richtung Bar gingen. Ungeduldig schaute er zum DJ hinüber. Warum legte der ausgerechnet jetzt eine Pause ein, obwohl er doch wußte, daß das Publikum von nichts so müde wurde wie von Pausen zwischen den Titeln?

Aber es blieb nicht still. Wenn es nur ein Versehen wäre, wenn nur etwas kaputt wäre, nein, es war viel schlimmer. Es wurde noch dunkler auf der Tanzfläche; schleppende Akkorde erklangen, ein Synthesizer, eine rauchige Frauenstimme, der Anfang eines Schmusetitels. Das letzte Grüppchen Mädchen machte sich nun auch davon, nur die Pärchen und einige Frauen über zwanzig blieben stehen, sich albern in den Hüften wiegend. Es ging ungerecht zu in der Welt. Er konnte sich auf einmal sehr gut vorstellen, warum seine Mutter sich so über Einzelzimmerzuschläge im Hotel ärgerte. Sie rief dann, daß es fast den Anschein habe, die ganze Welt sei für Paare bestimmt, obwohl längst bewiesen sei, daß es viel mehr Alleinstehende gebe. Diskriminierung. Sie hatte wieder mal recht.

Erst als er sich an der Bar eine Cola bestellt und auf einem Hocker Platz genommen hatte, fragte er sich, wo Jeroen und Dimitri blieben. Sein Blick suchte zwischen den sich langsam bewegenden Tänzern, doch in dem schummrigen Licht konnte er seinen Bruder nicht entdecken. Dimitri hatte bestimmt ein Mädchen aufgefordert, aber Jeroen? Soweit er verstanden hatte, war es nicht aus mit Loeke. Wie auch immer: Jeroen würde nie auf ein wildfremdes Mädchen zugehen, dafür hatte er viel zuviel Schiß.

»Ich weiß nicht, ob er wirklich verliebt ist oder ob er es sich nur gefallen läßt«, sagte seine Mutter manchmal, und dann verzog sie den Mund. Es war immer Loeke, die anrief. Loeke bestellte die Karten fürs Kino und für Popkonzerte, Loeke behielt im Auge, wann welche Eltern ein Wochenende weg waren, so daß wieder einmal groß gefeiert werden konnte. Dann kauften sie und ein paar Mädchen ein und kochten, und Jeroen bekam den Auftrag, seine Freunde für ihre frei herumlaufenden Freundinnen zusammenzutrommeln. Kam er nicht pünktlich oder hatte er seine CDs vergessen oder seine Freunde, war Loeke noch tagelang schlecht gelaunt.

Ben reckte den Hals, nahm schnell einen Schluck, zermalmte erschrocken einen Eiswürfel. Er griff nach den Zigaretten in seiner Gesäßtasche und steckte sich eine an. Seine Hände zitterten. Er sah Gespenster, es lag an dem Licht, an dem Spiegelball über der Tanzfläche. Er stemmte seine Füße auf die Sprosse des Barhockers und richtete sich vorsichtig auf, er wollte sicher sein, daß er sich geirrt hatte – Jeroen und Dimitri – nein, er hatte sich nicht versehen. Beschämt drehte er sich weg, mit dem Rücken zur Tanzfläche. Erst als er das Mädchen neben sich fluchen hörte, merkte er, daß er sein Glas umgeworfen hatte.

Er riß eine Papierserviette nach der anderen aus einem Chromhalter, wischte hastig die Colapfütze auf. Es konnte nicht wahr sein, nicht wahr, nicht wahr, es konnte nicht. Vielleicht tanzten sie ja, aber ganz normal, auseinander, wie vorher, nicht so aneinandergeklebt, nicht mit den Händen auf dem Hintern des anderen. Als er noch einmal hinschaute und sein Blick den von Jeroen kreuzte, schob sein Bruder Dimitri mit einem Grinsen weg.

Da kamen sie angelaufen, als ob nichts gewesen wäre, wild gestikulierend; Dimitri rieb sich den linken Ellenbogen, aber seine Augen glänzten. Jeroen hatte Dimitri mit einer solchen Wucht von sich gestoßen, daß er an einem Pfeiler entlanggeschrammt war, aber davor, davor hatten sie getanzt, wie Verliebte – sein Bruder mit einem Jungen.

»Wie blaß du aussiehst. Jetzt schon schlapp?«

Ben schüttelte den Arm, den ihm Dimitri um die Schultern legte, ab und schlug die Augen nieder. Das Mädchen mit dem Colafleck nervte wegen eines Drinks, »das ist doch wohl das mindeste«. Als er nicht reagierte, fing sie an, es Dimitri zu petzen.

»Halt 's Maul, dumme Kuh«, sagte Ben mit einer Heftigkeit, über die er selber erschrak. Dimitri zog die Augenbrauen hoch und bestellte noch eine Runde, ein Glas Wein für das Mädchen und »schenk dir auch einen ein« für den Barkeeper.

»Ich versteh schon, wir sind ertappt worden«, sagte Dimitri, während er ihm ein Glas Bier hinschob.

Ben antwortete nicht, vermied es, seinen Bruder anzusehen.

»Das war nur 'n Jux, Dummkopf. Um diese Bauern auf die Palme zu bringen.«

»Welche Bauern«, fragte Ben, »ich sehe hier keine Bauern.«

»Stell dich nicht so an, Bennie«, sagte Jeroen, »wir dürfen den Laden doch mal ein bißchen aufmischen.« Er schaute ihn ruhig an, als ob er nichts zu verbergen hätte. Aber warum hatte er Dimitri dann erst von sich weggestoßen, als er merkte, daß Ben ihn beobachtete?

»Ich finde das nicht lustig.«

»Er findet das nicht lustig«, wiederholte Jeroen quengelig und sah dabei zu Dimitri, doch der gab ihm ein Zeichen, daß er ruhig bleibe solle.

Ben hätte heulen können vor Dankbarkeit, unterdrückte das Gefühl aber sofort. Er wollte nicht von diesem Schwulen beschützt werden. Er wollte ihn nicht nett finden. Die Synthesizerklänge aus den Boxen erstarben, die Frauenstimme stöhnte noch etwas nach, es wurde heller auf der Tanzfläche, allerdings nur für kurze Zeit. Dimitri wandte sich dem Mädchen zu und forderte es auf. »Um wiedergutzumachen, daß mein Bruder dich beleidigt hat.«

»Seid ihr Brüder?« fragte sie, während sie ihr Becken vorschob und vom Hocker glitt. »Alle drei?«

»Das sieht man doch«, antwortete Dimitri und kicherte Ben zu.

Dimitri faßte das Mädchen am Handgelenk und führte es zur Tanzfläche. Dort legte er, ohne einen Moment zu zögern, die Hände um ihre Taille und zog sie an sich; nahm seine Hand nur kurz hoch, um ihr die langen Haare hinters Ohr zu streichen, dann schmiegte er seine Wange an ihre. Ben sah mit großen Augen zu: So etwas tat man doch nur, wenn man es ernst meinte? Das sagte Mama immer: Man muß etwas dabei fühlen, nicht schöntun.

Er kehrte den Tänzern den Rücken zu. Stellte er sich an? Er wollte etwas zu seinem Bruder sagen, um die Spannung zu lösen, er wollte, daß alles wieder normal würde, aber ihm fiel nichts ein.

Ben stopfte sich das Kopfkissen unter den Bauch, das Gästebuch lag aufgeschlagen vor ihm auf der Matratze. Er richtete die Bettlampe über seinem Kopf so, daß das Licht voll auf die Seite fiel. Seine Mutter löste immer Kreuzworträtsel, um sich aufzumuntern, er würde die Handschrift dieses Mädchens entziffern, das im Mai hiergewesen war. Martine, hübscher Name. Ben und Martine, keine schlechte Kombination. Wenn sie jetzt nur neben ihm liegen würde, eng an ihn geschmiegt, dann könnte er ihr erzählen, was passiert war. »Um sie auf die Palme zu bringen ...« Sollte er seinem Bruder glauben oder nicht? Er hatte noch nie zuvor bemerkt, daß Jeroen Jungen hinterherschaute, aber vielleicht hatte er nicht richtig aufgepaßt. Daß der Bruder, mit dem man besprach, welches Mädchen in der Schule einem am besten gefiel, ein Homo war, darauf konnte man doch auch nicht kommen? Er las ein paar Worte laut, Martines h sah aus wie ein l, ihr s wie ein r: Ah icl etwa dreizeln wur... Vielleicht kam sie ja aus einem Nest, wo ein hinterwäldlerischer Dialekt gesprochen wurde, und sie würden einander kaum verstehen.

Dünenrose, 6. Mai 1998

Als ich etwa dreizehn war und mitten in der Pubertät, hat meine Mutter einmal ausgerufen: Was für eine lahme Periode in einem Menschenleben ist das doch. Kannst du dieses Stück nicht überspringen? Daran dachte ich heute morgen, als ich viel zu früh, schon um fünf, in »Dünenrose« aufwachte. Könnte ich die kommenden Stunden, Tage, Wochen nur überspringen ... Beim Blättern in diesem Buch sah ich, was Sanne voriges Jahr geschrieben hat. All shall be well. Während ich auf Knien den Küchenfußboden wischte, zog sie sich mit dem Gästebuch auf die Bank am Fenster zurück, »denn das muß auch erledigt werden«. Typisch Sanne. Ich wollte, ich könnte jetzt vorblättern zum nächsten Jahr, so ungefähr zehn Seiten, um zu wissen, wie mein Leben dann aussieht,   *Martine*

P. S. Ich habe einen Teller zerbrochen, aber keine Zeit, ihn zu ersetzen. Sorry!

Er errötete, es war, als ob manche Sätze für ihn geschrieben wären. Das würde er auch wollen: ein Jahr überspringen, fünfzehn sein, oder besser noch sechzehn; ohne Probleme in die Kneipe, vorblättern, um herauszufinden, ob Jeroen dann noch mit Dimitri umging oder doch ganz normal mit Loeke oder einer anderen Loeke. Eigentlich war sie gar nicht so übel. Er hätte sich ihr gegenüber nicht so rüpelhaft benehmen sollen, vielleicht wäre sie ja dann mit nach Vlieland gekommen. Sie war eine Nörglerin, ein Lästermaul, aber er war an sie gewöhnt, und für sie brauchte er sich wenigstens nicht zu schämen.

Im Schlafzimmer unten hörte er seine Mutter hüsteln. Wenn sie nur nicht starb, denn dann hätte er niemanden mehr. Erst sein Vater weg, jetzt Jeroen und bald sie; Tränen sprangen ihm in die Augen. Wäre er nur ein Einzelkind, hätte er nur nie einen Bruder gehabt, dann bräuchte er ihn jetzt auch nicht zu hassen. In jedem Urlaub waren Jeroen und er zusammen losgezogen – die Männer im Haus –, sie hatten Äste für Hütten gesucht, Bäche umgeleitet, ganze Nachmittage lang Stratego gespielt und Fußball mit zeitweiligen Nachbarn, Brüder gegen Brüder. Dimitri hatte ihn sich unter den Nagel gerissen, mit Haut und Haar. Er gab sich als Freund aus, ein Arbeitskollege, doch inzwischen wartete er nur auf seine Chance. Seine Mutter war nicht ganz dicht. Die ließ sich von diesem Großkotz beim Vornamen nennen: sag ruhig Josje. Das hatte sie noch nie getan. Sah sie denn nicht, daß sie hereingelegt wurde, daß sie sich den Feind ins Haus geholt hatte? Daß Jeroen sich vor ihren Augen in eine heuchlerische Tunte verwandelte, wie diese Puppen, mit denen sie früher stundenlang gespielt hatten? *Transformers*. Aus einem Panzer wurde im Handumdrehen ein Roboter, ein Flugzeug, eine Rakete, ein Arschficker. Er schlug das Gästebuch zu und rollte sich so klein wie möglich zusammen.

Sie stellte den Topf Gemüsesuppe in die Durchreiche und ging auf den Flur, um Ben zu rufen. Wieder antwortete er nicht, und sie beschloß, es nun aufzugeben. Er war schon die ganze Woche so. An ihrem Gast lag es nicht. Der gab sich alle Mühe, Ben überall einzubeziehen. Jeden Abend fragte er, ob Ben mit bummeln kommen würde, aber Ben wollte nicht. Ben wollte gar nichts.

Zwar erhitzt ins Lagerfeuer starren, aber nicht helfen, Holz herbeizuschleppen. Zwar eng an sie geschmiegt beim

Legen von noch raffinierteren, längeren, teureren Wörtern auf dem Scrabblebrett behilflich sein, aber nicht selbst mitspielen. Meistens bekam er eine Grippe, wenn er so lustlos war, doch jetzt benahm er sich tagaus, tagein einfach kindisch. Wenn Dimitri beim Fußballspielen in seine Richtung schoß, machte Ben sich nicht einmal die Mühe, den Ball zu stoppen. Er ließ Dimitri selbst hinterherlaufen. Schon ein paarmal hatte sie versucht, aus ihm herauszubekommen, warum er Dimitri so behandelte, so abweisend, fast unverschämt, aber das einzige, was er dazu sagen wollte, war, daß er Dimitri für einen ärgerlichen Wichtigtuer hielt.

»Weil er seine Ferien genießt? Weil er etwas daraus macht?«

Er war die Treppe hinaufgerannt, schreiend, daß sie überhaupt nichts verstehe. Sie konnte nicht leugnen, daß sie Dimitri und Jeroen manchmal auch etwas laut fand, herumwirbelnd, angeheitert. Manchmal wurde sie ganz verrückt von ihrer Musik, vor allem von dem monotonen Gezeter dieses Rappers aus Osdorp. Fragte sie, ob es vielleicht etwas leiser ginge, schallte er wenig später doch wieder durch das Haus, und sie flüchtete in die Dünen.

Sie dachten sich auch ständig etwas Neues aus, um die Menschheit in Erstaunen zu versetzen. Als sie die beiden mit einem Karton leerer Flaschen zum Glascontainer geschickt hatte, kamen sie schon nach einer Viertelstunde mit der Mitteilung zurück, daß sie die Flaschen verschenkt hätten. Verschenkt, wieso? Ja, mit Wasser gefüllt, den Karton zugeklebt, an einen Opa, der zufällig vorbeigetrottet war: Bitte schön, ein Karton Wein, kleine Aufmerksamkeit des örtlichen Mittelstands.

Auch ihre Witze über Sex waren nicht immer so toll, aber daß sie sich wie junge Hunde benahmen, durchs Haus rannten, über Möbel sprangen, sich balgten, gegenseitig an den Kleidern zerrten, gefiel ihr unendlich viel besser als das ältliche Gekabbel, in dem Jeroen und seine Freundin so geübt waren. Seit er mit Loeke umging, hatte er kaum noch Freunde, und sie war erleichtert, daß er offensichtlich doch das Bedürfnis danach hatte. Danach, am Strand zu sitzen und zu reden, bis es dunkel wurde, nächtelang Karten zu spielen, nach der Freundschaft anderer Männer. So ausgelassen hatte sie ihn schon lange nicht mehr erlebt. Warum wollten ihre Söhne nie mal beide gleichzeitig glücklich sein? Es war wie ein chemischer Prozeß, als ob Glück ein Stoff wäre, der immer nur in jeweils einem von ihnen aufglühen konnte.

Jeroen hatte den Topf aus der Durchreiche genommen und auf den Ofen gestellt, der schon den ganzen Morgen brannte. Wieder ein kalter Tag, wenn man es nicht besser wüßte, würde man schwören, es sei November. Dimitri schnitt das Baguette. Ob Ben noch käme, fragte Jeroen, während er die Suppe in die Schälchen schöpfte. Er trug ein T-Shirt von Dimitri, und auf seinem Haar, das noch naß war vom Baden, lag ein Handtuch. Wie er mit diesem Tuch auf dem Kopf dastand und Suppe auftat, mit roten Wangen von dem kalten Seewasser, sah er aus wie ein blühendes junges Mädchen von Vermeer. Dimitri hatte einen günstigen Einfluß auf ihn. Der begann den Tag mit einem Bad im Meer, bei Wind und Wetter, und zu ihrer Verwunderung war Jeroen seinem Vorbild stets gefolgt.

»Was guckst du so? Ich habe gefragt, wo Ben bleibt?«

»Ben ist oben.«

»Was macht er da bloß, schmuddelige Bilder angucken?« fragte Dimitri.

»Sehr witzig«, sagte sie verstimmt und beließ es dabei, denn je mehr sie murrte, desto alberner wurden die Scherze.

»Nein, er qualmt am offenen Fenster, damit seine Mami es nicht riecht.«

Sie warf Jeroen ihren eisigsten Blick zu. »Das ist nicht schön. Du brauchst mir nicht zu erzählen, was dein Bruder tut, wenn ich nicht dabei bin. Das macht er auch nicht.«

Jeroen schwieg. Er fand es demütigend, im Beisein eines Freundes zurechtgewiesen zu werden, aber das ließ sie kalt. Seit der Vater weggegangen war, benahmen sich ihre Söhne mitunter wie Rivalen, scheuten kein Mittel, um ihr Liebling zu sein. Einen ganzen Winter lang hatte Ben nachts stechende Ohrenschmerzen vorgetäuscht, um zu ihr in das große Bett kriechen zu dürfen, und Jeroen hatte manchmal das Thermometer in sein gekochtes Ei gesteckt, um an einem ihrer raren freien Tage krank zu Hause bleiben zu können.

Ihrem Ausbruch war eine Stille gefolgt, die noch immer andauerte. Nicht einmal Dimitri unternahm den Versuch, das Schweigen mit einem Witz zu brechen. Sie hörte ein Geräusch in der Küche, das Auf- und Zugehen einer Schranktür, schaute hoch und sah Ben an der Spüle stehen. Wie lange stand er dort schon? Komisch, daß sie ihn nicht die Treppe hatte herunterkommen hören.

Ließ sie sich etwa zu sehr in Beschlag nehmen von Dimitri und Jeroen? Hatte Ben vielleicht gemerkt, daß sie ab und an zu Dimitri schaute und daß ihr Blick dann zu lange auf seinen Schultern ruhte? Daß sie wegsah, wenn er sich breitbeinig aufs Sofa setzte? Verschwand Ben immer in seinem Zimmer, um seine Ehre zu retten, hielt er sich absichtlich außerhalb ihres Dreiecks, aus Angst, daß sie ihn ausschließen könnten?

»Möchtest du Suppe?« fragte sie, als ob sie die Frage heute zum ersten Mal stellen würde, ohne eine Spur von Vorwurf. Jeroen schaute sie unter seinem Handtuchdach spöttisch an, aber sie gab ihm einen Wink. Zögernd setzte Ben sich in Bewegung. Sie brauchte den Jungen keine weiteren Zeichen zu geben. Dimitri machte schon Platz auf dem Sofa, doch Ben nahm sich einen Stuhl vom Eßtisch und stellte ihn in die Runde.

Es war, als hätten sie es so abgesprochen. Jeroen schöpfte die Suppe für Ben in ein Schälchen, Dimitri reichte ihm das Baguette und ein Stück Küchenpapier als Serviette. Sie benahmen sich ausgesprochen höflich. Und Ben, Benjamin ließ sich bedienen. Auf seinem hohen Stuhl überragte er sie alle. Das einzige, was er sagen wollte, war, daß es in seinem Zimmer eiskalt sei. Sie nickte ernst. Sie durfte ja nicht denken, daß er zum Spaß hier säße.

Meistens war es klar, wofür er sich schämte. Für sie. Wenn sie in Gegenwart seiner Freunde mit dem Radio mitsang. Oder noch schlimmer: es wagte, ein paar Tanzschritte zu machen. Manchmal schämte Ben sich auch dafür, wie sie wohnten, daß sie in einer Küche aßen, wo die Schränke vor Altersschwäche aus dem Lot hingen. Solange sie kein Geld für eine neue Küche hatte, erdachte sie immer wieder andere Lösungen mit Kisten und Brettern auf Ziegelsteinen. Jeroen fand das lustig, so eine Dritte-Welt-Küche, aber sein Bruder behauptete jedesmal, wenn er einen neuen Freund mit nach Hause brachte, daß sie mitten in einem Umbau steckten, daher die Kisten überall.

So schaute er jetzt auch, als ob er wünschte, er wäre anderswo. Er hielt sich demonstrativ aus dem Gespräch, das sich entspann, heraus, tat, als ob er nicht zuhöre, als Dimitri das Wort an ihn richtete und von einer rothaarigen Tussi erzählte, die sie gestern in »De Bolder« kennengelernt hätten. Sie hatten sie mit dem Namen des Zeltplatzes gehänselt, auf dem sie mit ihren Freundinnen war: »De Lange Paal« – der lange Pfahl? Hieß der immer so? Und ihre Eltern hatten erlaubt, daß sie da ihr Zelt aufschlug? Sie schüttelte den Kopf und achtete derweil auf Ben.

Die Stirnfalte zwischen seinen Brauen wurde nur immer tiefer, seine Miene verdüsterte sich. Aus den Augenwinkeln schaute er auf das Sofa, und als sie seinem Blick folgte, sah sie, daß der Abstand, der zwischen den beiden Jungen entstanden war, als Dimitri Platz gemacht hatte für Ben, verschwunden war. Dimitri saß direkt neben Jeroen, die Hand auf dem Schenkel ihres Sohnes, und auf diese Hand schaute Ben, und dadurch sah auch sie die Hand, etwas oberhalb des Knies – da, wo Jeroen einen breiten Riß in seine Jeans geschnitten hatte –, genau auf dem einzigen Stückchen nackter Haut.

Erst viel später drang zu ihr durch, was sie da gesehen hatte. Sie lief schon geraume Zeit auf dem Badweg in Richtung Dorf, als sie es begriff: nicht die Gebärde hatte sie schockiert, sondern der Ausdruck von Bens Augen. Nicht erstaunt, sondern vollkommen entsetzt. Er schien sich unter seinem Basecap verkriechen zu wollen.
  Noch ehe sie etwas sagen konnte, hatte er sich schon aus dem Haus geschlichen. Sie erwartete, ihn im Dorf zu finden; nach den Mitessern auf seiner Nase zu urteilen, hing er regelmäßig in einer Snackbar herum. Sie mußte ihn schnell beruhigen: diese Gebärde hatte nichts zu bedeuten. Diese Hand blieb auch mal viel zu lange an ihrem Hals liegen, um ein Geschirrtuch von ihrer Schulter zu nehmen. Daß Dimitri sie in den ersten Tagen etwas verlegen gemacht hatte, lag an ihr; er war freigebig mit Berührungen, Küssen, Blicken des Einverständnisses. Es war pure Anhänglichkeit, mehr nicht; er genoß es sichtbar, Teil einer Familie zu sein.
  Mitten auf der Straße blieb sie stehen, sie hatte einen Stein im Schuh. Während sie sich vorbeugte, wurde ihr so schwindlig, daß sie an den Wegrand humpelte, wo sie sich zwischen den verblühten Ginsterbüschen ins nasse Gras fallen ließ. Aber als sie den Stein weggeworfen und ihre Schnürsenkel zugebunden hatte, stand sie noch nicht auf. Wenn das alles nichts zu bedeuten hatte, die Hand auf der nackten Haut, das erregte Gebalge, die Witze über Sex und daß sie ihre Sachen tauschten, warum fühlte sie sich dann jetzt so müde? Schwermütig durch Gedanken, die sie nicht aufhalten konnte: daß Jeroen keine Kinder bekommen würde. Ein Mann mit einem Mann, vielleicht schafften sie sich ja einen Hund an, dann hätten sie doch noch etwas, wofür sie gemeinsam sorgen könnten.

Wenn Ben sich täuschte, warum gingen ihre Gedanken dann mit ihr durch? Sah sie ihren ältesten Sohn auf einem teuren Ledersofa hängen, neben einem Mann, in einem Haus mit viel zu vielen Zimmern? Im Ginster versteckt, von vereinzelten Passanten erstaunt betrachtet, fragte sie sich, ob sie es nicht schon viel länger gewußt hatte. Dadurch, wie Jeroen mit Loeke umging, sich von ihr umarmen ließ, aber nie mit ihr schmuste. Sie hatte es Prüderie genannt und gedacht: Er will sich nicht gehenlassen, weil ich dabei bin. Doch als sie die beiden jetzt im Geiste vor sich sah, im Flur an der Haustür, auf dem Gartenweg, merkte sie erst, wie passiv er war, auch wenn er sich unbeobachtet glaubte. Als sie sechzehn gewesen war, hatte sie ihre Neugier auf das andere Geschlecht kaum bezwingen können.

Wie weit ging er mit Dimitri? Was trieben sie, wenn sie mitten in der Nacht heimkamen? Es war ein hellhöriges Haus, aber sich streicheln und seufzen konnte man immer und überall, das wußte sie aus Erfahrung. Unterdrücktes Kichern, die Ermahnung, nicht zu laut zu stöhnen, machten oft mehr Lärm als ein Orgasmus – nein, nicht daran denken. Seine schmalen Hüften, sein weißer Hintern mit einem Muttermal auf der linken Backe, nicht größer als ein Nadelstich. Wenn Dimitri ihm nur nicht weh tat.

Kam es durch Koen? Koen hatte den Kindern nie erklären wollen, warum er an einem Julitag, vor nunmehr zehn Jahren, ohne ein Wort zu sagen, in sein Auto gestiegen und schnell weggefahren war. Weit weg von dem Zeltplatz in den Pyrenäen, wo seine Familie unter dem Vordach ihres neuen, noch nicht abbezahlten Wohnwagens frühstückte. Kam es dadurch? Der Verrat, der sich für immer in ihr Gedächtnis eingegraben hatte, nicht zuletzt deshalb, weil Koen sie dort einfach so zurückgelassen hatte. Ohne Auto. Ohne Anhängerkupplung. Waren Männer – nicht Frauen – für Jeroen das Fremde, das Ferne, das Rätselhafte?

Sie streckte den Rücken, stieß das Kerngehäuse eines Apfels weg. Vielleicht ist er einfach so. So. Sie sah die Gebärde vor sich – eine schlaffe Hand, die mit einem vielsagenden Blick von der rechten Hand beklopft wird – eine Tunte, eine Schwuchtel, ein Sodomit, ein Schwulinski, ein Hinterlader, ein warmer Bruder, kein richtiger Mann, sondern einer vom anderen Ufer. Trotz ihres toleranten Blabla über die Männer, die mit einer Blume im Knopfloch als erste in ihrer Gemeinde einen Lebenspartnerschaftsvertrag unterschrieben hatten, kannte sie noch immer diese Schimpfwörter. Wenn das alles so normal wäre, dann wären sie längst ausgestorben, diese Wörter, die ihr jetzt schon grausam vorkamen. Die Sprache lügt nicht.

Ein Tropfen fiel auf ihre Hand, und kurz darauf noch einer. Sie zog sich die Kapuze über den Kopf und wollte gerade aufstehen, als Jeroen vorbeifuhr. Er war allein. Er sah sie nicht, schaute weder rechts noch links. Sie erhob sich, wollte ihn rufen, zögerte aber, bis er schon zu weit weg war, um sie hören zu können. Sie klopfte sich die Kleider ab und lief in Gedanken versunken ins Dorf.

Am Willem de Vlaminghweg schwankte sie einen Moment: sollte sie links abbiegen und gleich zu der Snackbar am Hafen gehen oder über den Platz und dann durch die Dorpsstraat? Sie überquerte gerade die Straße, als sie Jeroen wiedersah, unter den Bäumen an der Kirche gegenüber dem Café »Het Armhuis«. Er stand neben seinem Rad und redete mit einem Mann in einer kurzen Jeansjacke und einem T-Shirt, das seinen dicken Wanst umspannte. Der Mann war etwa sechzig; sein kahler Kopf war braungebrannt, und um seinen Stiernacken hing eine Goldkette. Er legte die Hand auf Jeroens Lenker, ließ sie da liegen, als ob sie dort hingehöre.

Unwillkürlich schreckte sie zurück, obwohl es undenkbar war, daß Jeroen sie sehen würde. Und ich mache mir Sorgen, was er mit Dimitri treibt ... Wie muß er gefeixt haben, wenn ich ihm mit Mädchen und Liebe und den Kindern, die daraus entstehen können, in den Ohren gelegen habe. Warum habe ich nie gemerkt, daß er in die andere Richtung schaut, und nicht nur nach Jungen in seinem Alter? Ich habe ihm gesagt, daß er treu sein soll. Ich habe ihn vor den Krankheiten gewarnt, die er sich einfangen kann. Aber kein Wort über Parkplätze und Parks und Pissoirs, nichts über alte Schwuchteln mit dicken Bäuchen und großen Händen, die sich zur Faust ballen können.

Die Männerhand hob sich und tastete in einer Gesäßtasche.

Hinter sich auf der Straße hörte sie eine Fahrradklingel; sie drückte sich an den Gartenzaun von »Het Armhuis«. Ein Schauder überlief sie, jetzt erst spürte sie, daß sie im Gras naß bis auf die Knochen geworden war. Vielleicht war es nur der Vater eines Freundes, ein Lehrer aus der Schule oder der Musikschule oder jemand, mit dem sie einen Abend versackt waren. Jeroen war als Kind schon so offen gewesen im Umgang mit Erwachsenen ... Sah sie das richtig? War er nur spontan oder suchte er die Bestätigung von Männern, die sein Vater sein könnten?

Die Hand hatte gefunden, was sie suchte, und streckte sich nun Jeroen entgegen.

Sie wollte die Augen schließen, aber sie schaute hin: zwei Fünfundzwanzigguldenscheine. Sie werden Jeroen in die Hand gedrückt. Sie will schreien, auf den Mann zustürmen, ihn an der Kehle packen, ihm die Gurgel zudrücken, doch es ist wie in einem Traum: sie öffnet den Mund, ihre staubtrockenen Lippen weichen auseinander, aber sie bringt keinen Ton heraus. Sie kann sich nicht mehr von der Stelle rühren, noch nicht einmal den Finger heben, um zu zeigen, zu zeigen. Sie kann nur auf ihren Sohn starren, der die fremde Hand nicht in der Luft hängen läßt, das Geld nicht zerknüllt oder zerreißt. Ohne ein Wimpernzucken wandern die Scheine von der großen Hand des Mannes in die Hand ihres Kindes, das sie seinerseits in die Gesäßtasche steckt, »Bis morgen abend« ruft und sich wieder auf den Weg macht.

Als Ben an »Dünenrose« vorbeifuhr, eine Stunde nachdem er die Haustür hinter sich zugezogen hatte, um nie mehr zurückzukehren, sah er die Räder von Jeroen und Dimitri nicht stehen. Er hätte es wissen können. Wenn sie zu Hause waren, hörte man ihre Musik schon im Wald. Nur das Fahrrad seiner Mutter, erkennbar an dem Korb am Lenker, lehnte am Zaun. Aus Sparsamkeit hatte sie das Rad, das sie zu ihrem fünfzigsten Geburtstag bekommen hatte, im Zug und auf der Fähre mitgeschleppt. Sie bereute es, denn von dem salzigen Seewind wurde das Chrom ganz stumpf, und der schwarze Lack begann hier und da schon grau anzulaufen.

Er knallte sein Rad an ihres, lief den Pfad hinauf, ging ins Haus und rief sie. Es blieb still. Für einen Moment hatte er Angst, daß sie im Krähennest sein könnte, seine Zigarettenschublade entdeckt hatte und das Gästebuch, das doch auch mehr oder weniger geheim war, weil Sätze darin standen, die speziell für ihn gedacht waren. Aber oben war sie auch nicht.

In der Jacke ließ er sich aufs Bett fallen. Er stützte die Ellenbogen auf die Knie, legte das Kinn in seine Hände. Während er so dasaß, bekam er das Gefühl, beobachtet zu werden. Alles, was er tat und dachte, wurde gesehen, wodurch es schwerer wog, aber merkwürdigerweise auch erträglicher wurde. Er existierte. Er hatte dieselbe Empfindung wie früher, wenn er sich vorstellte, daß in dem Zimmer, in dem er tanzte, eine versteckte Kamera aufgestellt sei. Er hatte eine Rolle in einem bedeutenden Spielfilm, der Preise auf internationalen Festivals gewinnen würde. Ihm wurde warm von all der Aufmerksamkeit, aber er zog seine Jacke nicht aus; das machten Schauspieler auch nicht, wenn sie tief nachdachten. Er schlug die Arme um seine Taille, so kräftig, als ob er jemand anderen festhielte.

»Wie kriege ich Dimitri weg?« sagte er laut zu der Glühbirne über seinem Kopf. »Ich muß mir etwas einfallen lassen. Ich könnte sagen, daß ich über sieben Ecken angerufen worden bin, daß er schleunigst nach Hause kommen soll.« Aber angerufen von wem, weshalb? Dimitris Vater lebte schon seit vier Jahren nicht mehr. Seinen Stiefvater konnte er auf den Tod nicht ausstehen, darum hatte er eine eigene Wohnung. Der einzige, der gelegentlich erwähnt wurde, war Joop, der Sozialarbeiter, der ihn betreute. Ein paarmal hatte Mama nach Dimitris totem Vater gefragt, nach seiner Mutter und dem Baby, das sie von dem neuen Mann bekommen hatte, aber als sie merkte, daß er lieber nicht darüber sprach, hatte sie nicht weiter gebohrt. Das Dummchen. Es war ihr gutes Recht zu wissen, wen sie sich ins Haus geholt hatte, mit wem sie am Tisch saß und ihren Sohn das Zimmer teilen ließ. Sie war zu lieb, fast schon debil.

Er schaute auf, spitzte die Ohren. Das konnte er nicht mehr Zufall nennen: kaum dachte er an sie, da war sie auch schon, sie lief den Weg hinauf, mit festen Schritten. Die Haustür ging auf und mit einem Schlag wieder zu. Er erwartete ihre Stimme, die ihn rufen würde, fragend, immer zwingender. Aber es blieb still. Es war ihr offenbar egal, ob er zu Hause war oder nicht, was er machte und ob er vielleicht eine Tasse Tee wollte. Er konnte vor Hunger und Durst umkommen, sich aufknüpfen, hier tagelang hängen, ohne daß jemand es mitbekäme.

Das Gefühl, der Held in einer Geschichte zu sein, deren Ausgang er bestimmte, war auf der Stelle verschwunden. Er stand auf und ging zur Treppe, um ihr einen Vorwurf an den Kopf zu schleudern, doch sie hörte ihn nicht einmal, so sehr war sie beschäftigt, womit nur? Erst dachte er, daß sie in der Küche eilig die Einkäufe auspackte, aber das Geräusch kam nicht aus der Küche. Neugierig lief er die Treppe hinunter. Vorhänge wurden mit einem Ruck aufgezogen, ein Papierkorb aus Metall fiel um und rollte noch eine Weile weiter. Ein Schuh segelte durch den Flur, ein Stapel CDs rasselte zu Boden. Lärm, viel Lärm, und er kam aus Jeroens Zimmer.

Zuerst sah Ben sie nicht, sie stand an der Innenseite der offenen Schranktür. Er sah nur ihre Hand, einen Arm mit hochgekrempeltem Ärmel, Kleider, die durchs Zimmer geworfen wurden, Hosen, Pullover, Boxershorts, Turnschuhe, Schwimmflossen. Sie merkte nicht, daß er sie beobachtete, sie wühlte immer weiter, ein Hund mit Schaum vor dem Maul auf der Suche nach einem Knochen. Als sie im Schrank nicht fand, was sie suchte, drehte sie sich um, hob Jeroens Matratze an und tastete die Spirale ab, riß Laken und Decken von beiden Betten, schmiß alles auf die Erde, während ihre Augen durchs Zimmer huschten. In einer kurzen Pause, in der sie ans Waschbecken gelehnt zu Atem kam, wurde ihr bewußt, daß sie nicht allein war. Doch sie hielt es nicht für nötig, ihm zu erklären, warum sie ihre Prinzipien von einem eigenen Fleckchen für jeden, das sie nie und nimmer ohne Klopfen betreten würde, verleugnete. Sie schaute ihn wütend an und fragte, ob er hier irgendwo einen Umschlag gesehen habe.

»Was für einen Umschlag?«

»Einen Umschlag von der Bank.«

Er verstand nicht und schaute sie fragend an, aber sie wich seinem Blick aus, hob eine Jeans auf, fühlte in den Gesäßtaschen, machte das Licht an und fuhr mit der Hand über die leeren Schrankbretter.

»Hat Jeroen Geld von dir geklaut?«

»Wenn es das nur wäre.«

Er traute seinen Ohren nicht. Vor acht Jahren hatte er Geld aus ihrem Portemonnaie genommen, um auf den Rummel zu gehen, fünf Gulden, mehr nicht. Als sie dahinterkam, war der Teufel los. Er wollte sie darauf hinweisen, daß sie mit zweierlei Maß messe, aber irgend etwas hielt ihn davon ab. »Was suchst du denn genau?«

»Das sage ich doch: einen Umschlag mit Geld.« Ihre Pupillen verengten sich. »Oder nein, ich weiß es nicht ... vielleicht waren es auch Fotos?«

»Wessen Geld? Was für Fotos, von wem? Wovon redest du?«

»Von Jeroen. Oder von Jeroen und Dimitri zusammen. Das weiß ich nicht, wenn ich es nur wüßte ... Hier lag er.« Sie zeigte auf ein leeres Brett.

»Aber wie kommen sie an das Geld?«

Sie schwieg und ließ sich aufs Bett fallen.

»So viel Geld haben die gar nicht, Mam. Du hast Jeroen nur erlaubt, einmal pro Woche in ›De Olmen‹ abzuwaschen, davon kann er doch nicht sparen. Dimitri arbeitet drei Abende, und das gibt er sofort in der Kneipe wieder aus.«

»Halte ich euch zu kurz? Seid ihr immer knapp bei Kasse? Kommt es daher?«

Die Versuchung war groß. So eine Chance ergab sich nicht oft: mehr Taschengeld oder daß er so viel arbeiten durfte, wie er wollte, aber er hielt sich zurück. Sie sah aus wie Herman, sein Hamster, einmal, als er so krank gewesen war: ängstliche Knopfaugen in einem zitternden Leib. Als ob ein Wort der Kritik sie umbringen könnte.

»Kommt was woher?« fragte er freundlich, doch in diesem Moment klingelte es.

»Wer ist das?«

»Woher soll ich das wissen?«

»Mach du auf.«

»Erst wenn du sagst, was los ist.« Er hatte es satt, wie ein kleines Kind behandelt zu werden.

»Das kann ich nicht, es ist zu schlimm ...«

»Ach Mensch, ich weiß es doch schon längst.«

Er flüchtete an ihr vorbei in den Flur, die Treppe hinauf.

Sie lief ihm hinterher und rief: »Was, was weißt du schon längst?«

Er wollte jenen Abend in »De Stoep« nicht beschreiben, nicht, wie ihre Körper eng aneinander, ihre Hände ...

»Nein, das sag ich nicht.«

»Ben, es ist wichtig. Keine Fisimatenten. Ich werde Jeroen nie erzählen, daß ich es von dir habe. Was weißt du?«

»Daß sie ineinander verliebt sind.«

Sie schaute ihn durchdringend an. Er mußte sich irren: er glaubte, so etwas wie Erleichterung in ihren Augen zu sehen. Er wußte nicht, was er erwartet hatte, daß sie ihn mit Hunderten von Fragen überschütten würde, alles haarklein wissen wollte, aber nicht, daß sie ausrufen würde: »Ist das alles?«

Wieder klingelte es, ein wenig ungeduldiger nun. Während sie zur Haustür ging, nutzte Ben die Gelegenheit und verschwand in seinem Zimmer.

Auf der Schwelle stand ein etwa siebzigjähriger Mann mit rosigem Gesicht und weißem Haar, das vom Wind zerzaust war. Er trug eine dunkelblaue Jacke über einem grobgestrickten Rollkragenpullover; neben ihm ein Junge, der schnell seine Hand ergriff, als er sie sah.

Ihr Blick ging von der kleinen Videokamera auf dem Bauch des Mannes zu dem Jungen an seiner Hand. Ein hübsches Kind. Der Mann spähte an ihr vorbei ins Haus, bis ins Wohnzimmer. Ob Jeroen dasei? Er sei um halb vier mit ihm im Dorf verabredet gewesen, aber Jeroen sei nicht gekommen. Er habe eine Viertelstunde unter den triefenden Bäumen bei »Het Armhuis« gewartet, sich drinnen noch nach ihm erkundigt, und jetzt wolle er hier einmal nachfragen. Abgemacht sei abgemacht, und er habe ihn im voraus bezahlt. Sonst sei er nie so spät gewesen.

»Entschuldigen Sie die Störung«, sagte der Mann.

Sie schaute auf den Jungen. Er trug eine kurze Hose, aus der braungebrannte Spinnenbeine herausragten. Zehn, elf war er, höchstens.

»Voriges Jahr habe ich hier eine Woche gewohnt, und damals habe ich etwas liegenlassen ... Sie brauchen keinen Schreck zu bekommen. Es geht um etwas ganz Unbedeutendes: einen Zweig, mehr nicht. Er hat die Form eines Katapults. Falls er noch da ist, würde ich ihn gern meinem Enkel schenken. In all den Tagen, die wir schon hier sind, haben wir kein Stück Holz finden können, das so geeignet ist.«

»Ihrem Enkel?«

»Meinem Enkel, Arne. Und mein Name ist Van Heusden, Leo. ›Dünenrose‹ war schon vermietet, also wohnen wir jetzt in ›Het Hofje‹, meine Tochter, ihre beiden Söhne und ich. Eine Woche, genau wie voriges Jahr, aber damals war ich allein hier.«

Wieder schaute er an ihr vorbei ins Haus.

Sie nickte, hörte kaum, was er sagte. Der Mann lächelte. »Schade, aber ich hätte es wissen müssen. Es wäre auch ein großer Zufall, wenn er noch daläge. Na dann doch mal weitersuchen, was, Arne? Den Gummi haben wir schon.«

Aus der Tasche zog er einen breiten Postgummi, hielt ihn mit kindlichem Stolz hoch. Dann entschuldigte er sich nochmals für die Störung, wünschte ihr einen schönen Urlaub und lief den Weg hinunter. Am Tor drehte er sich noch einmal um und schaute auf das Haus, mit leichtem Befremden im Blick.

Sie kehrte ins Zimmer der Jungen zurück und machte das Fenster weit auf. Durch die Stille draußen schienen die Stimmen in ihrem Kopf noch lauter zu sein. »Bis morgen abend, bis morgen abend.« Während sie die Sachen Stück für Stück vom Boden aufsammelte, Hosen und Hemden zusammenlegte, versuchte sie ihre Gedanken, die in alle Richtungen flatterten, einzufangen.

»Du bist mir eine Erklärung schuldig.«

Sie hatte Dimitri für ein paar Einkäufe ins Dorf geschickt, er würde sicher eine halbe Stunde wegbleiben. Ben war noch immer oben. Sie steuerte geradewegs auf ihr Ziel zu.

»Ich habe dich gesehen, bei ›Het Armhuis‹. Du hast mit einem glatzköpfigen, alten Kerl gesprochen. Er hat dir Geld gegeben.«

Jeroen seufzte demonstrativ: »Ja, fünfzig Mäuse.«

»Fünfzig Mäuse, ja.«

»Das war schnellverdientes Geld.«

Er kicherte, ein klein wenig ertappt, aber es konnte auch Verärgerung sein. Sie erinnerte sich, daß sie Koen nach jenem unseligen Urlaub in den Pyrenäen auch so gegenübergesessen hatte: nun erzähl schon, raus mit der Sprache. Fragen, die das Leben auf den Kopf stellen. Nicht oft hatte sie sich so mutig und so sterbensbang zugleich gefühlt.

»Das war schnellverdientes Geld, ja.« Sie preßte die Arme auf ihren Bauch. »Bis morgen abend.« Sie zupfte mit der rechten Hand an der Haut ihrer linken, kratzte einen Mückenstich auf, schob beide Hände resolut unter ihre Schenkel, als sie sah, daß Jeroen sie verwundert anschaute. Sie mußte sich beherrschen, denn wenn er merkte, wie besorgt sie war, würde er ihr nur etwas vorlügen.

»Wieso schnell verdient? Womit?« fragte sie so leichthin wie möglich, als ob es um ein paar Cent für eine kleine Gefälligkeit ginge.

»Mit Gläser spülen.«

Sie schoß hoch. »Mit Gläser spülen! Das kannst du deiner Großmutter erzählen. Ich habe doch gesehen, wie er es dir gegeben hat, ganz klammheimlich. Und wie er dich angelacht hat über seinen Bauch hinweg. Ich habe doch selbst gehört, wie du gesagt hast: ›Bis morgen abend.‹«

»Morgen abend darf ich wieder.«

»Wieder Gläser spülen?«

Jeroen nickte. Sie sah, daß das Verhör ihn langweilte.

»Ich habe Ferien! Ist das vielleicht erlaubt?«

Normalerweise wurde sie wütend, wenn ihre Söhne ihr frech kamen, doch jetzt nicht, seine Empörung war aufrichtig.

»Und warum erfahre ich das erst jetzt? Warum tut ihr so, als ob ihr ausgeht, obwohl ihr arbeitet?«

»Weil du immer so meckerst, wenn ich mehr als einen Abend in der Woche arbeiten will.«

»Zu Hause hast du Schulaufgaben, das ist etwas anderes. Und deinen Schlagzeugunterricht. Und Loeke.« Bei der Erwähnung dieses Namens sah sie ihn fragend an.

Über ihrem Kopf stand Ben auf, ein Stuhl wurde verrückt, das Fenster geöffnet. Eine Schublade ging auf und gleich wieder zu. Sie dämpfte die Stimme.

»Hast du noch was auf dem Herzen?«

»Du bist also einverstanden?« fragte er ebenso gespannt.

»Womit soll ich einverstanden sein?«

»Daß ich mir ab und zu in ›De Bolder‹ was dazuverdiene?«

Er legte los. Sie hörte sich sein Plädoyer an, ein wenig schwindelig, als ob sie nach einer langen Krankheit zum ersten Mal herauskäme, wieder Atem holen könne, Luft, Luft. Was hatte sie ihn noch zu fragen? Eine Hand auf einem nackten Stück Haut in einer zerschnittenen Jeans war ein dürftiger Beweis, damit konnte sie ihm schwerlich kommen. Wenn sie Jeroen sagte, was Ben vermutete, würde das einen Bruderzwist auslösen, der den Rest des Urlaubs andauern würde. Nein, Ben mußte sie herauslassen. Sie nickte, daß es ihr recht sei, solange er nur nicht aus dem Auge verlor, daß die Ferien dazu da waren, sich auszuruhen, nicht um sich abzuschuften.

Sie schaute ihn an, zögerte. Er sah nicht aus, als ob er schwer an einem Geheimnis zu tragen hätte, welcher Art auch immer. Was Freundschaft war und was Verliebtheit, war doch mitunter auch nicht so eindeutig? In seinem Alter konnte man so von jemandem erfüllt sein, daß es wie Verliebtheit schien. Derselbe Enthusiasmus, dieselbe maßlose Bewunderung, die das Blut schneller zum Strömen brachte. Erst wenn einer von beiden etwas durchschimmern ließe, eine Berührung zu lange dauerte, würde klarwerden, daß eine Grenze erreicht war. Die nicht überschritten werden durfte oder eben doch, aber danach würde es nie mehr sein wie zuvor. Wenn sie Jeroen jetzt auf einen Gedanken brächte, würde er Dimitri mit anderen, weniger arglosen Augen sehen. Wenn sie mit noch mehr Fragen in seinen Gefühlen herumstocherte, würde sie die Freundschaft der beiden vielleicht für immer verderben.

Ihr Blick ging in den Flur, wo auf der Schwelle zum Zimmer der Jungen noch eine Schwimmflosse lag, die sie übersehen hatte, als sie den Schrank wieder einräumte. Von dem Umschlag sollte sie lieber nicht anfangen. Sie streckte den Rücken und lächelte Jeroen zu. Es war kein Geld darin, beschloß sie, sondern ein Stapel Fotos. Ganz normale, unschuldige Bilder von einem Aufenthalt im Schullandheim oder einem Betriebsausflug von »De Olmen«.

Am Abend ging sie auf Dimitris Einladung ein, mit den Jungen loszuziehen. Auch Ben hatten sie überreden können. Er hatte ihr ans Herz gelegt, nicht zu tanzen, nur ein Bierchen zu trinken und ein bißchen Billard zu spielen. »*Pool* heißt das.« – »Nun, zu meiner Zeit hieß es einfach Billard. Ich war ziemlich gut.« – »Aber das ist etwas ganz anderes, Mam. Mit anderen Regeln und ganz vielen Kugeln.« – »Dann bring's mir bei.«

Die Jungen staunten nicht schlecht, daß sie ein Queue halten konnte, wußte, daß die blaue Kreide kein Lidschatten war, und die Kugeln zu treffen verstand. Sie hatte noch immer eine ruhige Hand. Nur gegen Dimitri konnte sie nicht gewinnen, aber der hatte auch jahrelang im Kinderheim gelebt. Wenn er an der Reihe war, konnte sie ihn beobachten; er sah müde aus, hatte dunkle Ringe unter den Augen, die durch die schwarzen Gläser seiner Sonnenbrille, die er mal auf die Nasenspitze, mal auf den Kopf schob, nur noch mehr auffielen. Zwischen den Partien durften die Jungen abwechselnd ein paar Titel an der Jukebox neben der Bar auswählen. Sie bezahlte die Musik, den Pooltisch, das Bier, die Erdnüsse.

»Haben wir was zu feiern?« fragte Jeroen, als sie auch noch eine Portion Bitterballen bestellte.

»Daß Ferien sind.«

»Aber das ist doch schon die ganze Woche so.«

»Elf Tage mittlerweile für Ben und mich.«

»Was für ein Tag ist heute?« fragte Ben.

»Mittwoch, der fünfzehnte.«

Sie sah, daß er an den Fingern abzählte, wie lange sie noch bleiben müßten.

»Mittwoch schon wieder, nur noch drei Tage«, sagte Dimitri und lächelte Jeroen zu.

Am Sonnabend würden sie abreisen. Morgens das Haus aufräumen, saubermachen, packen und mit der Fähre um Viertel vor zwölf nach Harlingen fahren.

Jeroen nahm ein paar Münzen von dem Stapel am Rand des Tisches und ging damit zur Jukebox. Er zog einen Barhocker zu sich heran, um im Sitzen in aller Ruhe die Titel auf den Kärtchen studieren zu können. Dimitri ließ ihn keine Sekunde aus den Augen, er wurde unruhig, als es ihm zu lange dauerte; schließlich sprang er auf und gesellte sich zu Jeroen. Zusammen beugten sie sich über die Titel, und nach einigem Getuschel drückte Dimitri auf die Knöpfe. Eine heisere Jungenstimme erklang, die sie erkannte: ein blonder Soapstar, der in ihrer Erinnerung immer einen zu kurzen Pullover anhatte, so daß man seinen Nabel sah.

Sie schaute zu Dimitri, der seitlich an der Jukebox lehnte. Das helle Licht aus dem Kasten beschien sein Gesicht von unten, die Ringe unter seinen Augen wirkten noch dunkler. Er sang den Text des schmachtenden Refrains mit und starrte dabei unablässig Jeroen an, der heftig mit den Fingern auf die Plastikhaube trommelte, quer durch die verliebten Sätze hindurch.

Während sie die beiden beobachtete, sah sie sich selbst mit Jeroen im Wochenbett. Stundenlang hatte sie ihren Erstgeborenen betrachtet, beim Stillen, aber auch noch lange danach, wenn er in ihrem Arm eingeschlafen war. Sie schaute und schaute und konnte nicht genug davon bekommen, als ob auch sie ihren Durst löschen würde, indem sie seine gesättigten Lippen betrachtete, die blauen Adern an seinen Schläfen, die geschlossenen purpurnen Augenlider, die Wimpern, die manchmal leicht zitterten, als ob eine Brise darüberstreichen würde.

»Der nächste, der ihn so begehrlich anschaut, ist in ihn verliebt«, hatte sie zu Koen gesagt. »Nur Mütter und Geliebte können so intensiv schauen.«

»Väter auch«, fügte Koen hinzu.

Loeke hatte Jeroen nie so angesehen. Diesen Blick, den sie so gut nachempfinden konnte, daß für einen Moment ein Band entstand – nicht zwischen Betrachter und Objekt, sondern zwischen Anbeter und Mutter –, sah sie heute zum ersten Mal auf ihrem ältesten Sohn ruhen. Sie verstand, warum Dimitri seine Augen nicht von Jeroen lassen konnte. Er tat ihr leid, weil sie spürte, wie groß sein Verlangen war und wie unmöglich.

Sie preßte die Lippen aufeinander. Fast grob schob sie Ben einen Bitterbal zu, doch der krümmte sich und klagte über Bauchschmerzen. Er fühle sich krank und wolle nach Hause.

»Nach Hause, jetzt schon?« fragte sie übertrieben fröhlich. »Aber der Abend hat doch gerade erst angefangen.«

Ben meinte ihr richtiges Zuhause, er wollte heim.

»Was für eine unglaubliche Schnulze«, hörte sie Jeroen über die Musik hinweg rufen.

»Es geht um den Text, aber das kapierst du noch nicht. Dafür bist du zu jung.« Dimitri ließ seine Hände mit einem Schlag auf die Jukebox fallen, stieß sich ab und drehte sich um. Als ob eine Seifenblase zerplatzte, paff, und weg war die Zärtlichkeit aus seinem Blick. Ein paar Knüffe wurden ausgeteilt, derbe Witze gingen hin und her. Zwei gute Freunde, die besten Kumpel, alles in Ordnung. Aber davor, ehe Dimitri sich von der Jukebox gelöst hatte und aus dem bleichen Lichtkreis getreten war, hatte sie gesehen, wie sich sein Gesicht blitzschnell verdüsterte, den Schmerz in seinen Augen wegen einer Abweisung, die nicht einmal so genannt werden konnte, weil Jeroen nichts mitbekam.

Noch nicht. Früher oder später würde er aufwachen und die Zeichen zu deuten lernen. Oder Dimitri würde ihm seine Liebe ohne Umschweife erklären. Und dann? Sollte sie Jeroen warnen? Vorhin, in dem unbarmherzigen Licht, fand sie, daß Dimitri nicht nur traurig aussah, sondern auch so ärmlich, trotz seiner Muskeln, der wuchtigen Sonnenbrille, des weißen T-Shirts. Ging er vielleicht doch manchmal mit älteren Männern mit, wenn auch nur aus Einsamkeit?

Sie warf den Kopf in den Nacken und schaute zu dem rotierenden Ventilator über dem Billardtisch. Dimitri hatte auch sie um den Finger gewickelt, indem er die richtigen Fragen stellte, indem er zuhörte. Wie hatte sie nur so dumm sein können, ihm zu erzählen, daß sie Koen nackt Modell gestanden hatte, in einem feuchten Schuppen, in dem es nach Farbe und Terpentin roch. Was hatte sie noch so von sich gegeben? Er hatte sich natürlich kaputtgelacht, sie nackt, so eine alte Schachtel mit einem aus der Form gegangenen Körper, und so was will gesehen werden und geliebt!

Sie sammelte ihre Sachen zusammen. Sie mußte hier weg, nachdenken, was sie zu tun hatte.

»Ich denke, du findest es noch viel zu früh«, sagte Ben, auch er fuhr in seine Jacke. »Warten wir nicht auf sie?«

Erleichtert, ohne Jeroen oder Dimitri zu grüßen, eilte Ben vor ihr her zur Tür.

Eher nach Hause, richtig nach Hause, morgen schon mit der Mittagsfähre. Aufbrechen, das war vielleicht das beste.

Für Ben, für Dimitri, für alle. Ihr würde schon ein Vorwand einfallen. Es reichte.

Sie trat zu Jeroen, der konzentriert über den Pooltisch gebeugt war. »Wir gehen schon mal.« Er nickte, daß er es gehört habe, schaute aber nicht auf. Dimitri stand mit dem Rücken zu ihr an der Jukebox; als sie ihm auf die Schulter tippte, um sich zu verabschieden, drehte er sich um und gab ihr spontan einen Kuß, direkt neben den Mund.

Sie spürte, daß sie rot wurde, und stammelte einen Gruß. Sie hatte noch etwas sagen wollen: Ich weiß, wie das ist ... ich auch ... ich verstehe dich ... ich auch allein ... ich auch vergeblich. Aber nach diesem Kuß konnte sie nichts Vernünftiges mehr herausbringen. Also kniff sie kurz die Augen zusammen und nickte ihm mütterlich zu. Als sie »De Zeeman« verließen, erklang – wahrscheinlich nicht zum letzten Mal an diesem Abend – die Klage des heiseren Jungen.

Eines Tages werde ich wissen, was ich mit den herausgerissenen Seiten mache, hoffe ich. Immer wenn ich diese Autohandschuhe sehe, denke ich: Was soll ich damit? Ich spiele manchmal mit dem Gedanken, sie auf die Ablage über der Garderobe zurückzulegen und mich dumm zu stellen. Vor einer Weile sieht meine Tochter sie auf dem Tisch liegen, nicht in »Dünenrose«, sondern zu Hause im Bremweg. »Ach, wieder was gefunden? Was für ein schönes, weiches Leder, darf ich sie haben?«

Ehe ich sie davon abhalten kann, steckt sie ihre Hand hinein. Gott sei Dank ist Linda Linkshänderin und hat meine Arbeitshände, er paßte also nicht, trotzdem schnappte ich sie ihr weg. »Faß doch nicht immer alles an!«

Es war nicht nur wegen dieser herausgerissenen Seiten, daß ich sie so angeschnauzt habe, sondern auch, weil ich diese Eigenart, alles aufzusammeln, um zu sehen, ob man es noch gebrauchen kann, nur allzu gut erkenne. Wir bleiben eben doch ein Volk von Strandräubern. Jetzt verstaue ich sie lieber wieder in der Tasche meines Regenmantels, oder in meiner Handtasche, wenn ich keinen Mantel anhabe.

Diese Woche bin ich mit unserer Familienbibel bei einem Buchbinder in Leeuwarden gewesen. Dadurch, daß ich alle Trauerkarten und Taufberichte in der Bibel aufbewahre, schon jahrelang, war das Leder am oberen Schloß eingerissen. Während ich da stand, fiel es mir ein: »Können Sie auch etwas bei rausgerissenen Seiten machen? Könnten Sie das so reparieren, daß man es kaum noch sieht?«

Er legte seine Hand auf die Bibel und fragte: »Wo liegt denn das Problem? Sicher bei den Psalmen.«
»Wieso bei den Psalmen?«
»Wo am meisten geblättert wird, entstehen die ersten Risse.«
»Die Seiten, die ich meine, habe ich nicht dabei«, stammelte ich. »Die sind aus einem ... aus einem anderen dicken Buch.«
Der Buchbinder hat mir haargenau erklärt, wie er vorgehen will. Zuerst schneidet er Streifen aus japanischem Papier, und die werden dann als eine Art Verbindung mit einem Stärkekleister zwischen die herausgerissene Seite und den Restrand geklebt. Den ausgefransten Rand nannte er das Fleisch. Ob noch Fleisch dran wäre?
Da sah ich wieder vor mir, wie mager sie war, die Frau, der letzte Gast des vorigen Sommers. Marleen hieß sie ... Das weiß ich durch eine Erinnerung an ihren Vater, die sie aufgeschrieben hat, der ruft: Marleen, Angsthase. Es ist manchmal, als ob die Menschen sich selbst im Gästebuch hinterlassen. Herman Slaghek kann das Wort Australien nicht lesen, ohne an seinen Sohn zu denken. Ich war darüber erschrocken, ich wußte nicht, daß er noch immer so betrübt ist. »Und das Wort ward Fleisch ...« Ich habe Marleen nie gesprochen, aber jedesmal, wenn ich die Seiten wiederlese, die sie herausgerissen hat, fängt sie für mich an zu leben. Kommt es daher, daß ich für einen Moment glaubte, sie gesehen zu haben, Ende März?
Gott sei Dank können die Leute nur mit der Hand ins Gästebuch schreiben. Ich habe eine Ansichtskarte von Jelte, die einzige Karte, die er mir je geschickt hat, denn vierzig Jahre lang sind wir überall zusammen hingefahren. Eine Karte aus Israel, wo er acht Monate vor seinem Tod mit seinem Bruder gewesen ist. Eine dreiwöchige Rundreise durch Israel und Ägypten, zu den biblischen Stätten, dafür hatten sie viele Jahre gespart. Das hatte er schon sein

ganzes Leben lang gewollt, den Berg sehen, wo Moses die Gebote empfing, die Geburtsgrotte, den Jordan, den Garten Gethsemane. Aber auch: sich im Toten Meer auf dem Rücken treiben lassen, einen Kibbuz besuchen und einen Orangenhain. Die Karte zeigt den Hain: ein Mann mit einer Brille auf einem Traktor zwischen lauter orangefarbenen Bäumen.

Wenn ich die Karte von Jelte sehe, mit all den begeisterten Schnörkeln und Ausrufezeichen, wenn ich das Wort »phantastisch« lese, dann ist es, als ob ich seine Hand spüre. Nicht die Hand selbst, nicht ihre Form, sondern ihre Bewegung. Wenn ich seine Ansichtskarte aus Israel wiederlese, dem Schwung des h folge und wie es ins a übergeht, regt sich etwas in mir, viel stärker, als wenn ich sein Foto betrachte oder mir einen Wollschal umbinde, der ihm gehört hat.

Ich fragte den Buchbinder, was so eine Restauration kosten würde, und mußte dreimal schlucken, als er mir den Betrag nannte. Ich will, daß die Seiten nicht verlorengehen, nur ob es auf diese Weise sein muß? Ich meine ... als die Frauen zum Grab von Jesus kamen, war der Körper weg. Sie fanden keinen perfekt einbalsamierten Leib, der aussah, als ob er überhaupt nicht tot wäre. Da war nichts, bis auf ein paar Tücher war das Grab leer. Das Wort wurde Fleisch, aber dann wieder Wort.

Jetzt hätte ich es doch fast vergessen: das Licht in Bettys Zimmer brennt schon seit gestern abend. Nicht umsonst gibt es Schalter an den Wänden, sagte mein Vater immer. Und da war noch etwas, über das ich mich schon seit Monaten ärgere, ich komm gleich wieder drauf.

V

Schritte auf dem Muschelweg, ein Fahrrad, das die Düne heraufgeschleppt wurde, volle Flaschen, die in einer Tasche kling-klong aneinanderschlugen. Heute war Babette mit dem Einkaufen dran. Heleen zögerte, ob sie ihrer Schwester helfen solle, die Einkäufe hereinzutragen. Nein, sie wollte diese dösige Stille lieber noch etwas andauern lassen.

Langsam reckte sie sich, verschränkte die Arme unter dem Kopf. So, auf dem Bett ausgestreckt, wirkten ihre Beine genau gleich lang. Sie betrachtete sie zufrieden. Gestern hatte Babette ihr eine Creme gegeben, ein dunkler, moschusartiger Duft, »du fängst schon an, dich zu schälen«, und sofort auch angeboten, ihr die Fußnägel zu lackieren. Denn wie kam eine Frau mit solchen langweiligen Nägeln durch den Sommer? Heleen hatte alles über sich ergehen lassen. Es war nicht einmal unangenehm, bemuttert zu werden und lauter ungebetene Ratschläge zu bekommen.

Zu Hause war es undenkbar, daß sie um halb vier nachmittags in ein Badetuch gerollt mit einer Gurkenscheibe auf der verbrannten Nase daliegen und den Geräuschen im Garten lauschen konnte, geschweige denn ihren eigenen Gedanken. Wenn Heleen einen Nachmittag schulfrei hatte, waren da immer Kinder, die ein und aus gingen. Zog sie sich einmal abends nach den Nachrichten mit einem Buch in ein Schaumbad zurück, klopfte Anton bereits nach einer Viertelstunde an die Tür: sie solle das Wasser stehenlassen, dann könne er auch gleich noch schnell untertauchen. Inzwischen würde er die Heizung im Schlafzimmer höherdrehen, »aber laß dir Zeit, lies ruhig erst das Kapitel zu Ende«. Es hatte schon was, immer schöner zu werden und geheimnisvoll zu riechen, ohne daß einen sofort jemand gierig anbeißen wollte.

Dies war ihr erster Junggesellinnenurlaub seit siebzehn Jahren. Am Sonnabend hatte sie Jet in ein Segellager nach Sneek gebracht, die Zwillinge und Anton waren ein paar Tage zuvor mit der Fähre nach England gefahren. Diesem Umstand hatte sie die ungeahnte Freiheit zu verdanken, die nun schon sechs Tage währte. Die Männer hatten Lust auf einen Fahrradurlaub gehabt, aber Jet und sie hatten vor sich gesehen, wie es unaufhörlich regnen würde, die Verhandlungen über die Route, endlose Diskussionen, wo und wie lange sie Pause machen würden, die Streitigkeiten darüber, wie weit es noch sei.

»Müssen wir denn unbedingt jeden Sommer alle zusammen wegfahren?« hatte Jet schließlich gefragt. Erschrocken hatten Anton und Heleen sich angesehen: Jet war erst fünfzehn und wollte jetzt schon nicht mehr mit. Ehe sie sich's versahen, machten sie nie mehr etwas gemeinsam. Doch letztendlich hatten sie eingesehen, daß es kein Drama war, wenn jeder seine eigenen Wege gehen würde, dieses eine Mal. Sie brauchten wirklich keine Angst zu haben, daß sie von nun an so eine Familie werden könnten, die nur noch per Zettel am Kühlschrank kommuniziert.

Direkt unter Heleens Fenster fing Babette an, die Fahrradtaschen auszupacken. Eins, zwei, vier Flaschen wurden auf die steinerne Türstufe gestellt. Weißwein, wußte Heleen, und höchstens eine Flasche Wasser. Babette hatte diverse Theorien, wie man trinken müsse, ohne sternhagelvoll zu werden: draußen zu trinken sei besser als drinnen, dabei zu rauchen verstärke den Kater, ab und an etwas zu essen und vor allem große Gläser Wasser zu trinken, erhöhe das Fassungsvermögen. Babette fiel auch immer wieder etwas ein, worauf angestoßen werden mußte: daß es ihr erster Tag zusammen sei oder nun schon fast wieder der letzte; daß bereits so viele Tage hintereinander solch herrliches Wetter sei; der Hochzeitstag ihrer Eltern, denen sie ihre Existenz zu verdanken hätten; daß es nach all den Jahren endlich einmal geklappt habe mit einem gemeinsamen Urlaub. Und noch immer kein Streit, keine großen Verstimmungen, oder doch? Nein, bis auf das Gegirre von Babette über ihren Liebhaber, aber das behielt Heleen für sich, sie versuchte es zu ignorieren.

Manche Leute wurden von Alkohol schweigsam oder in sich gekehrt, nicht so Babette. Es war, als ob der Alkohol ein Fluß wäre, der sich immer weiter verzweigte. Alles konnte der Anlaß für wieder eine neue Erinnerung an ihre Kindheit sein. Oder kam es nicht nur durch den Wein, sondern dadurch, daß sie zum ersten Mal seit langem so viel Zeit miteinander verbrachten, ohne ihre Männer, die nicht verstanden, warum sie lachten, und sich von vornherein ausgeschlossen fühlten.

Babette war gerade vierzig geworden, drei Jahre älter als sie, und erinnerte sich an mehr. An mehr Details vor allem, das Muster im langen Abendkleid ihrer Mutter, den Namen der Wäscherei, die jeden Montag vorgefahren war: Mont Blanc.

Wenn es um Erinnerungen ging, hatte Babette einen natürlichen Vorsprung. Aber da sie stets in den Geschichten ihrer Schwester vorkam, fand Heleen es nicht schlimm, daß Babette jedesmal der Stichwortgeber war. Auch sie fing an, sich an immer mehr zu entsinnen, konnte immer weiter zurückgehen, in das Kinderzimmer, wo ihr Bettgestell an der rechten Wand stand, mit dem Fußende zum Fenster, quer zum Bett ihrer großen Schwester. Sie sah die bunten Perlen an der Klapper ihres Kinderstuhls, hörte zum ersten Mal seit Jahren den Namen ihrer ersten Puppe: Isabella, weißt du denn das nicht mehr? O ja, Bella ...

Oder reden wir ständig über früher, weil unsere Leben sich jetzt so voneinander unterscheiden, dachte Heleen, während sie barfuß zum Waschbecken ging, um ein Glas Wasser zu trinken. Schon lange war sie nicht mehr so ungeniert herumgehumpelt. Wenn sie ihren erhöhten Schuh nicht trug, mußte sie mit dem linken Fuß auf Zehenspitzen laufen, aber wenn niemand zusah, ging sie am liebsten in ihrem Entengang. In ihrer Jugend war streng darauf geachtet worden, daß sie so normal wie möglich lief, und der Watschelschritt gab ihr ein Gefühl der Übertretung, des Entkommens, der Freiheit.

Sie schaute in den Spiegel, sah, daß ihre rötlichen Augenbrauen heller geworden waren von der Sonne und vom Salz. Es gab ihrem Gesicht etwas Unwirkliches. Babette hatte pechschwarze Augenbrauen, an denen sie ständig mit einer Pinzette herumzupfte, »weil sie sonst kriminelle Formen annehmen«, aber Heleen fand ihre eigene nackte Stirn beängstigender. Wie kommt es nur, daß jeder sofort sieht, daß wir Schwestern sind? Sie ließ den Wasserhahn so unhörbar wie möglich laufen, damit Babette nicht merkte, daß sie schon wach war. Wir sehen uns nicht ähnlich, in keiner Weise. Sie kommt nach Papa, ich nach Mama. Wir leben in total verschiedenen Welten, wären einander wahrscheinlich nie begegnet, wenn wir keine Blutsverwandten wären.

Sie sahen sich höchstens zweimal im Jahr. Babette war mit einem belgischen Makler verheiratet und wohnte schon seit zwanzig Jahren in Antwerpen; sie hatten keine Kinder und verbrachten ihre ganze Freizeit auf Golfplätzen. Auch mitten im Winter war Babette von Kopf bis Fuß braungebrannt. Heleen fühlte eine körperliche Vertrautheit mit ihrer Schwester, legte schnell mal einen Arm um sie und fand es nicht unangenehm, ihr den Rücken mit Sonnenöl einzureiben, wenn Babette auf dem Bauch in der Sonne lag, und auch die Rückseite ihrer Beine, die Kniekehlen besonders gründlich, s'il te plaît. Aber sie verspürte keine Neigung zu Herzensergießungen. Umgekehrt war das schon geschehen. Zu Silvester hatte Babette ihr gestanden, daß sie einen Freund habe. Sie hatte sie nicht einmal zur Seite genommen, sondern bei Tisch, während des Familiendiners, angefangen darüber zu tuscheln. Sie hatte gestrahlt, als sie erzählte, daß sie zweimal in der Woche, eine Tasche mit Turnschuhen und enganliegenden Trikots unter dem Arm, abends in eine Kampfsportschule gehe, um ein paar Stunden später außer Atem und mit roten Wangen zurückzukehren. Sie sei »sehr stolz« darauf, daß Luc noch immer nichts ahne, hatte sie gesagt und sich das Weinglas vor den Mund gehalten, damit ihr Mann auf der anderen Seite des Tisches ihr nicht von den Lippen lesen konnte. Bei der Erinnerung an diese beschämende Szene verzog sich Heleens Gesicht im Spiegel vor Ärger.

Die Haustür ging auf. In Espadrillos, an denen, wie man am Knirschen hören konnte, noch ein paar Muschelstückchen klebten, lief Babette vorbei, in die Küche; durch einen Luftzug fiel die Haustür mit einem Knall ins Schloß.

»Excuse-moi, jetzt wirst du wohl wach sein, denke ich«, rief sie. »Ich habe dir eine Zeitung mitgebracht und Joghurt für dein Gesicht, ich setze schon mal Tee auf, kommst du ...?«

Heleen pellte sich die Gurkenscheibe von der Nase und steckte sie in den Mund. Das Leben wies sie oft sofort zurecht. Wenn sie ein scharfes Urteil über ihre Schwester fällte, und war es auch nur in Gedanken, machte Babette eine generöse Geste, die sie wieder mild stimmte.

Heleen legte ihr Adreßbuch und die Telefonkarte, die sie von Babette bekommen hatte, auf das Geländer der Terrasse. Das Holz fühlte sich noch warm an nach einem langen Sonnentag. »Warum hast du eigentlich dein Telefon nicht mit?« rief sie hinein. »In den letzten Jahren habe ich dich selten ohne gesehen.« Babette stellte sich in die Tür, wich aber ihrem Blick aus und sagte achtlos: »Vergessen, blöd, was?« Heleen schenkte sich etwas Wasser aus einer

Karaffe ein, die auf dem Gartentisch stand, und ließ sich in einen Sessel fallen; sie brauchte nicht zu wählen, denn Babette hatte schon ein Handtuch auf ihren eigenen Stuhl gelegt, weil ihre nackten Beine überall fettige Spuren hinterließen.

Während sie an der Telefonzelle gewesen war, um ihre Tochter anzurufen, hatte Babette die Terrasse aufgeräumt und den Tisch gedeckt. Der orangerote Pareo, den Babette um die Hüften trug, wenn sie zum Strand ging, war die Tischdecke. Sie hatte für jedes Gericht einen extra Teller hingestellt, sowohl Wein- als auch Wassergläser und in die Mitte eine Vase mit Dünenrosen. »Du bist mir zuvorgekommen«, sagte Heleen. »Du hattest doch schon eingekauft.«

Babette zuckte mit den Schultern. »Ich zähle nicht mit, was ich tue und du nicht. Ich bin kein Buchhalter. In Belgien finden wir das furchtbar holländisch.« Sie stellte ein Schälchen Oliven auf den Tisch, setzte sich und legte sich ein Buch auf den Schoß. Bevor sie es aufschlug, wischte sie sich die Handflächen an dem Handtuch ab. »Ein Gästebuch, wie reizend. Hattest du das schon gesehen? Wenn Luc und ich uns irgendwann ein zweites Haus bauen lassen, lege ich dort auch so was hin. Was soll ich reinschreiben?« Ungeduldig schlug sie das Buch wieder zu. »Ach nein, das kannst du viel besser.«

Die Rollen waren seit Jahren festgelegt. Weil Heleen Förderunterricht an einer Grundschule gab und gern las, war sie »die Intellektuelle«, die »gelehrte Schwester«. Wenn jemand in der Familie heiratete, schrieb sie ein langes, gereimtes Gedicht, und wenn jemand sterben würde, dann würde sie die Traueranzeige aufsetzen. Babette tippte sich mit dem Gästebuch an die Stirn. »Erinnerst du dich, daß Mama uns manchmal mit einer Enzyklopädie auf dem Kopf durchs Zimmer laufen ließ?«

»Bei mir hat es nicht wirklich geholfen.«

»Unsinn. Ich habe dich gerade die Straße hinunterlaufen sehen und gedacht: Eigentlich fällt es gar nicht auf.«

Obwohl sie wußte, daß ihre Schwester übertrieb, lächelte Heleen dankbar. »Das kommt durch meinen dicken Absatz, nicht durch diese ganzen Übungen.«

Babette streckte die Hand nach der Flasche aus und hielt sie mit einer einladenden Geste hoch. Heleen schüttelte den Kopf, »jetzt noch nicht«, und atmete tief ein. Das war das Besondere an einer nicht allzu großen Insel: wenn man das Meer nicht sah, hörte man es, und wenn man es nicht hörte, roch man es. Das Meer ist überall, dachte sie und suchte in ihrem Gedächtnis nach einer Zeile aus einem Gedichtband, die sie sich kürzlich hinten in ihren Kalender geschrieben hatte. Babette hielt ein zu Spinnengewebe zerfallenes Blatt, das sie im Gästebuch gefunden hatte, gegen das Licht und drehte den Stiel zwischen Daumen und Zeigefinger hin und her.

»Genau die Farbe von Mamas Strümpfen, früher. Weißt du noch, daß Laufmaschen in Nylonstrümpfen aufgenommen wurden?«

Heleen nickte abwesend, weil ihr der Satz, den sie suchte, langsam dämmerte, doch als sie ihn fast hatte, fing Babette wieder an: ob es Jet dort gefalle?

»Es gefällt ihr so, daß sie vergessen hat, daß ich sie heute um halb sieben anrufen wollte. Sie war im Dorf.«

Babette zog die Augenbrauen hoch. »Wie schade für dich.«

»Nein, nicht schade. Wenn sie ihre Eltern vergessen, haben sie kein Heimweh.«

Babette schwieg. Sie mußte diese Art von Wissen entbehren. Meistens ließ sie sich lang und breit über die jungen Verkäuferinnen im Warenhaus aus, die sie wegen allem nur möglichen um Rat fragten und für die sie, die Personalchefin, auch eine Art Mutter war. Doch alle Geschichten waren erzählt, der Klatsch aufgebraucht. Heleen nahm noch einen

Schluck Wasser und tickte nervös mit den Nägeln gegen das Glas. Es war ihr unangenehm, das Geplapper, aber auch diese Stille. Lag es an ihr? Wenn sie Babette von ihren Kindern erzählte, ertappte sie sich mitunter bei einem leicht triumphierenden Ton, der sie selbst verwunderte. Auch wenn sie es nicht mit Absicht tat, es war doch taktlos.

»Und du, vermißt du Jet?« fragte Babette.

»Ich vermisse niemanden. Noch nicht.«

»Weil wir zusammen sind, aber morgen, wenn du allein bist?«

»O ja, du fährst ja morgen schon wieder.«

»Das wußtest du doch?«

»Ich hatte gerade nicht daran gedacht.«

»Als ich dir erzählt habe, daß Jean-Marie mich gefragt hat, ob ich nach Nizza komme, da hast du gesagt, daß du es prima findest.« Babette legte ihr die Hand auf den nackten Arm und sagte in ebenso schmeichelndem wie zwingendem Ton: »Sollte Luc irgendwann davon anfangen, du weißt Bescheid. Ich war zwei Wochen mit dir hier in ›Dünenrose‹. Daß ich einen Geliebten habe, bedeutet nicht, daß ich meinen Mann loswerden will. Ich will sie beide.«

Heleen nickte widerwillig. Sie hatte Babette gebeten, sie nicht mehr in ihre Affären zu verwickeln: Ich will nicht mitschuldig sein. Das nächste Mal, wenn du zu Luc sagst, daß du zwei Wochen mit mir in den Urlaub fährst, dann tust du das auch. So sittsam hatte sie nicht immer reagiert. Als Babette ihr zum ersten Mal von Jean-Marie erzählt hatte, war sie ein einziges großes, schlürfendes Ohr gewesen. Bis sie begriff, daß ihr Schwager, bei dem sie mit ihrer ganzen Familie wohnte und der sie immer so herzlich empfing, es nicht wissen durfte. Daß sie ein Geheimnis miteinander teilten, Babette und sie. Anfangs fand sie es vor allem peinlich, der Ärger kam später.

Ihr Blick fiel auf die Telefonkarte, die noch immer auf dem Tisch lag: jetzt verstand sie, warum Babette ihr Handy in Antwerpen vergessen hatte. Jeden Morgen, Punkt zehn, rief sie ihren Mann aus einer Telefonzelle an, und wenn sie nächste Woche von einem südfranzösischen Boulevard aus anrufen würde, wüßte er es nicht anders, als daß sie in der Dorfstraße von Vlieland stünde.

Lange nachdem die Dämmerung hereingebrochen war, saßen sie noch auf der Terrasse. Die Zeitungen schrieben, daß der Sommer '98 wahrscheinlich der nasseste und kälteste Sommer des Jahrhunderts werden würde, aber seit sie auf der Insel waren, war es nur warm und sonnig. Was für ein Glück, Prost, auf den Urlaub, auf uns! Sie hatten sich in ihren Sesseln zurückgelehnt und schauten in die Sterne, die am Himmel erschienen. Wer zuerst eine Sternschnuppe entdecken würde, dürfte sich etwas wünschen. Ob es durch den Sternenhimmel kam, die drückende Wärme oder den Wein, wußte Heleen nicht, doch die Jugenderinnerungen kreisten schon eine Weile um erste Freunde, erste Lieben, erste Küsse. Automatisch gingen sie weiter zurück, stromabwärts, bis zum Kennenlernen ihres Vaters und ihrer Mutter, das sie sich so oft hatte schildern lassen, daß es schien, als wäre sie dabeigewesen.

Während der ersten Verabredung in einem Ausflugslokal mit Blick auf eine violette Heide hatte ihr Vater sofort von Kindern angefangen: Wie würden sie einen Sohn nennen, und wie eine Tochter? Babette, Theo, ihre Namen waren gleich an diesem ersten Abend erklungen, noch ehe der Hochzeitstermin feststand, sogar noch ehe er ihr gesagt hatte, daß er sie liebe. Die Namen waren Liebeserklärung und Heiratsantrag in einem.

Und da geschah es.

»Was ... was hast du gesagt?« stotterte Heleen, aber sie wußte, daß sie sich nicht irrte, sie hatte richtig gehört. Sie erstarrte, und nun erst schien Babette zu merken, daß sie zu weit gegangen war.

»Wenn ich geahnt hätte, daß du es nicht wußtest ... ich meine, dann hätte ich nicht davon angefangen«, sagte Babette und schlug sich die Hand vor den Mund. Aber es war schon zu spät. Während Babette immer und immer wiederholte, daß es ihr leid tue, sah Heleen vor sich, wie ihre Mutter die Vorhänge zuzog, die Schuhe abstreifte, auf einen Stuhl kletterte und von dem Stuhl auf den Tisch, zum Rand lief und hinuntersprang. Wochenlang hatte sie dieses schaurige Ritual wiederholt, bis sie einsehen mußte, daß das neue Kind fest entschlossen war, drinzubleiben. Daß sie vielleicht noch nicht an dem Kind hing, aber das Kind an ihr.

»Ich dachte, du wüßtest es«, sagte Babette. »Erinnerst du dich denn nicht, daß früher immer so ein rosa Gummiballon mit einem Schlauch dran im Wäscheschrank lag? Hinter einem Stapel Bettlaken? Damit hat sie sich ausgespült, wenn sie miteinander geschlafen hatten. Es war '61, es gab noch keine Pille. Sie hatte Theo und Guido, und dann kam ich, endlich eine Tochter, und dann merkte sie nach ein paar Jahren, daß sie wieder schwanger war ...«

Babette schaute sie unsicher an. »Aber es spielt doch keine Rolle? Gewollt, ungewollt ... sie hat dich genauso geliebt wie uns. Vielleicht sogar noch mehr, wegen deines kleinen Gehfehlers. Zweifelst du etwa daran?«

Nein, Heleen hatte keinerlei Grund, das zu bezweifeln. Sie verstand daher auch nicht, warum sie sich so merkwürdig leicht fühlte, fast durchsichtig wie das zerfallene Buchenblatt. Ein Windstoß, und weg wäre sie. Sie schaute hoch zu den Sternen, es waren dieselben Sterne wie vor ein paar Minuten, doch nun schwindelte ihr, weil sie versuchte sich vorzustellen, daß es sie auch nicht geben könnte. Daß sie nicht hier auf dieser Insel auf der Terrasse sitzen könnte, auch nicht unter diesen Sternen, auch nicht ...

Sie erwachte mit der Verszeile auf den Lippen: »... Ich denk, daß ich immer denk an den Tod, wie eine Insel weiß um die See.« Als ob sie die ganze Nacht danach gesucht hätte. Von ihrem Bett aus sah sie durch einen Spalt in den Vorhängen einen strahlend blauen Himmel, kein Morgen, um sich noch einmal umzudrehen. Doch als sie aufstand und im Nachthemd ins Wohnzimmer lief, wo ihre Schwester schon frühstückte, wollte sie sofort ins Bett zurück. Eine Nebelbank schien aus dem Meer, über die Dünen, durch die Flügeltüren ins Haus zu dringen, ein Dunst, der zwischen ihnen hängenblieb. Sie schenkte sich eine Tasse Kaffee ein, griff sich ein paar Zeitungen und kroch wieder ins Bett.

Mit aller Macht versuchte Heleen, es von sich abzuschütteln; es war nicht ihre Art, sich lange bei Dingen aufzuhalten, die sie nicht ändern konnte. Sie konzentrierte sich immer auf das, was noch möglich war, auf Entwicklung, und arbeitete daher am liebsten mit Kindern. Es war ausgesprochen worden, sie hatte es gehört, niemand konnte es mehr ungeschehen machen. Schwamm drüber.

Doch sie bekam nicht die Gelegenheit dazu. Es war Babettes letzter Morgen, sie rückte dem Haus zu Leibe, als ob sie hier wilde Bacchanale abgehalten hätte. Sie schrubbte den Küchenboden, die Spüle, den Herd, machte sogar den Backofen sauber, den sie gar nicht benutzt hatten. Schon zweimal war sie in Heleens Schlafzimmer gekommen, mit einer Tube Creme, einem Bademantel und der Frage, ob das vielleicht etwas für sie wäre.

Heleen kam angezogen, aber mit nassen Haaren aus dem Schlafzimmer, als Babette ihren Koffer in den Flur stellte. Sie deutete mit dem Kopf auf die Ablage über der Garderobe, wo ein großer, bunter Golfschirm mit einem glänzenden, kupferbeschlagenen Holzgriff lag. »Soll ich dir den auch dalassen?«

Während Heleen noch zögerte, fühlte sie, wie ihr ein paar Tropfen den Rücken herunterliefen. Babettes großzügige Gaben hingen ihr zum Hals heraus, aber sie hatte ihren eigenen Schirm im Auto auf dem Parkplatz in Harlingen liegenlassen.

»Wirklich, behalt ihn ruhig. Wir haben zu Hause noch einen ganzen Karton davon. Werbegeschenk von Luc. Sein Logo steht drin, LAC, aber ganz dezent. Man sieht es kaum.«

»Was soll ich damit bei dieser Hitzewelle?«

»Was soll ich damit in Südfrankreich?«

»Wenn du keine Lust hast, ihn mitzuschleppen, vergiß ihn doch einfach irgendwo.«

»Ich schenke ihn lieber dir.«

»Aber ich will ihn nicht.« Heleens Stimme überschlug sich, sie schoß an ihrer Schwester vorbei in die Küche, nahm ein schmutziges Glas aus dem Spülbecken und hielt es unter den Wasserhahn. Als sie es an den Mund setzte, sah sie den Abdruck von Babettes rotem Lippenstift; ohne einen Schluck zu trinken, stellte sie das Glas ab und schob es von sich weg. Die wenigen Sätze, mit denen Babette versucht hatte, ihren Fauxpas, wie sie es selbst nannte, zu erklären, hatten alles nur noch verworrener gemacht. Mama habe sich die Haare gerauft, weil sie dachte, es sei ihre Schuld, das mit dem Bein. Sie habe es als Strafe angesehen.

Eine Strafe von wem, dachte Heleen, während sie durch das Küchenfenster über die Dünen schaute. Die Sonne hatte ihren höchsten Punkt erreicht, die Dünen waren in Licht getaucht, kein Lüftchen regte sich. Die Insel hielt den Atem an, in Erwartung der Antwort. Eine Strafe von wem denn? Ihre Mutter hatte Gott abgeschafft, behauptete, aller Schuld und Sühne mit etwa sechzehn – »als ich anfing nachzudenken« – abgeschworen zu haben. War ihr das gelungen? Mit dem Webfehler in den Knochen ihrer jüngsten Tochter hatte sie sich offenbar keinen Rat gewußt; in diesem Fall hatte das Nachdenken ihr nicht weitergeholfen.

Heleen preßte ihre Handflächen auf die kalte Spüle und betrachtete ihr Spiegelbild im Fenster. Sie sah ihrer Mutter ähnlich, das konnte sie nicht leugnen. Blut ist dicker als Wasser. Dasselbe schmale Gesicht mit dem spitzen Kinn, derselbe lange Hals, die Schlüsselbeine, mager wie bloßliegende Baumwurzeln. »War ich dir ein Dorn im Auge? Bekam ich deshalb die schönsten, teuersten Schuhe zum Kaschieren? Hättest du alles dafür gegeben, um nur nicht an diese Versuche, mich loszukriegen, erinnert zu werden?«

Babette kam in die Küche geschlichen und sah sie scheu an. »Mit wem sprichst du?«

»Du brauchst mir nicht dauernd alles mögliche zu schenken. Es ist nichts mit mir. Ich bin kein armes Hascherl.«

»Wieso? Ich habe doch gestern noch gesagt: du läufst wie ein Mannequin.«

Helen schaute müde weg.

»Ich gebe immer und überall mit dir an, wirklich, und mit deinen drei Kindern und daß du so eine nützliche Arbeit machst und daß du es gut hast mit Anton. Komm«, sagte sie, streckte flehend die Hand aus und legte sie dann auf die Spüle.

Helen schaute auf die Hand, die sie früher immer festgehalten hatte, wenn sie eine Straße überquerte, wenn sie ein großes Zimmer voller Onkel und Tanten betrat oder wenn sie sich in einem fremden Land, wo die Leute komisch redeten, ein Eis kaufen durfte. Es war dieselbe Hand, weniger mollig jetzt, mit langen Nägeln und vielen Ringen. Die Haut wurde schon dünner, blaue Adern schimmerten hindurch. Zu Luc hatte sie gesagt, daß sie sich das rote Glitzerding im Warenhaus selbst gekauft habe; daß es unecht sei, buntes Glas. Leichtsinnig war sie, eine maßlose Person. Daß einem die eigene Schwester so fremd sein konnte.

Die Hand hob sich, Babette schaute auf die Uhr. Ihre Blicke kreuzten sich: sie fuhr mit der Fähre um Viertel vor fünf, wie sollten sie die Zeit überstehen?

»Bitte laß uns, bevor ich abreise, noch irgendwas Schönes zusammen machen.«

»Was denn Schönes?«

»Wollen wir noch mal bei Oosterbaan Scampi essen gehen? Oder Hummer? Ich lad dich ein. Nein, guck nicht so, das hatte ich sowieso vor. Es ist unser Abschied.«

Als das Schiff auslief, fiel eine Last von Heleen ab. Sie würden sich erst zu Weihnachten wiedersehen. »Ich ruf dich an.« – »Ja, wir telefonieren.« In gut anderthalb Stunden würde Babette in Harlingen ankommen und von dort nach Schiphol weiterreisen; heute abend würde Jean-Marie sie auf dem Flughafen in Nizza in die Arme schließen.

Wenn ich auf Rache aus wäre, würde ich Luc anrufen, dachte Heleen, als sie an einer Telefonzelle vorbeikam. Und danach sofort erleichtert: Bloß gut, daß ich nicht nachtragend bin.

Und doch wunderte es sie, daß ihr der Gedanke gekommen war, so etwas Primitives. Warum sollte sie sich an ihrer Schwester rächen wollen? Es war aus Versehen, hatte Babette ihr beim Abschiedsessen nochmals versichert, aber so nachdrücklich, daß Heleen auf einmal wieder an ihrer Aufrichtigkeit zweifelte. War Babette vielleicht eifersüchtig? Auf ihre Familie? Auf die Aufmerksamkeit, die sie als jüngstes, und noch dazu als Sorgenkind, immer bekommen hatte? Und jetzt häufig wieder, weil es durch ihre drei Kinder einfach mehr von ihr gab? Mehr Stimmen, mehr Geschichten zu erzählen, es war immer irgend etwas mit einem von ihnen los. Oder konnte Babette es nicht verschmerzen, daß sie ihr Doppelleben gebeichtet, aber nichts Ergötzliches über ihre Schwester erfahren hatte? Mußte das Gleichgewicht wiederhergestellt werden? Heleen schaute abermals zur Fähre, die nun nur noch ein Punkt war. Eines Tages würde dieser Argwohn auch verschwinden oder nicht mehr sein als ein Stäubchen in ihrem Auge, das sie ignorieren konnte.

Sie schob ihr Fahrrad in Richtung Supermarkt. Morgen war Sonntag, sie mußte einkaufen. Wann hatte sie dabei einmal nur an sich selbst denken müssen? Sie konnte sich nicht erinnern. Wenn sie wollte, könnte sie das ganze Wochenende Äpfel essen oder Brote mit Erdnußbutter, sie könnte ihren Lieblingssender im Radio einstellen, ohne daß jemand an den Knöpfen drehte, beim Essen lesen, in den Dünen sitzen und zeichnen, bis es dunkel wurde, einen Gedanken zu Ende führen.

Doch während sie ihren Wagen durch den vollen Laden manövrierte, merkte sie, daß sie immer wieder nach etwas griff, das ihre Kinder gern mochten. Nach Knackwürsten, Hering in Tomatensoße, Popcorntüten. Sie verursachte einen Stau, indem sie endlos lange vor dem Brotregal zögerte, weil sie nicht wußte, ob ein halbes Dunkles genug wäre. Und wieviel Milch trinkt ein Mensch allein? Das Stück Kümmelkäse würde bei diesem Wetter innerhalb weniger Stunden weich und schwitzig sein wie eine stopplige Achsel, aber sechs fade Scheiben in Plastik waren doch mehr was für eine Witwe.

Um sie herum stapelten sich die Einkäufe in den Wagen zu uneinnehmbaren Forts. Die meisten Produkte waren ausschließlich in Familienbeuteln, Zweiliterflaschen oder Riesenpackungen zu bekommen. Niemand war hier allein im Urlaub. Mitten in dem überfüllten Laden fühlte sie sich verlassener denn je.

Es ließ sie nicht mehr los. Meistens legte sich durch eine Nacht Schlaf die größte Verwirrung, doch am nächsten Morgen erwachte sie mit einem Gefühl, als wäre sie mit den Kleidern ins Bett gegangen. Wo sie auch war, auf dem Deich am Wattenmeer, im Schatten des Kiefernwaldes, unter einem Sonnenschirm auf dem Freisitz vom »Zeezicht«, immer, wenn sie für einen Moment die Augen schloß, aber auch wenn sie einfach nur vor sich hin starrte, sah sie ihre Mutter mit einer Schürze; sie hatte eine Laufmasche im Strumpf; ein umgefallener Pumps lag unter einem Stuhl; im

Spülbecken türmte sich der Abwasch. Sie stieg auf den Tisch, vorsichtig zwischen der Teekanne und einem leeren Teller mit eingetrockneten Breiresten, drehte sich um, holte tief Luft und sprang.

Jedesmal geschah dasselbe: in diesem Augenblick verschwand ihre Mutter aus dem Bild. Sie selbst war es, die nach unten schaute, und sie sah in ein schwarzes Loch, ein Weltall, das sich nicht über, sondern genau unter ihr befand. Und dann schwindelte ihr, wie an dem Abend, als sie es gerade erfahren hatte, weil sie versuchte sich vorzustellen, daß es sie auch nicht hätte geben können. Lieber nicht, wenn es nach ihrer Mutter gegangen wäre.

Daß sie nicht mit dem Rad über die Muschelwege hätte fahren können, die sich wie ein glänzendes Band über die Insel zogen, nicht den trockenen Strandhafer riechen, wilden Thymian und Queller. Auch nicht barfuß durchs Haus humpeln, durch die Flügeltüren, den Badweg hinunter, über die Düne. Nicht den Seewind an ihren erhitzten Wangen spüren, das kalte Wasser an ihren müden Füßen, den Pferdeschwanz zwischen ihren Schulterblättern. Auch nicht Anton, keine Kinder ...

Wenn sie trübsinnig war, dachte sie: Es ist deine Schuld, daß ich mich so fühle. Wenn es ihr gelang, für einen Moment zu vergessen und einfach nur glücklich zu sein, weil sie nirgends lieber war als hier, jetzt, am Rand des ausgedehnten Watts, wo Hunderte von Vögeln gleichzeitig kreischend aufflogen, dachte sie: Und das hast du mir vorenthalten wollen? Am Ende des Tages verstand sie nicht, warum sie so steif war, im Nacken und in den Armen vor allem, bis sie merkte, daß sie mit geballten Fäusten herumlief.

Abends, nach dem Essen, fing sie einen Brief an. Im Nu war das Zimmer mit Papierknäueln übersät. Das einzige, was nicht durchgestrichen wurde, war: *Dünenrose, 9. August 1998.*
Liebe Mama ...

Sie versuchte die Methode, die sie auch anwandte, wenn sie einen Bericht abfassen mußte, und schrieb ein paar lose Gedanken untereinander.

– Wie kann etwas, das so lange her ist, an das ich mich nicht erinnern kann, mich so verwirren?
– Ich will nicht, daß Du Dich schuldig fühlst, wenn ich angelaufen komme. Mich stört es nicht, daß ich nicht ganz gerade bin. Ich bin daran gewöhnt, und Anton behauptet, daß wahre Schönheit nie vollkommen ist.
– Konntest Du eine vierte Schwangerschaft nicht verkraften? Oder fandest Du drei Kinder genug? Du wirst schon Deine Gründe gehabt haben ...

Als ihr nach anderthalb Stunden noch immer kein Brief gelungen war, legte sie den Stift weg. Oft kamen ihr die Ideen, wenn sie sich ablenkte. Sie hockte sich vor den Fernseher, vielleicht würde sie den Apparat ja in Gang bekommen. Aber auf welchen Knopf sie auch drückte, es geschah nichts. Ruhelos ging sie auf die Terrasse. Die Dämmerung brach herein, das fahle Licht des Leuchtturms mähte alle paar Sekunden wie eine große Sense über die Dünen. Dort, von Büschen verborgen, gleich hinter der Kreuzung, waren die Telefonzellen. Wenn es dunkel wurde, bildete sich immer eine Schlange davor. Aber wen sollte sie anrufen? Anton hatte ihr auf der Karte die Route gezeigt, die sie wahrscheinlich nehmen würden. Sie hatte keine Ahnung, wo er jetzt war. In Notfällen würde er seine Eltern informieren, die wiederum dafür sorgen würden, daß sie Nachricht bekam. Sie hatten nicht daran gedacht, daß sie ihn vielleicht brauchen könnte. Was konnte ihr schon passieren auf einer Insel, wo nicht einmal Autos fahren durften.

Wäre sie nur mit ihnen mitgefahren nach England. Es dauerte noch mindestens eine Woche, ehe sie ihre ganze Familie wieder um sich hätte. Nur Jet war in der Nähe, auf der anderen Seite des Wattenmeers. Sie könnte morgen für einen Tag hinüberfahren, nur um Jet kurz zu sehen, ein paar Stunden, ein Stündchen zur Not ... Sie rief sich zur Ordnung: Am Samstag, Punkt zwei Uhr, würde sie auf den Parkplatz der Segelschule einbiegen, die Tasche mit schmutziger Wäsche in den Kofferraum stellen, ein paar Freundinnen von Jet mitnehmen, fragen, wie es gewesen sei, aber keine Viertelstunde eher.

»Ist was?« fragte ihre Tochter am anderen Ende der Leitung.
»Nein, nichts.«
»Aber sie haben gesagt, daß es dringend ist.«
»Oh, das habe ich nur so gerufen, sie hatten offensichtlich wenig Lust, dich zu suchen.«
»Es ist fast zwölf, so spät, das paßt nicht zu dir, Mam. Ich war zu Tode erschrocken. Ich dachte: Es ist bestimmt jemand gestorben.«
»Ich wollte nur mal deine Stimme hören.«
»Also alle wohlauf, Papa auch?«
»Keine Ahnung. Die radeln noch durch England. Oma und Opa Van Houten machen eine Kreuzfahrt auf der Adria, die anderen Großeltern sind in Norg. Alle sind so weit weg, nur du nicht.«
Sie hielt den Hörer etwas von sich ab, damit Jet sie nicht schlucken hören würde. »Kannst du schon segeln?«
»Ich verstehe dich nicht.«
»Wenden, halsen, reffen? Klappt das schon ein bißchen?«
»Es ist kein Wind. Es geht also nicht voran.«
»Nein, es ist mehr Schaukelwetter, Hängewetter ... Du hast doch kein Heimweh?«
»Mam, du klingst so komisch.«
»Das kommt ... ich stehe auch an einer komischen Stelle, in einer neonbeleuchteten Telefonzelle, du müßtest mich sehen, es ist wie ein Raumschiff am Rande eines stockdunklen

Waldes. Als ob ich jeden Moment abgeschossen werden könnte, oder wie heißt das, lanciert, in den Himmel, zu den Sternen.«

»Habt ihr euch ein bißchen betrunken?« kicherte Jet.

»Ich, mich betrunken, mit wem?«

»Mit Babette natürlich.«

Heleen schlug mit der flachen Hand an die gläserne Wand der Zelle. Es klang, als ob ein Vogel gegen die Scheibe prallte.

»Was ist das? Bist du noch da?«

»Ja, ich bin noch da.«

Eine Pause entstand. Am anderen Ende der Leitung war Lachen zu hören, Stühlerücken, das Läuten einer Schiffsglocke.

»Nun, wenn es nichts Besonderes gibt, dann wollen wir mal wieder auflegen«, sagte Jet sachlich und flüsterte jemandem etwas zu.

»Ja, ›es wird so teuer für dich‹, sagt Oma dann immer.«

»Schlaf gut, Mam, und grüß Babette.«

»Schlaf gut, Schatz.«

Sie legte auf, der Hörer war feucht, wo sie ihn umklammert hatte. Sie stieß die Tür auf und atmete die kühle Waldluft ein. Sie brauchte nur hinauszugehen, die Straße hoch, rechts abbiegen, durch das Tor, den Muschelweg hinauf, und sie wäre wieder zu Hause. Sie könnte eine Dusche nehmen, ein Glas Milch trinken und schlafen gehen. Solange man schlief, vermißte man niemanden.

Worauf wartest du noch, dachte sie, aber sie machte keine Anstalten, die Zelle zu verlassen. Sie blieb, wo sie war, rührte sich nicht, zog nur die Hand zurück, die die Tür aufhielt. Der Entschluß war gefaßt, sie wußte, was sie zu tun hatte. Sie zog ihr Adreßbuch aus der Brusttasche ihres Oberhemds, schlug es beim C auf, Babette Corvet-van Houten. Sie wählte die Nummer, zwei Nullen davor. Es klingelte, sechsmal, siebenmal, dann hörte sie die Stimme ihres Schwagers Luc, auf dem Anrufbeantworter. Um so besser. Der Apparat konnte keine Fragen stellen, keine Rechenschaft von ihr fordern. Er würde nur registrieren, wiedergeben, was aufgesprochen worden war, speichern, was gespeichert werden sollte, und später abgehört werden, so oft wie nötig.

Sie wartete, bis der zweite Piepton erklang, legte sich dann die Finger um den Hals. Ruhig, als ob sie es etliche Male geprobt hätte, sagte sie mit tiefer, heiserer Stimme: »Your wife Babette has a lover. They are together in the South of France.«

Danach legte sie den Hörer auf, zog ihre blassen Augenbrauen hoch und lächelte ihrem Spiegelbild in der Glastür der Zelle verwundert zu.

Am Morgen fand Heleen überall Spuren des vergangenen Abends. Auf dem Plastiktisch draußen standen ein Teller mit Krümeln und ein schal gewordenes Glas Cola, in dem ein paar Wespen schwammen; auf dem Fußboden im Wohnzimmer lag zerknülltes Papier. Noch ein paar Wochen allein, und ich würde total verdrecken, dachte sie. Ohne Familie bin ich erledigt. Innerhalb kürzester Zeit ist mein Haar ganz verfilzt, und ich streune hinter einem Einkaufswagen her durchs Dorf.

Mit einem Papierkorb ging sie durchs Zimmer, um die Knäuel aufzusammeln, eins war hinter den Ofen gerollt, sah sie, aber sie hatte immer noch Muskelkater. Ich kann das nicht, ich bin behindert, hatte sie als Kind gesagt, wenn es ihr gelegen kam. War der Teufel nicht auch ein Hinkefuß?

Was habe ich getan?

Für den Bruchteil einer Sekunde sah sie vor sich, wie ein Gast an einem rauhen Septembertag den Ofen anzünden wollte und wie dabei ein Funke vom Streichholz auf das Knäuel übersprang, das sie aus Bequemlichkeit hatte liegenlassen. Das Feuer setzte den orange-braunen Läufer in Brand, Flammen griffen nach den Vorhängen, den Korbmöbeln, dem Regal mit vergilbten Taschenbüchern, sogar nach dem Gästebuch. Sämtliche Spuren der Menschen, die hier jemals gewesen waren, in Schutt und Asche; der Seestern zerplatzte: alles ihre Schuld. Aber daß Luc nun wußte, daß seine Frau ihn betrog, hatte Babette sich selbst zu verdanken. Auge um Auge. Mit jeder Faser ihres Körpers spürte sie, daß dies gesünder war, als all die Herabwürdigungen nur ergeben hinzunehmen.

Sie kniete sich auf den Fußboden, um das Knäuel hervorzuangeln, stöhnte, als sie mühsam hinter den Ofen langte, und dachte an Babette, die jetzt mit Jean-Marie über einen Boulevard flanierte oder auf einem Freisitz einen Café frappé trank, Geklingel von Eiswürfeln, verliebtes Gekicher. Während sie sich bis zum Äußersten anstrengte, sich nicht in widersprüchliche Gefühle zu verstricken, schaukelte ihre Schwester auf einer Luftmatratze umher und ließ sich das Salz von den Augenbrauen lecken.

Hoffentlich rief sie bald in Antwerpen an, Luc würde fragen: »Wo bist du gerade, Liebste?« – »Auf Vlieland natürlich, in einer Telefonzelle, gleich bei unserem Häuschen.« – »Oh, also nicht in Frankreich, mit deinem Liebhaber?«

Rache ist süß, dachte sie und spürte, wie sich ihre Mundwinkel kräuselten. Es war ein Geschmack, von dem sie nicht genug bekommen konnte. Das Süße wollte verlängert werden, mit immer noch mehr rachsüchtigen Vorstellungen: Babette, von Luc verlassen, und kurz darauf auch von ihrem Liebhaber, für den es bequem gewesen war, daß sie verheiratet war. Babette allein beim Weihnachtsessen, ausgemergelt vor Kummer, doch mit vom Alkohol aufgeschwemmtem Gesicht. Babette in einem mit Muscheln verzierten Rahmen auf ihrem Schreibtisch, neben den anderen Toten.

Als sie sich wieder aufrichtete, fiel ihr Blick auf etwas Glitzerndes in einer breiten Ritze des Holzfußbodens. Am

Abend des Unheils, vorgestern inzwischen, hatte ihre Schwester auf dem Weg in die Küche ein Weinglas aus ihren zitternden Händen fallen lassen. Neugierig beugte Heleen sich vor: normales Glas funkelte nicht so. War es vielleicht ein Kristall, ein Brillant, eines von Babettes Juwelen? In dem Märchen von Andersen bekam ein Junge einen Splitter vom Spiegel der Schneekönigin ins Auge. Von diesem Moment an konnte der kleine Kai nur noch das Schlechte und Häßliche in den Menschen sehen. War ihr auch ein Splitter ins Auge geflogen, als sie in die Sterne starrte?

Mit den Fingernägeln hob sie das Glitzerding auf. Es war ein blumenförmiger Knopf, ein Edelweiß aus geschliffenem Glas. Sicher von einem Kleid abgesprungen oder von so einer Spitzenbluse, wie sie ihre Mutter auf Fotos getragen hatte, als sie noch jung war. Diese Art von Knöpfen war bestimmt nicht mehr zu bekommen. Das Mädchen, das ihn verloren hatte, würde alle Knöpfe ihrer Secondhand-Bluse ersetzen müssen.

Ihre Mutter bewahrte schon ihr Leben lang Knöpfe auf, nicht nur die Ersatzknöpfe, die in das Futter von Mänteln genäht wurden, sondern auch die von ausrangierten Sachen. Bevor sie die Sommerkleider und Blusen mit einer Zickzackschere in quadratische Stücke zerschnitt, um Putzlappen daraus zu machen, trennte sie die Knöpfe mit einem Messer ab. Wenn Heleen sich als Kind langweilte, holte ihre Mutter die Knopfdose; dann setzten sie sich zusammen auf den Teppich, die Mutter schmiegte sich wie eine Meerjungfrau neben Heleens Knie auf den Boden, drehte die Dose um, und dann rauschte es, als ob eine Welle in den Muscheln graben würde. Knöpfe in allen Farben und Sorten von Kleidern, die zu klein waren, kaputt oder verschlissen. Lakritzschwarze und braune, aber auch ovalrote Münder, vergißmeinnichtblaue Augen, große weiße Pfefferminzbonbons, solche, wie man sie sah, wenn man sich nicht traut, den Doktor anzuschauen; goldene Knöpfe, mit denen man die Uniform eines

Militärs hätte verzieren können oder die Krone einer Königin; kleine Hemdknöpfe in allen Größen und Weißtönen, aufgefädelt, Sorte für Sorte, die man als fertige Perlenkette um den Hals einer Knopffrau hängen konnte.

Die Knopfdose gab es noch immer. Seit Jet ungefähr vier war, hatte ihre Mutter sie ab und zu wieder hervorgeholt und sich wie früher, nur etwas steifer jetzt, neben ihre Enkelin auf den Fußboden fallen lassen.

Was bedeutet es, daß ich nun weiß, daß meine Mutter mich nicht wollte? fragte sich Heleen, als sie das Knöpfchen in ihre Rocktasche gleiten ließ. Was hat sich in meinem Leben verändert? Vielleicht hat Babette recht: gewollt, ungewollt, was spielt das für eine Rolle. Offenbar gibt es neben der Schwerkraft noch eine andere Kraft, eine größere, weniger gleichgültige, die dafür gesorgt hat, daß ich mich nicht abgelöst habe, nicht verlorenging wie ein Blusenknopf, sondern drinblieb und weiterwuchs, während meine Mutter ihr Herz an mich hängte, sich mit immer mehr Fasern an mich band, um schließlich diejenige zu werden, die neben mir auf dem Teppich zwischen Hunderten von Knöpfen geduldig nach jenem einen suchte, den ich am schönsten fand.

Dünenrose, 10. August 1998
Liebe Mama,
ich werfe Dir nicht vor, daß Du es getan hast, wohl aber, daß Du mit Babette darüber geredet hast. Was habt Ihr an diesem Abend getrunken, daß Du so freundinnenhaft-intim mit ihr wurdest? Gin Tonic, Bloody Mary oder wie das heißt, dieses klebrige Zeugs? Davon könnte man glatt zum Abstinenzler werden.

Kaum stand es da, strich sie es schon wieder durch. Sätze, die mit »ich werfe Dir nichts vor« begannen, waren die schlimmsten. Sie spürte, daß sie sich selbst nicht gerecht wurde. Auf dem Papier war sie viel dümmer und kleinkarierter als in

Wirklichkeit. Wie viele Stunden sie auch an dem Eßtisch verbrachte, mit geschlossenen Vorhängen, um das grelle Sonnenlicht abzuwehren, wie gern sie ihrer Mutter auch mitteilen wollte, daß sie es nun wußte, es kam nicht viel mehr aufs Papier als eine Anrede und die Worte: *Babette hat es mir erzählt.* Vielleicht sollte sie die Sätze, die sie neulich gelesen hatte – wieder und wieder, um sie zu behalten –, einmal versuchen zu übersetzen: »For once a thing is known, it can never be unknown. It can only be forgotten ...« Warum hatte sie das auswendig gelernt? Hatte sie geahnt, daß diese Zeilen irgendwann einmal mehr für sie bedeuten würden? Hatte sie die Worte aufgelesen und in ihrem Gedächtnis gespeichert für einen Winter, der noch kommen sollte?

Sie dachte an die Berichte, die sie für ihre Arbeit schrieb. Wenn man den Sinn klar vor Augen hatte, kamen die Sätze von selbst. Vielleicht mußte sie einsehen, daß die Anrede, die beiden Worte oben auf der Seite, *Liebe Mama*, die einzigen, die ihr immer wieder mühelos aus der Feder flossen, auch die einzigen waren, die zählten.

Sie holte den Knopf aus ihrer Rocktasche, legte ihn vor sich auf den Tisch, nahm ihn wieder hoch und betrachtete ihn von allen Seiten. In der Mitte war ein dottergelber Punkt. Vielleicht waren diese beiden Worte der Kern ihres Verhältnisses und konnte auch der Sprung nichts mehr daran ändern.

Am nächsten Morgen wurde sie durch die Türklingel aus dem Schlaf geschreckt. Für einen Moment wußte sie nicht, wo sie war, in all den Tagen hatte sie dieses Geräusch noch nicht gehört. Luc, durchzuckte es sie, während sie in den Bademantel schlüpfte, den Babette ihr dagelassen hatte, er war mit der ersten Fähre auf die Insel gekommen.

Zu Silvester hatte Luc noch nichts geahnt, bis zum Überdruß hatte er angegeben mit seiner Babette, die so sportlich sei, neuerdings sogar in eine Kampfsportschule gehe. *For once a thing is known ...* Jetzt, wo er es wußte, konnte es nicht mehr nicht gewußt werden.

»Ich komme«, rief sie durch das halbgeöffnete Fenster und lief zum Spiegel, um sich mit einer Bürste durchs Haar zu fahren. Durch das Meerwasser stand es in alle Richtungen. Ich sehe nicht nur bösartig aus, ich bin es auch. Es ist mir so herausgerutscht, Luc, ich kann es nicht erklären. Wenn ich mich auch nur einen Moment in deine Lage versetzt hätte ... Hastig schlüpfte sie in ihre Sandalen; die Riemchen schnitten in die verbrannten Spanne, in den letzten Tagen war sie immer barfuß gelaufen.

Vielleicht würde es ja nicht so schlimm werden. Hoffentlich hatte Luc ihre Nachricht nur halb verstanden oder auf den falschen Knopf gedrückt und das Band gelöscht, bevor er es abhören konnte. Er kam nicht, um sie zu vernehmen, er wollte Babette überraschen. Sie mußte ein Alibi erfinden: Sie ist Brot holen, die Zeitung holen, sie macht einen Strandspaziergang. Einmal um die ganze Insel. Sie wird sicher nicht vor heute abend zurück sein. Ja, vielleicht triffst du sie, wenn du in diese Richtung gehst, nein, nein, in diese Richtung, über die Düne, aber komm doch rein.

Sie hatte Babettes weißen Bademantel schon an, denselben Bademantel, den ihre Schwester zu Hause trug, wenn sie von ihrer halbrunden Wanne ins Schlafzimmer lief, wo Luc voller Begierde auf sie wartete. Sie hielt sich den Ärmel an die Nase, der rauhe Stoff roch noch nach Babettes Sonnenöl. Das ganze Haus roch übrigens noch nach Babette. Vielleicht fand Luc diese Mischung ja angenehm verwirrend: seine »gelehrte« Schwägerin, die noch nach Nachtschweiß roch, gehüllt in den Bademantel seiner sportlichen Liebsten und in ihren Duft.

Vor der Tür stand eine Frau mittleren Alters, in der Hand hielt sie einen großen Umschlag mit blauen Expreß-Aufklebern. Heleen rieb sich den Schlaf aus den Augen. Die Frau sah nicht aus wie eine Postbotin, sie trug eine grüne

Bluse über einem weit fallenden Rock, der ihre Hüften noch breiter machte.

»Entschuldigen Sie bitte, daß ich Sie geweckt habe ... Unten am Weg traf ich den Briefträger, und da ich sowieso mal fragen wollte, ob alles in Ordnung ist ...« Mit einem Nicken überreichte ihr die Frau das Kuvert.

»Ob alles in Ordnung ist? Sind Sie die Besitzerin des Hauses?«

»Nein, ich mache hier nur sauber.«

»Oh, wollen Sie nachschauen, ob wir die Bude nicht verkommen lassen?«

Es klang zu defensiv; sie wußte nicht, wie sie es wiedergutmachen sollte. Sie konnte doch nicht erklären, daß sie sich gegen viel schwerere Bezichtigungen gewappnet hatte. Schnell drehte sie den Umschlag um: auf der Rückseite stand in zierlichen Buchstaben der Name des Hotels »Au Bord de la Mer«, goldene Sterne, und darunter handschriftlich Babette Corvet-van Houten. Babette hatte in Antwerpen angerufen, mit ihrem Ehemann gesprochen und ihre Schlußfolgerungen gezogen: außer ihr selbst und Jean-Marie gab es nur eine Person, die davon wußte. Babette war fuchsteufelswild, ihr böser Brief war so dick, daß sie die Seiten zusammengeheftet hatte, Heleen fühlte die Klammern durch das Kuvert hindurch.

»Nein, nein, solange Sie hier sind, ist es Ihr Haus«, beeilte die Frau sich zu sagen. »Ich wollte nur fragen, ob ... ob auch genug Decken da sind?«

»Decken? Ein Laken ist schon zuviel bei dieser Hitze.«

Die Frau errötete. »Ja, Sie haben wirklich Glück.«

Heleen schob den Nagel ihres Zeigefingers in einen Spalt des Umschlags und nickte abwesend. Das Herz schlug ihr bis zum Hals. »Ich will Sie nicht länger aufhalten«, hörte sie die Frau sagen. »Schöne Tage noch, und wenn ich etwas für Sie tun kann ...«

Nachdem Heleen den Umschlag geöffnet hatte, blickte

sie zerstreut hoch, aber die Frau war schon auf und davon. Unten am Weg verlangsamte sie ihren Schritt, stieß das Tor auf, öffnete ihre Handtasche und holte ein Fläschchen Öl heraus, mit dem sie sich über die Scharniere beugte. Heleen wartete nicht länger, lesend ging sie hinein.

Liebe Schwester,
ich verspreche Dir: das ist das letzte Mal, daß ich Dir eine Geschichte erzähle, an die Du Dich nicht erinnern kannst. Du weißt, daß Mama uns oft Geschichten vorgelesen hat, aber manchmal hat sie auch selbst welche erfunden. Dies ist eine, die ich schon sehr lange für Dich aufschreiben wollte – zu Deinem 21. Geburtstag, als Jet geboren wurde, als Du 30 wurdest – nun muß es endlich einmal passieren. Ich sitze schon den ganzen Tag in meinem Hotelzimmer über einem Schreibblock, während Jean-Marie am Strand stapelweise Autozeitschriften durchblättert. Er versteht nicht, daß das jetzt Vorrang hat.

Montag war Waschtag, auch bei der Familie Van Houten. Dann bezog die Mutter alle Betten frisch. Die Überschlaglaken kamen nach unten, und die Bettücher und Kissenbezüge wanderten in den Wäschekorb, der gegen zehn von der Wäscherei Mont Blanc abgeholt wurde. Montag war der vollste Tag der Woche bei der Wäscherei Mont Blanc, der Kleinbus mit Wäschekörben aus allen Vierteln der Stadt fuhr hin und her. Gegen eins standen an die hundert Körbe in der Wäscherei, und die Maschinen liefen auf Hochtouren. An einem trüben Januartag hörte eine der Waschfrauen, Anna, ein leises Weinen. Hatte sich eine Katze hereingeschlichen, schliff etwas an einer der Maschinen? Neugierig spitzte sie die Ohren. Das Geräusch kam ganz aus der Nähe, aus einem Wäschekorb, um genau zu sein, dem Korb direkt vor ihr, der noch mit breiten Lederriemen zugeschnürt war. Vorsichtig löste sie die Riemen, öffnete den Deckel, schob das Wäschebuch zur Seite, in dem stand, wieviel Laken, Bezüge, Hemden mitgegeben worden waren, und sah ... ein noch nicht mal einjähriges Kind, ein kleines Mädchen, das sich an einem langen Nachthemd festhielt.

Kaum hatte sie das Kind auf dem Arm, da kamen die Waschfrauen auch schon von allen Seiten herbeigeeilt. Alle wollten dem Findelkind über den Kopf streichen, es in die Wange kneifen, festhalten, küssen. Anna träumte laut: Wie würde es sein, wenn sie es bei sich behielten? Gemeinsam würden sie es großziehen; abwechselnd würden sie eine Nacht in der Wäscherei schlafen, um auf das Kind aufzupassen ...

Inzwischen hatte Lenas Mutter entdeckt, daß ihre Tochter weg war. Sie hatte das ganze Haus von oben bis unten durchsucht, denn Lena kroch öfter mal in einen Schrank, in Kartons mit alten Zeitungen, und an kalten Tagen wollte sie sich mitunter zwischen der Rückenlehne vom Sessel ihres Vaters und der Heizung verstecken. Als das Kind eine Viertelstunde später noch immer nicht gefunden worden war, rief sie ihren Mann an – »Lena ist weg!« –, der wiederum die Polizei verständigte. Die Nachbarn wurden informiert und die anderen drei Kinder aus der Schule geholt, alle mußten suchen helfen. Sie zogen los, bis auf Lenas Schwester Babette, die noch zu klein war, um allein auf die Straße zu gehen, und am Telefon Wache halten mußte.

Als der Chef der Wäscherei gegen zwei die letzten Körbe auslud, sah er zu seinem Schreck, daß niemand einen Finger krumm machte. Überall standen halb geöffnete Körbe herum, aus denen schmutzige Wäsche quoll; nicht einmal die Hälfte der Maschinen lief. Seine Mädchen, wie er sie so gern nannte, saßen Schenkel an Schenkel im Kreis, manchmal zwei Mädchen auf einem Korb. Ein Streik ... womit habe ich das verdient, fragte er sich. Ich, der ich immer so gut zu ihnen bin. Doch als er näher kam, hörte er eine Frau ein Wiegenlied singen, es wurde gelacht.

In diesem Moment entdeckte er Anna und auf ihrem Schoß ein kleines Kind in einem langen weißen Hemd, einer Art Taufkleid. Noch ehe er rufen konnte, daß sie sich wie die

Feuerwehr an die Arbeit machen sollten, stand Anna auf. Dieses Findelkind, sagte sie feierlich, lag in einem Wäschekorb und schlief, wie der kleine Moses. Das ist bestimmt ein ganz besonderes Kind. Der Chef, der nie Vater geworden war und oft darunter litt, hatte einen Kloß im Hals, als er Anna das Mädchen abnahm. Er sah vor sich, wie er die Kleine baden würde. Er würde sie in einem Wäschekorb auf einem Stapel sauberer Laken schlafen legen und ihr immer wieder einen anderen makellos frischduftenden Strampler anziehen, denn das Nachthemd hielt sie nur fest, sah er jetzt. Sie trug einen ganz gewöhnlichen Krabbelanzug aus Frottee mit einem Kaninchen drauf, der voller Apfelsinenspritzer war, und wie man roch, war sie seit Stunden nicht gewickelt worden.

Sobald sie etwas größer wäre, dürfte sie mit ihm im Lieferwagen mitfahren, um die Körbe abzuholen, so sähe sie auch noch etwas von der Welt. Sie bräuchte nicht in die Schule, denn den Unterricht würde er selbst übernehmen. Anhand von Flecken würde er Biologiestunden geben und auch Erdkunde, denn die meisten hatten die Form eines Landes. Mit Hilfe der Wäschelisten würde er seinem Töchterchen das Lesen beibringen und wie im Spiel das Addieren und Subtrahieren, wenn er die Rechnungen schrieb. Er würde ihr Vater sein und die Waschfrauen alle ein bißchen ihre Mutter.

Da fiel sein Blick auf das Flanellnachthemd, und er erwachte aus seinen Träumereien: das Kind hatte bereits eine Mutter, und die war gewiß schon außer sich vor Angst. »Anna«, rief er, »in welchem Korb hast du sie gefunden?«

»Was tut das zur Sache?« fragte Anna. »In einem von den Körben da ...«

Er räusperte sich. »Alles gut und schön, aber sie muß zurück nach Hause.«

Anna wurde rot. »In diesem oder in dem, nein, in diesem Korb?« Ratlos drehte sie sich um ihre eigene Achse, als ob sie mit verbundenen Augen in einem Kreis stünde. Niemand konnte ihr helfen, denn die anderen hatten das Findelkind erst gesehen, als Anna es schon aus dem Korb gehoben hatte. Da meldete sich ein junges Mädchen, das erst eine Woche in der Wäscherei arbeitete, und sagte: »Aber guckt doch mal, sie klammert sich schon die ganze Zeit an diesem Nachthemd fest.«

»Es gibt Haupt- und Nebensachen«, sagte der Chef streng.

Wieder meldete sich das Mädchen. »Aber in allen Wäschestücken, die wir hereinbekommen, stehen doch Initialen? Wenn wir uns die ansehen, wissen wir, zu welchem Korb sie gehört, zu welchem Wäschebuch, zu welcher Familie, zu welcher Adresse.«

Der Chef war so erleichtert, daß er ganz vergaß, das Mädchen wegen seines hellen Köpfchens zu loben. Er riß der Kleinen das Hemd aus den Händen, die zum ersten Mal an diesem Tag lauthals zu schreien begann. Er setzte seine Lesebrille auf, sah die Buchstaben v. H., gab dem Kind schnell das Nachthemd zurück, rannte von Korb zu Korb ... Und so geschah es, daß Babette, die noch immer neben dem Telefon saß und wartete, als erste erfuhr, daß ihre Schwester gefunden worden war.

Keine Viertelstunde später bog das Auto der Wäscherei Mont Blanc in unsere Straße ein. Aus allen Häusern kamen die Leute gelaufen, um die Ankunft mitzuerleben. Einer der Nachbarn hatte eine Blaskapelle organisiert, und alle hatten geflaggt. Noch nie im Leben waren wir so froh gewesen, wie in dem Moment, als wir Dich sahen, wie Du da in dem offenen Wäschekorb knietest – auf dem Vordersitz eines blütenweißen Lieferwagens, auf den ein Wäscheberg gemalt war – und uns mit Mamas Nachthemd zuwinktest.

Ende

Heleen stand auf und schob die Vorhänge zur Seite. Danach öffnete sie auch die Verandatüren und ging auf die Terrasse. In der Morgensonne las sie Babettes Geschichte noch ein paarmal, begierig, als ob es ein Liebesbrief wäre. Die Sonne schaute nun fast über dem Waldrand hervor und wärmte ihre steifen Muskeln; die ersten Radfahrer kamen vorbei, nackte Arme und Beine, auf dem Weg zum Strand. Sie hatten große Taschen auf den Gepäckträgern.

Sie setzte sich, zog den Bademantel hoch bis weit über ihre Knie, streifte die Sandalen ab, schloß die Augen und lauschte den Geräuschen der Insel: Austernfischer, Möwen und in der Ferne das Rauschen der Brandung. Wie eine Insel weiß um die See. Doch als sie eine Weile so dagesessen hatte, hörte sie auch andere Geräusche: den brummenden Motor eines Lieferwagens, der mit quietschenden Reifen um die Ecke fuhr, abbremste, hupte, Fetzen Blasmusik, eine Straße voller ausgelassener Menschen.

Hinter ihren geschlossenen Augenlidern stieg ein Bild auf, immer dasselbe Bild. Nicht von einer Frau, die auf einen Stuhl klettert, und von dem Stuhl auf den Tisch, und springt, sondern das Bild eines Kindes, in einem offenen Wäschekorb kniend, mit einem Nachthemd in der Hand. Und von der Mutter, die am Straßenrand steht und es kaum erwarten kann. Es war möglich. Sie konnte es: dieses Bild festhalten und vor das andere schieben. Sie sah, wie sie kniend, von dem Wäschekorb aus, ihrem Vater, ihrer Mutter, ihren Brüdern und ihrer Schwester zuwinkte, mit beiden Händen gleichzeitig, um nur schneller wieder bei ihnen zu sein.

Als das Kind zu Hause war, ließen die Geräusche nach, und es wurde endlich wieder still in ihrem Kopf. Jetzt war sie an der Reihe, sie würde nicht darum herumkommen. Sie stand auf und ging hinein, um einen Brief zu schreiben. Nicht an ihre Mutter, sondern an Babette. Einen Brief über eine Frau, nachts, in einer neonbeleuchteten Telefonzelle am Rande eines dunklen Waldes.

VI

Es war ihr erster gemeinsamer Abend. Heute morgen hatten sie Liesbeth, Naud und das Baby zur Fähre gebracht.

Er schaute zu seiner Frau, die unter der Korblampe saß und schrieb oder vielmehr: grübelnd auf ihrem Kugelschreiber kaute. Sie war gerade von draußen gekommen, ihre Wangen waren gerötet. Sie hatte ihren Pullover, den dunkelroten Norwegerpullover mit den weißen Hirschen – oder waren es Elche? – ausgezogen, und ihr Haar war zerzaust. Nicht einmal im Lampenlicht konnte man sehen, daß sie grau wurde, denn die grauen Strähnen, die sie – wie sie behauptete – sehr wohl hatte, mischten sich unsichtbar mit ihrem aschblonden Haar. In den letzten Tagen hatte er sie öfter so angestarrt. Nur um zu konstatieren: da saß Pia, die Frau, mit der er schon mehr als ein Vierteljahrhundert verheiratet war. Mit der er eine Tochter und einen Sohn hatte und seit vier Monaten eine Enkelin. Seine Verbindung mit Pia hatte bereits drei Leben hervorgebracht, vier Bande, das zu seinem Schwiegersohn mitgerechnet. Wenn man die Zahl der wechselseitigen Beziehungen – zwischen Mutter und Tochter, Mutter und Sohn, Vater und Enkelin, Schwiegersohn und Schwiegervater und so weiter – zusammenzählte, kam man auf achtzehn. Er hatte es mit Pfeilen aufgezeichnet, ein Schema gemacht. Und die mußten alle miteinander auskommen, eine Ehe, achtzehn Bande. Und dabei hatte ihr Sohn noch nicht einmal eine Frau gefunden, und seine Tochter hoffte auf weitere Kinder. Noch mehr Pfeile, noch mehr Fäden in dem Gewebe, das eine Familie ist.

Je älter sie wurde, desto ähnlicher wurde Pia dem Schulmädchen, das er nur aus ihrem Fotoalbum kannte. Als ob die Falten die Züge betonten, die ihr Gesicht von Anfang an bestimmt hatten – ihre runden Vogelaugen, ihr schiefes Lächeln, die etwas vorgestülpte Unterlippe. Mit den Jahren wurde ihr Gebiß auch wieder schief und krumm, so wie es gewesen war, ehe sie mit elf eine Spange bekommen hatte.

Als sie merkte, daß er sie beobachtete, nahm sie kichernd den Kugelschreiber aus dem Mund. »Was mache ich da. Das Ding lag schon hier, als wir kamen. Wer weiß, wie viele Menschen es im Mund gehabt haben!«

Sie deutete mit dem Kopf auf das Gästebuch vor ihr auf dem Tisch. »Sag du mal was.«

»Was hast du schon?«

»*Der Urlaub begann nicht wie geplant. Mein Mann mußte das Auto auf den Langzeitparkplatz bringen, der ein ganzes Stück vom Hafen entfernt liegt, und verpaßte dadurch die Fähre.* Geht das?«

»Hmmm ... es ist ein Anfang.«

Sie wollten die Fähre um zehn vor halb drei nehmen, aber seit Joure strömte der Regen unaufhörlich über die Scheiben, und er konnte nicht schneller fahren als achtzig. Er hatte sonst nie Angst, wenn er Auto fuhr, aber diesmal schon, unverkennbar. Nicht nur, weil die Windstöße am Lenkrad zerrten, sondern auch wegen der verletzlichen Ladung, die er transportierte. Auf dem Hintersitz saß Liesbeth und stillte Laura. Im Rückspiegel sah er eine entblößte Brust aufschimmern und, als das Baby eine Atempause einlegte, eine glänzende milchrosa Brustwarze. Schnell schaute er wieder nach vorn. Sie stillte Laura so oft, wenn er dabei war, aber diesmal fühlte er sich wie ein Voyeur. Kam es durch diesen Ausschnitt, in dem er die Brustwarze sah? Oder durch den ängstlich angespannten Zustand, in dem sich sein Körper befand? Er hatte schon minutenlang eine Erektion.

Vornübergebeugt, die Hände ums Lenkrad geklammert, spähte er zwischen den hin und her peitschenden Scheibenwischern hindurch, mit nur einem Gedanken: nicht ins Schleudern geraten, nicht über den weißen Streifen auf diesen Lastwagen zufahren, einmal niesen, und es ist um uns alle geschehen.

»Laß dir Zeit«, sagte Pia schon wieder. »Es geht noch eine Fähre um sieben.« An ihrer Stimme hörte er, daß sie hoffte, sie würden die zehn vor halb drei schaffen. Sie wollte sich in aller Ruhe im Häuschen einrichten, vielleicht noch eine Besorgung machen. Um Viertel nach zwei rasten sie in Harlingen-Haven ein; direkt vor dem Hafengebäude setzte er sie ab. Sie hatten noch ein paar Minuten: wer nimmt das Baby, wer die Koffer? Während Naud und Pia das Gepäck ausluden, einen zusammenklappbaren Kinderwagen, ein Paket Windeln, eine Babywippe und einen Plüschaffen, lotste er Liesbeth und Laura – seine Jacke hielt er wie einen Baldachin über ihre Köpfe – hinein. Dort zog er seine Jacke wieder an und vereinbarte mit Pia, daß sie, auch wenn er nicht rechtzeitig vom Parkplatz zurück sein würde, schon fahren sollten. Zuerst wollte sie nichts davon hören, mitgegangen, mitgehangen, aber er bestand darauf: Warte nicht auf mich. Hilf den Kindern derweil, ich komm schon klar. Er versprach, sein Bestes zu geben, um das Schiff zu erreichen.

Doch kaum war er allein, beschloß er, sich nicht länger abzuhetzen. Er mußte über eine Brücke, eine Straße an einem breiten Kanal entlang. Es war keine Hochsaison mehr, trotzdem würde es wohl noch eine Weile dauern, bis er einen Stellplatz gefunden hätte. Er brauchte sicher zehn Minuten zu Fuß vom Parkplatz zum Hafen, zumindest wenn er Glück hatte und die Brücke nicht aufging.

Im nachhinein fragte er sich, ob es Absicht gewesen war. Habe ich es vielleicht darauf angelegt, ein paar Stunden allein zu sein, ohne Familie? Habe ich mir die Möglichkeit zu einer Begegnung, an die ich mich mein Lebtag erinnern werde, selbst geschaffen?

»›Unser erster Urlaub als Großeltern und daher unglaublich unvergeßlich.‹ Geht das?« fragte Pia wieder.

Er zuckte mit den Schultern und sah, daß sie sich darüber ärgerte. Es war nicht das erste Mal in diesem Urlaub, daß er sich anmerken ließ, daß ihn nichts interessierte.

»Dann denk du dir doch mal was aus.«

»›Und daher unglaublich unvergeßlich‹ ist ein wenig merkwürdig«, sagte er.

»War es denn nicht unvergeßlich?«

»Es ist ein bißchen doppelt gemoppelt.«

»Was sagst du? Du sprichst schon wieder so undeutlich.«

Sie sah ihn forschend an. Pia und er gingen ihre eigenen Wege, auch im Urlaub. Er brauchte ihr nicht zu erklären, warum er allein sein wollte, sie hatte dieses Bedürfnis ebenfalls. Er schlug die Hände vor die Augen, tat, als ob er ein paar Sandkörner wegwischen würde. Er schämte sich, daß er das Alleinseinwollen und das Bedürfnis nach Stille nur als Deckmantel gebraucht hatte, um die Frau wiederzufinden.

Als er auf den Parkplatz fuhr, goß es noch immer. Der Junge am Schlagbaum fragte, ob er den Pendeldienst zum Hafen nutzen wolle. Er kaufte einen Chip, in ein paar Minuten ging ein Bus. Sollte ich das Schiff doch noch schaffen, fragte er sich, während er mit dem Parkschein zwischen den Lippen über das weitläufige Gelände fuhr, auf der Suche nach einem Platz in der Nähe der Haltestelle. Die Busse haben Anschluß an die Fähre, also warum sollte jetzt einer fahren, wenn das nächste Schiff erst gegen sieben ablegt? Keine dreißig Meter von der Haltestelle entfernt, fand er einen Platz, aber schon beim Aussteigen merkte er, daß er völlig durchnäßt werden würde. Er krümmte den Rücken, stellte den Kragen seiner Jacke hoch, doch der Wind jagte den Regen durch alle Ritzen, und er spürte die ersten kalten Tropfen schon im Nacken.

Schlecht und recht, mit großen Sprüngen den Pfützen ausweichend, versuchte er die Bushaltestelle zu erreichen, wo sich schon ein paar Leute untergestellt hatten. Es sah aus, als ob sie im Begriff wären, eine Bank auszurauben, in ihre Jacken geduckt, Schals und Kapuzen tief in die Stirn gezogen. Eine Frau in einer gelben Öljacke hatte sich den Kragen ihres Pullovers bis über die Nase gerollt; sie trug eine gestreifte bretonische Fischermütze, ihr klatschnasser Pony bedeckte die Stirn, und mehr als die Augen und den Nasensattel sah er nicht von ihr. Sie stand etwas abseits von den anderen, gerade noch unter dem Schutzdach, ihr königsblauer Schirm aufgeklappt neben ihr – ein Vogel mit einem Flügel. Am Aufleuchten ihres Blicks sah er, daß es sie amüsierte, wie er angesprungen kam, und dadurch schoß er automatisch auf sie zu und nicht auf die andere Seite des Wartehäuschens, wo mehr Platz war. Sie rückte einen Schritt zur Seite; er dankte ihr mit einem Nicken, das sie wiederum mit einem schweigenden Nicken erwiderte.

Während er zu Atem kam, betrachtete er sie von der Seite. War es nur wegen des Windes und der Kälte, oder verbarg sie etwas hinter diesem wollenen Rollkragen? Dadurch, daß er ihren Mund nicht sah, wurde ihm klar, daß er immer zuerst darauf schaute, zumindest bei Frauen. Eher als die Augenfarbe wußte er, was ihm am Mund einer Frau auffiel. Ob es ein lachlustiger Mund war oder ein verdrießliches Meckermäulchen. Ob die Lippen einst voll gewesen, doch nun durch das Verbeißen eines allzu starken Schmerzes oder eines großen Kummers zu einem dünnen Strich verzogen waren. Er überlegte, was er zu ihr sagen könnte – nicht über das Hundewetter, das war zu naheliegend –, etwas, worauf sie antworten mußte, im ganzen Satz. Dann würde sie ihren Mund entblößen müssen.

Wieder zu spät, da kam schon der Bus. Er hatte das Flirten nicht verlernt durch seine Ehe, er hatte es einfach noch nie gekonnt. Nie gewußt, wie man diese beiläufigen Sätze fallenließ, aus denen sich ein Gespräch ergab, bei dem es nicht darauf ankam, was gesagt wurde, sondern nur daß etwas gesagt wurde und man die Gelegenheit bekam, einander dümmlich anzusehen, zu lächeln, Zeichen zu geben, umeinander herumzukreisen wie balzende Fasane. Er sah, wie andere es taten, im Büro, bei Diners, auf Empfängen, doch er selbst war zu steif dafür. Er bedauerte es nicht. Allzu oft hatte er dieses erregte Herumgeschwänzel aus dem Ruder laufen sehen und registrieren müssen, daß ein Mann auf der Stelle vergaß, daß er mit einer Frau verheiratet war, die mindestens genauso attraktiv war wie diejenige, der er den Hof machte.

Weil er als letzter gekommen war, stellte er sich auch ans Ende der Schlange, hinter die Frau mit der Öljacke. Sie hielt ihren Schirm so, daß er bei ihr unterkriechen konnte. Doch sie schätzte seine Größe falsch ein: er mußte in die Knie gehen, um darunter stehen zu können. Wenn das allzu lange dauerte, würde er einen Krampf bekommen, aber er sagte nichts. Jedesmal, wenn sie einen Schritt nach vorn machte, folgte er ihr mit einer Bewegung wie beim Schlittschuhlaufen, wobei er versuchte, seinen Oberkörper in der Balance und auf gleicher Höhe zu halten.

Dann war sie an der Reihe, in den Bus einzusteigen. Bevor sie ihren Fuß auf das Trittbrett setzte, kippte sie den Schirm und drückte auf den Knopf, ein paarmal hintereinander. Es war so ein zusammenlegbares Ding, aber sie bekam ihn nicht zu. Sie schaute entschuldigend hoch zum Fahrer, der mit den Fingern aufs Lenkrad trommelte, und drehte sich dann mit einem verstörten Gesichtsausdruck zu ihm um. Sie habe den Schirm gestern gekauft und noch nicht benutzt.

Trotz des dicken Rollkragens verstand er sie gut. War sie es vielleicht gewohnt, durch ihren Pullover hindurch zu sprechen? Durften fremde Männer ihren Mund nicht sehen? Gehörte sie, mit ihren blauen Augen und dem akzentfreien Niederländisch, zum Schleierglauben? Hatte sie vielleicht keinen Zahn mehr im Mund, einen Schnabel statt Lippen? Roch ihr Atem nach Knoblauch oder rohen Zwiebeln? Er nahm ihr den Schirm ab und gab ihr zu verstehen, daß sie sich schon mal einen Platz suchen sollte. Es sei nicht nötig, daß sie beide noch nasser würden.

Er fingerte an einer Arretierung unter den Speichen herum, erst konzentriert, doch als der Fahrer Anstalten machte abzufahren, ungeduldiger. Er kam ins Schwitzen, denn er hatte keine Erfahrung mit den praktischen Schirmchen, die in zusammengelegtem Zustand wie Knüppel aussahen, mit denen Polizisten gezielte Schläge austeilen; es fehlte nicht mehr viel, und er würde auch in Wut geraten. Wenn Pia ihm mal einen Schirm mitgab, ließ er ihn prompt irgendwo liegen.

»Lassen Sie nur«, rief die Frau aus dem Bus. »Seitlich paßt er gerade durch die Tür, ich setze mich gleich vorn hin.«

In einem letzten Versuch schob er seine rechte Hand noch einmal kräftig hoch. Unversehens machten die Speichen einen Knicks, und der Schirm faltete sich gefügig zusammen. »Nie zu schnell aufgeben«, sagte er triumphierend, während er ihr den Schirm reichte. Als er dem Busfahrer den Plastikchip übergeben wollte, sah er, daß seine rechte Hand stark blutete. Das Blut lief schon zu der schlabberigen Haut zwischen Daumen und Zeigefinger. Der Fahrer sah es auch. Vorsichtig nahm er den Chip, darauf achtend, nicht mit dem Blut in Berührung zu kommen. Die Türen wurden geschlossen, der Bus fuhr holpernd los.

Er hielt sich mit der linken Hand an einer Stange fest, während er den Zeigefinger der anderen Hand am Saum seiner Joppe abwischte. In Gedanken hörte er Pia meckern. Hilflos hob er die Hand; das Blut strömte über sein Handgelenk zur Manschette seines sauberen Oberhemds. Sie sah es auch; sie sprang auf und tastete in den Taschen ihrer Jacke. »Hochhalten!« sagte sie, als sie bemerkte, daß er die Hand in seiner Jackentasche verschwinden lassen wollte. Sie deutete mit dem Kopf auf den leeren Platz neben sich, in der vordersten Sitzreihe. Gehorsam hielt er den Finger in die Luft, stieg über ihren Rucksack hinweg und schob sich an ihr vorbei. Als er sich am Fenster hatte fallen lassen, spürte er, daß es in seinem Finger schmerzhaft pochte. Seine Hand zitterte, er konnte sie nicht mehr stillhalten.

»Ihr Schirm kann nichts dafür, es ist meine Schuld.«
»Bitte?«
Er räusperte sich, jetzt nicht nuscheln. »Es ist nur eine Schramme«, sagte er, doch im selben Moment sah er etwas Weißes in der Wunde, das ihm von der sonntäglichen Hühnermahlzeit bekannt vorkam: eine Sehne? Die Zähne fingen ihm an zu klappern, es wollte nicht mehr aufhören; glücklicherweise merkte sie es nicht. Sie kramte in dem Rucksack zu ihren Füßen, fand offenbar nicht, was sie suchte, und richtete sich auf. Sie lehnte sich zurück und zog ihren Rollkragen mit einem Ruck herunter. Ein schöner Mund, nichts daran auszusetzen, an der ungeschminkten Unterlippe klebte eine schwarze Wollfussel, mehr Details konnte er in der Eile nicht in sich aufnehmen. Ohne einen Augenblick zu zögern, ergriff sie seine Hand und steckte seinen blutenden Finger in den Mund.

Als der Bus eine scharfe Kurve fuhr und auf die Straße einbog, hielt er sich mit der freien linken Hand an der Lehne auf der Fensterseite fest. Er wagte nicht, die Fremde neben sich anzusehen. Auch sie schaute vor sich hin. Er spürte ihre Zähne – einer ganz glatt, eine Krone sicher –, die warme Innenseite ihres Mundes um seinen Zeigefinger. Ab und zu schob sie den Finger mit der Zunge vorsichtig etwas zur Seite, preßte die Kiefer aufeinander und schluckte sein Blut herunter, Blut, das sich mit ihrem Speichel vermischte.

Er fühlte, wie der Schmerz nachließ, eine wohltuende Wärme strömte von dem Schnitt in seinem Finger über seinen Arm zum Hals und von dort in seinen Kopf, bis unter den Scheitel, wo es zu kribbeln begann. Er hatte sich nie von einer Frau fesseln lassen, aber das hier kam dem nahe, er hatte keinen Ausweg mehr, er konnte sich nur hingeben.

Er sagte nichts, aus Angst, den Bann zu brechen. Er schloß die Augen und wünschte, die Brücke, über die er noch vor kaum zehn Minuten gefahren war, würde aufgehen, um einen endlosen Zug von Schiffen durchzulassen – Frachtschiffe, Binnenschiffe, Kutter, Tjalken, Klipper, Klipperaaken, Botter, Pluten, Hoogaarsen, Gardinenkreuzer, Vergnügungsjachten –, und erst nach Stunden wieder zugehen, oder noch besser: nie mehr. Um sie herum würden alle protestieren, man würde wütend gegen die beschlagenen Scheiben hämmern, nur sie beide würden nichts einzuwenden haben.

Er sah seine Tochter vor sich, die ihr Kind stillte, und fragte sich, was das hier war: stillen oder gestillt werden? Bereitete er der Unbekannten genauso viel Genuß wie sie ihm? Wenn er sie sich vorstellte, konnte er anhand der spärlichen Fakten, die er von ihr hatte, den Linien um ihre Augen, schätzen, daß sie Mitte Dreißig war. Oder Mitte Vierzig? Eigentlich war es nur ein Schuß ins Blaue. Sie hatte einen ruhigen Blick. Oder war sie viel älter, als sie aussah, aber jemand, der immer etwas Radikales und Unerschrockenes behalten würde?

Der Regen strömte über die Scheiben, doch ihm erschien es wie ein warmer Regen in den Tropen: ein Schauer, den man mit dem Kopf im Nacken, offenem Mund und ausgebreiteten Armen über sich ergehen ließ. Wann hatte es zwischen ihnen angefangen? Als er angehüpft kam und sie zum Lachen brachte? Als sie ihren Schirm so hielt, daß auch er sich unterstellen konnte? Als sie ihm zögernd den Schirm reichte, als er sich verletzte oder als sie das Blut bemerkte? Witzig, diese Neigung, ihre zarte Geschichte jetzt schon mit einem Punkt in der Zeit zu markieren: da hat es angefangen.

Zwei Menschen unter einem Sonnenschirm. Eine lachende junge Frau – er sah ein Foto von seinem Vater vor sich, Arm in Arm mit einer Unbekannten, das Foto, dem seine Mutter die hängenden Mundwinkel zu verdanken hatte – nein, das war das letzte, woran er jetzt erinnert werden wollte. Ich heiße Teun. Und du? Er begriff, daß sie, um zu antworten, erst seinen Finger herausgeben mußte. Er hatte keine Erfahrung mit anderen Frauen als Pia, aber soviel wußte er schon: wenn er sich diesen Moment entgehen ließ, war es vorbei, für immer.

»›Wir haben die Zeit mit unserem ersten Enkelkind hier sehr genossen ...‹ Geht das?«

Als Pia merkte, daß er nicht zuhörte, wiederholte sie die Worte und fragte: »Du hast es doch auch genossen? Es ist doch eine große Ehre, wenn erwachsene Kinder noch mit ihren Eltern in den Urlaub fahren wollen?«

»Natürlich.«

Es klang reserviert. Wenn sie ehrlich war, mußte sie zugeben, daß sie darauf gedrängt hatte, es war ihre Idee gewesen. Die Kinder hatten noch keine Urlaubspläne gehabt, vielleicht auch zu wenig Geld, um selbst etwas zu mieten, und deshalb hatte sie vorgeschlagen, daß sie mit ins Haus »Dünenrose« kommen sollten. Als sie im Prospekt die Einteilung noch einmal betrachtet hatte, war es ihr schon etwas eng erschienen, trotzdem hatte sie sich durchgesetzt, wider besseres Wissen. Sie wollte so viel wie möglich von den ersten Monaten ihres ersten Enkelkinds miterleben.

Jeden Morgen, wenn das Baby gestillt und gebadet in seiner Reisewiege lag, schickte sie Liesbeth und Naud zu einem langen Strandspaziergang aus dem Haus. »Oma paßt schon auf.« Wenn es das Wetter erlaubte, lief sie mit Laura auf dem Bauch ein Stück den Badweg hinunter oder in den

Wald hinein. Sie konnte es nicht lassen, in den Spiegel zu schauen, wie sie aussehe in ihrer neuen Eigenschaft. Laura vermochte ihr Köpfchen noch nicht aufrecht zu halten, trotzdem machte Pia ihr Enkelkind auf alles aufmerksam, das sie in Erstaunen versetzte. »Diese Vögel mit den ulkigen roten Beinen heißen Austernfischer, ja, Au-stern-fi-scher. Und da, auf der anderen Seite der Düne, ist das Meer. Hörst du? Heute nacht, als es so gestürmt hat, war es, als ob über uns noch ein Meer wäre.« Wenn sie die Welt mit den Augen ihrer Enkelin betrachtete, nahm ihre Verwunderung nur noch zu.

Dem Mutterwerden ging eine Entscheidung voraus, aber dem Großmuttersein nicht. Es war einer der wenigen Übergänge im Leben, für den man nichts zu tun brauchte. Von Anfang an hatte es sie, und Teun auch, glaubte sie, überaus glücklich gemacht, daß ihre älteste Tochter ein Kind erwartete. Daß Liesbeth so viel Vertrauen in das Leben hatte, daß sie selbst auch Kinder wollte. Nun war sie also da, Laura, geboren am 30. Mai, morgens um zehn vor halb fünf, an einem der seltenen schönen Tage dieses Sommers. Vor einem Jahr war Laura noch ein Zellklümpchen in der Größe einer Weintraube gewesen, und jetzt konnten sie sie sehen und festhalten, sooft sie nur wollten. Doch seit sie auf der Insel waren, kümmerte sich Teun kaum mehr um Laura. Er lächelte ihr zu und nahm sie manchmal auf den Arm, aber er ging nicht in ihr auf. Wenn *sie* mit Laura spazierenging, sah sie kaum, wo sie lief, weil sie immerzu das Gesichtchen vor sich im Wagen betrachten mußte, das Mündchen, das ihren redenden Mund nachahmte, die greifenden Händchen.

Oder erwartete sie zu viel? Als Vater hatte er auch erst angefangen, sich wirklich für die Kinder zu interessieren, als er ihnen Dinge erklären konnte: daß sich die Erde um die Sonne dreht und daß warme Luft nach oben steigt und alles mögliche über die Schwerkraft.

Es mußte nun endlich einmal sein. Über ihre Lesebrille hinweg sah sie ihn an. »Es soll keine Kritik sein, aber du bist immer so abwesend.«
»Mit dem Baby konnten wir nicht viel unternehmen, also bin ich ...«
»Das meine ich nicht. Ich meine: mit den Gedanken woanders. Kommt es vielleicht durch diese Begegnung?«
»Welche Begegnung?«
»Mit dieser Frau auf der Fähre. Mit der du dich während der Überfahrt unterhalten hast.«
Er sah sie glasig an.
»Fühlst du dich krank?«
»Sehe ich schlecht aus?«
Schlecht sah er nicht aus, nur anders. Jetzt auch wieder, wie er wegschaute, an die Decke. Sollte sie davon anfangen? Sie sah einen blaßgelben, zusammengeknautschten Waschlappen vor sich, zwischen den Laken seines ungemachten Bettes. Nein, zu unwichtig, ein unbedeutendes Detail, nicht mehr dran denken. Ohne es zu merken, steckte sie den Stift wieder in den Mund, während sie auf die Seite des Gästebuchs starrte, auf der gerade einmal zwei Sätze standen.

Als der Bus abbremste, hatte die Frau seinen Finger mit derselben Selbstverständlichkeit, mit der sie ihn zwischen ihre Lippen gesteckt hatte, auch wieder aus dem Mund genommen. Sie ergriff sein Handgelenk, hielt es etwas von ihrem Gesicht weg. Ihre Finger waren warm, aber nicht feucht. Sie nickte zufrieden, als sie sah, daß die Blutung gestillt war, nur der Schnitt selbst war noch rot. Ohne etwas zu sagen, legte sie seine Hand in seinen Schoß. Ihr Griff lockerte sich, aber sie ließ ihre Hand noch einen Augenblick auf seiner ruhen.
»Danke«, sagte er, so leise, daß nur sie es hören konnte, als sie sie schließlich zurückzog.
Mit dem Handrücken wischte sie sich über die Lippen,

nahm ihren Rucksack und stand auf. Zu seiner Erleichterung grüßte sie nicht. Warum sollte sie auch? Das war noch nicht der Abschied. Schweigend folgte er ihr aus dem Bus, über den breiten Gehweg, ins Hafengebäude. Mitten in der Halle stellte sie den Rucksack auf den Fliesenboden, kniete sich daneben, um etwas zu suchen. Er lief weiter zum Schalter, fragte den Beamten, ob er die Fähre nach Vlieland noch schaffen würde. Pia würde ihn am Ende der Gangway erwarten. Wie sollte er ihr unter die Augen treten?

Aber die Fähre war schon weg.

»Gut so.«

Der Mann hinter dem Schalter zog die Augenbrauen hoch, als er das Geld nahm. »Die nächste geht erst zehn vor sieben.«

Für einen Moment fragte er sich, ob er auch gleich eine Fahrkarte für sie kaufen sollte. Nein, dann wäre es, als ob er sie für ihre Dienste bezahlen würde. Er steckte das Ticket in seine Innentasche und schaute auf die Uhr: fünf nach halb drei. Sie hatten vier ganze Stunden Zeit, um an den Kais entlang durch das alte Städtchen zu schlendern, sich die Schiffe anzusehen, irgendwo Fisch zu essen. Er hatte sie so viel zu fragen. Er kannte noch nicht einmal ihren Namen. Doch als er sich umdrehte und zur Seite trat, um sie an den Schalter zu lassen, war sie verschwunden.

Unten, links von der Wartehalle, war ein Restaurant. Sie hatte bestimmt schon ein Ticket und würde dort auf ihn warten. Er stieg die breite Treppe hinunter, freute sich darauf, ihr eine Tasse Tee anzubieten oder heiße Schokolade. Nach dem ersten Schluck würde etwas Schaum auf ihrer Oberlippe zurückbleiben, den er mit dem Zeigefinger wegwischen würde. Keine ungewöhnliche Geste, nicht besonders intim, nur sie würden wissen, was es bedeutete.

Er ging um die Ecke zum Restaurant, warf einen Blick auf die geschwungene Vitrine mit in Zellophan verpackten

Selbstbedienungswaren, ob sie dort stünde, um sich etwas auszusuchen. In dem mit Pflanzen umsäumten Raum waren zwei Tische besetzt, aber sie war nirgends zu entdecken. Er schaute, ob er an der Rückenlehne eines Stuhls ihre gelbe Jacke oder den Schirm hängen sah; vielleicht war sie erst auf die Toilette gegangen. Er mußte selbst auch nötig, doch wenn er jetzt ginge, würden sie sich sicher verfehlen. Mit einem Tablett lief er an der Vitrine entlang, nahm zwei Teegläser, zögerte, welchen Beutel er für sie auswählen sollte. Sie kannte den Geschmack seines Blutes, aber er wußte nicht, welche Teesorte sie bevorzugte. Waldfrucht, Ceylon, Erdbeere, Kirsche?

Er nahm an einem Tisch Platz, von dem aus er sowohl den offenen Eingangsbereich als auch den Gang zu den Toiletten im Blick hatte. Eine junge Frau kam herein, doch es war nicht sie. Eine Viertelstunde und noch zwei Frauen später beschloß er, auf Erkundung zu gehen. Er sah sich scheu um, bevor er die Damentoilette betrat; am Händetrockner neben den Waschbecken stand ein Mädchen mit dem Rücken zu ihm auf einem Bein, das andere hochgezogen, so nah wie möglich unter den warmen Luftstrom, um ihre klatschnasse Jeans zu trocknen. Als sie hörte, daß jemand hereinkam, verlor sie das Gleichgewicht. »Verzeihung«, sagte er, »falsche Tür.« Mit einem Blick hatte er gesehen, daß die vier Toiletten frei waren.

Er trank seinen Tee aus und danach in ein paar Zügen auch ihren. Dieselbe Geschmacksrichtung. Nach einigem Zögern hatte er zwei Earl-Grey-Beutel aus dem Karton gefischt. Verliebte wählten doch immer dasselbe Gericht, dasselbe Getränk? Erst im Laufe der Zeit entstand das Bedürfnis nach einem eigenen Leben, danach, wieder einmal allein zu sein und anders, nach einer eigenen Identität, wie seine Tochter es nannte.

Vor dem Spiegel über dem Waschbecken in der Herrentoilette kämmte er sich die Haare, und während er das tat, sorgfältig und mit ruhigen Strichen, hörte er sich sagen: »Ich gehe sie suchen.« Er steckte den Kamm in seine Hemdtasche, drehte sich aber nicht gleich um. Lief das so? So mir nichts, dir nichts, so selbstverständlich? Er sah nun nicht mehr sein eigenes Spiegelbild, sondern ein gezacktes Schwarzweißfoto: sein Vater mit einer Frau unter einem Sonnenschirm. Er hörte eine Kinderstimme, seine eigene: Ich habe Sie gesehen, Vater ... Ihn schauderte bei dem Gedanken daran, was er vor fünfzig Jahren ausgelöst hatte, doch dann streckte er sich. »Ich muß sie finden, so groß kann die Innenstadt von Harlingen nicht sein.«

Am Ausgang zu den Schiffen wartete eine Gruppe von Menschen, inmitten ihres Gepäcks. Reisende mit viel Gepäck hatten etwas von Tieren mit Jungen, die gerade laufen konnten: Hauptsache, alles blieb zusammen. Sie war nicht dabei. Warum sollte sie auch in einer ungemütlich kühlen Halle auf ein Schiff warten, das erst in vier Stunden abfuhr? Dafür war sie viel zu lebenslustig.

Er überquerte die Straße, lief an einem Kai entlang, der Noorderhaven hieß, wo alte und neue Schiffe festgemacht hatten; es roch nach Salz und geteerten Booten. Zum ersten Mal schürte dieser Geruch bei ihm nicht das Verlangen weiter zu reisen, sondern gerade dazubleiben. Er passierte die Zeepziedersstraat und die Zeilmakersstraat, schaute in jede Nebenstraße hinein und dann schnell wieder auf die andere Seite des Wassers, wo eine Galerie war und ein Tattooladen. Konnte man sich in vier Stunden ein Tattoo machen lassen? Und was für ein Motiv würde sie dann wählen, einen Schirm, ein paar Tröpfchen Blut? Und wo würde sie es sich anbringen lassen, auf der rechten Pobacke, über der Brustwarze? Oder saß sie schon längst in der Kneipe da und trank ein Bier?

Fieberhaft um sich blickend, setzte er seinen Weg fort, bis er ein Geschäft mit Schiffsausrüstung sah. In den Körben, die eine Verkäuferin gerade herausstellte, lagen außer

Rettungswesten auch Stiefel und flache Päckchen mit Regenbekleidung. Es hatte aufgehört zu regnen, und jetzt erst merkte er, wie klamm und schwer ihm die Jacke auf den Schultern hing. Er betrachtete sich im Schaufenster, fuhr sich mit der Hand durch das weißblonde Haar. Die wenigen Haare, die er noch hatte, klebten wie kalte Spaghetti an seinem Schädel.

Er ging hinein und schlenderte durch den Laden, ab und an schaute er nach draußen, ob sie zufällig vorbeikäme. Vielleicht sollte er sich auch so eine gestreifte Fischermütze kaufen, um seine Kahlheit zu bedecken? Er probierte eine knallrote, leichte, wind- und wasserdichte Jacke an, die ihm nicht übel stand und außerdem preisgesenkt war, probierte dasselbe Modell in Blau, das ihm nach Meinung der Verkäuferin noch besser stand, lief aber schließlich in einer gelben Öljacke zur Kasse.

Während die Verkäuferin mit einer messerscharfen Schere das Preisschild vom Kragen abschnitt und ihm erklärte, daß Ölzeug die beste Wahl sei, wenn es wie aus Eimern gieße, wurde ihm bewußt, wie eigenartig es war, daß er etwas kaufte, was er bis dato nie und nimmer hatte haben wollen. Aus seiner Gymnasialzeit, als er jeden Tag mit dem Fahrrad acht Kilometer hin und zurück durch das Weideland gefahren war, erinnerte er sich, daß man in dieser Art von Kleidung schwitzte wie ein Affe; Gelb machte ihn blaß, und man hätte noch mehr Argumente gegen diesen Kauf finden können – zum Beispiel, daß er nie ein neues Kleidungsstück kaufte, ehe das alte nicht kaputt oder verschlissen war –, und doch zögerte er keinen Moment: er wollte etwas Neues, etwas Auffälliges, und es mußte diese Jacke sein und keine andere.

Als er seine nasse Joppe auf den Ladentisch legte, fiel sein Blick auf den Fleck zwischen Tasche und Saum. Nur ganz flüchtig hatte er seinen Finger abgewischt, aber der Stoff hatte das Blut sofort aufgesogen. Die Verkäuferin sah es, und er errötete. Sie hielt den Fleck jetzt dichter unter die Halogenlampe über dem Ladentisch. Pia konnte Flecken auch so ernsthaft betrachten; verärgert wandte er sich ab und schaute über den Kai, er wollte jetzt nicht an seine Frau erinnert werden.

»Ochsengalle würde ich versuchen«, sagte die Verkäuferin. »In der Sonne trocknen lassen und dann gründlich ausspülen.«

»Nie gehört. Ist das wirklich von einem Ochsen?« erkundigte er sich, erleichtert, daß sie ansonsten keine Fragen stellte. In der Eile vergaß er die Plastiktüte mit seiner alten Jacke, doch die Verkäuferin trug sie ihm hinterher. Er bedankte sich, ohne sie anzusehen. Er mußte weiter. In jedem Lokal könnte sie sitzen, und er zählte allein hier schon drei. Dadurch, daß er keine Ahnung hatte, wo er sie suchen sollte, begriff er, wie wenig er von ihr wußte. Die Riffel unter ihrer Zunge kannte er und das jungfernhautartige Stückchen Haut, das Zunge und Unterkiefer miteinander verband, ihren Gaumen, aber nicht ihren Namen. Wenn er sie von weitem sehen würde, könnte er sie nicht einmal rufen.

Er schloß die Augen, um sich deutlicher zu erinnern, wie es in ihrem Mund war, das weiche Gewebe, die Wärme ihres Speichels, ihre Zähne, die immer haarscharf an dem pochenden Schnitt in seinem Finger vorbeistrichen, die Mischung aus Gefahr, Genuß und Geborgenheit, und wie sich in ihrem Mund alles anspannte, wenn sie sein Blut herunterschluckte. Ein Wohlbehagen, das ihn von Kopf bis Fuß zum Glühen brachte, auch jetzt, da er daran dachte. Fünf Minuten hatte die Fahrt in dem Zubringerbus gedauert, er hatte es vorgezogen zu schweigen, doch jetzt hätte er sich ohrfeigen können, daß er nicht ein paar Worte mit ihr gewechselt hatte. Lief sie mit einem Stadtplan in der Hand die Sehenswürdigkeiten ab, oder verschanzte sie sich hinter einer Zeitung im erstbesten Lokal? Probierte sie im Ausverkauf Seidenhemdchen an, oder ging sie zielstrebig in die

Galerie gegenüber oder ins Stadtmuseum oder in eine der beiden alten Kirchen, deren Turmspitzen die Dächer überragten? Hatte sie eine Verabredung? Saß schon wieder ein anderer Mann neben ihr? Er mußte sich beeilen.

Welchem Pfeil sollte er folgen? Entweder – oder. Um sich die Suche zu erleichtern, mußte er sie auf einen Typ zurückführen, obwohl er nur allzu gut wußte, daß eine Frau all diese Menschen in sich vereinen konnte. Er selbst ging selten in Ausstellungen an seinem Wohnort, aber in fremden Städten schon. Er haßte Einkaufen und erst recht an Samstagen, aber weit weg von zu Hause war das Kaufhaus HEMA gar kein so übler Ort. Vielleicht war sie da hingegangen, weil sie ihre Zahnbürste vergessen hatte.

Er überquerte eine Brücke und lief auf ein stattliches weißes Gebäude zu, an dessen Giebel die roten Buchstaben HEMA standen, bog in eine nach Urin stinkende Gasse ein, die zum Eingang führte. Erst vor dem Regal mit Toilettenartikeln wurde ihm bewußt, daß er sie auf einen Mund reduziert hatte. Auf eine Höhle, die gespült und geputzt werden mußte. Fiel ihm denn nichts anderes über sie ein, als daß sie einen Mund hatte? Beschämt lief er hinaus.

Mitten auf dem Fußweg hielt er inne. Ein Junge stieß mit ihm zusammen und schimpfte, doch er blieb stehen, in Gedanken versunken. Sie hatte seinen Weg gekreuzt, als er auf nichts aus war. Sie hatte ihn angelacht und ihn mit ihrem aufleuchtenden Blick, den er sehen mußte, weil ihre Augen das einzige Nackte an ihr waren, zu sich gelockt. Sie hatte ihn auserwählt, alles war von ihr ausgegangen. Sie war das Merkwürdigste, das ihm je geschehen war, und er hatte nichts dafür zu tun brauchen. Er mußte sie nicht suchen. Er würde sie erst wiederfinden, wenn er seiner Wege ging, nicht mehr an sie dachte.

Vorsichtig strich er sich mit dem Finger über die Lippen. Er könnte schnell noch einmal ins Kaufhaus zurückgehen, um Pflaster und Jod zu kaufen, es war doch ein ziemlicher

Schnitt. Aber als er seinen Finger inspizierte, sah er, daß es wenig zu verbinden gab, ein haarfeiner roter Strich, mehr war da nicht, als ob er sich an einem Grashalm geschnitten hätte oder an einem Blatt Papier. Wieder blieb er stehen. Es machte ihm nichts aus, daß sich Leute, die an ihm vorbeigingen, kichernd anstießen. Es war auch ein merkwürdiges Schauspiel: ein langer, magerer Mann in einer gelben Öljacke, der mitten in einer belebten Einkaufsstraße mit großen Augen, lächelnd, seinen erhobenen Zeigefinger betrachtete, als ob es ein Weltwunder wäre.

»Sie sind es doch!«
Es war kurz nach sieben, die Trossen wurden endlich losgeworfen. Er saß in der Cafeteria der Fähre, ein wenig mürbe vom stundenlangen Zaudern, Herumhängen, Umherblicken, die Hand erheben und schnell wieder einziehen. Minuten hatte er vor jedem Gemälde gestanden, vor Schiffsmodellen, Fliesentableaus, chinesischem Porzellan, in der Hoffnung, sie würde in einem der Museumssäle von »Het Hannemahuis« auftauchen.

Doch nun war es soweit. Er konnte sie nicht verfehlen. Das Schiff war die Falle. Die Motoren verursachten eine angenehme Vibration, spürbar bis in den Stuhl, auf dem er saß, und die Kunststofftischplatte, auf der seine Arme ruhten. Dieses Zittern verstärkte die Erregung, die schon auf der Gangway wieder Besitz von ihm ergriffen hatte.

Eine Stimme hinter ihm, die er nicht sofort erkannte, weil sie heute nachmittag nur ein paar Worte zu ihm gesagt hatte; durch diese Frauenstimme und eine leichte Berührung seiner Schulter fiel alle Müdigkeit mit einem Schlag von ihm ab. Ihre Stimme klang hell und freudig überrascht, und während er sich zu ihr umdrehte, fing er schon an zu strahlen. Er wurde für seine Geduld belohnt, siehst du, es war besser abzuwarten, nicht zu viel zu wollen.

Vor ihm stand eine junge Frau mit einer grünen Tweedmütze, ein Vorkriegsmodell. Er erkannte sie nicht, weil sein Gedächtnis erst durch drei Schichten Enttäuschung hindurchmußte. Er tat, als ob er etwas auf dem Deich sähe, doch die Scheibe war trübe vom Salzwasser und dem Möwenkot.

»Ich weiß: ich sehe ganz anders aus als damals, als ich bei Ihnen gearbeitet habe.«

Das Schlüsselwort war Arbeit, und da wußte er es wieder: eine Praktikantin, die sechs Wochen in seinem Marketingbüro beschäftigt gewesen war, als Interviewerin, letzten Winter. Nettes Mädchen, roch immer etwas nach Chlor, weil sie vor dem Dienst schon ein paar Bahnen in einem Schwimmbad gezogen hatte.

»Franka.«

»Ah, Sie kennen sogar noch meinen Namen.«

Sie schaute auf den leeren Platz neben ihm und dann zur Theke, wo gerade rasselnd der Rolladen hochging. »Wollen Sie etwas trinken?«

Die Verzückung war gedämpft, aber nicht vergessen. Wenn er auf irgend etwas Lust hatte, dann auf einen Schnaps, mehrere Schnäpse, um sich in hohem Tempo auf einen Rausch zuzutrinken. Doch wenn Franka hier hängenblieb, müßte das die Frau aus dem Bus, sollte sie noch auftauchen, in Verwirrung bringen. Sobald sich die Gelegenheit ergab, würde er einen Blick in den Rauchersalon werfen, auch wenn er sich nicht vorstellen konnte, daß die Frau, die gerade noch seinen Finger in den Mund genommen hatte, jetzt eine Pall Mall zwischen ihren Lippen baumeln ließ. Er gab sich alle Mühe, nicht zu den Flaschen über der Theke zu schauen, als Franka ihre Frage wiederholte. Es war besser, schnell zur Sache zu kommen. Er überschüttete sie mit Fragen, ohne die Antworten abzuwarten. Wo arbeitest du jetzt? Gefällt es dir dort? Lernst du viel? Er war nicht nur kein Flirter, er wußte auch nicht, wie man jemanden auf elegante Weise loswerden konnte.

»Ich arbeite im Moment nicht. Oder vielleicht nie mehr. Wer weiß.«

An ihrem treuherzigen Blick sah er, daß sie ihm mehr erzählen würde, als er wissen wollte. Franka, ein Name, der gut zu ihr paßte. Wenn ein Name nicht stimmte, vergaß man ihn sofort wieder. Fragend schaute er sie an, doch im selben Augenblick verstand er. Es kam durch die Mütze, die an den Schläfen eng am Kopf anlag, aber schlaff über ihrem Schädel hing. Früher hatte sie langes Haar bis über die Schultern gehabt, und es war so dick gewesen, daß sie selbst in dem strengen Winter '97 ohne Mütze gegangen war, sogar wenn sie mit nassen Haaren vom Schwimmbad zum Büro geradelt war. Nicht nötig, hatte sie behauptet, diese Mähne halte ihr Kopf und Ohren warm. Eines Tages hatte er morgens auf dem Flur ein leises Klirren gehört. Als er aus der Tür seines Zimmers schaute, sah er Franka vorbeilaufen, mit einem Kopf voller Eiszapfen. Immer wenn sie sich bewegte, klingelte es, als ob der Weihnachtsmann käme.

Er versuchte, nicht auf die schlaffe Mütze zu starren, sich nicht vorzustellen, was nicht mehr darunter war. Es war weg, das ganze Haar, bis auf ein paar Büschel vielleicht oder einen vagen Flaum wie auf der Oberlippe eines sechzehnjährigen Jungen. Sie hatte auch keine Augenbrauen mehr, bemerkte er plötzlich, nicht einmal Wimpern. Sie war so kahl wie eine nackte Schaufensterpuppe, und sie sah, daß er es sah, und grinste tapfer.

Während sie von ihrer Krankheit erzählte, präzise, mit dem exakten Datum, an dem sie die Hiobsbotschaft bekommen hatte, dem Tag der ersten Operation, der Dauer der Bestrahlungen, der Zahl der Kilos, die sie verloren hatte, schweiften seine Gedanken wieder ab. Er spähte nicht zur Treppe oder zu den Türen – so viel Anstand hatte er schon –, doch er sah die Unbekannte aus dem Bus vor sich. All die Momente, die ihm erst so lieb gewesen waren, betrachtete er nun mit wachsendem Mißtrauen.

Er erinnerte sich, wie sie seinen blutenden Finger aufmerksam untersuchte. Ihm gebot, sich zu setzen. Etwas in ihrem Rucksack zu suchen schien: ein Taschentuch, ein Pflaster? Und dann abrupt ihren Rollkragen herunterzog und seine Hand an ihren Mund führte. Warum hatte sie das getan, was wollte sie mit diesem Überfall auf seine Gemütsruhe erreichen?

Meistens mußte er beim Hören einer Krankengeschichte einigen Widerwillen überwinden, aber es gelang ihm, indem er sich in den anderen hineinversetzte, eben nicht wegschaute. Doch je länger er in Frankas wimpernlose Augen sah, desto banger wurde ihm zumute: daß die Frau mit dem schwarzen Rollkragenpullover ernsthaft krank sein könnte, infiziert. Kein sinnliches Geschenk des bleigrauen Himmels, an einem der unfreundlichsten Tage dieses Spätsommers, sondern ein Fluch. Sie hatte ihn nicht geheilt, sondern krank gemacht. Sie war ein Junkie, durch schmutzige Nadeln oder einen Hurengänger infiziert. Aus Verbitterung rächte sie sich an wildfremden Männern.

Er nickte, ohne etwas von dem Bericht zu hören. Er fragte sich, ob er demnächst auch kiloweise abnehmen und dazu noch überall Geschwüre bekommen würde, Entzündungen, die nicht weggingen, Gelbsucht, offene Tbc. Der Schweiß brach ihm aus. Warum hätte sie ihm das antun sollen? Es sei denn, sie war gestört. Aber das war sie natürlich auch. Sie hatte ihre blutrünstigen Lippen nicht gezeigt, bis sie ihre Chance witterte.

»Sie sehen ja ganz grau aus«, sagte Franka. »Entschuldigung, ich überschütte Sie ungefragt mit meinem Elend ... Nehmen Sie es sich doch bitte nicht so zu Herzen, damit helfen Sie mir auch nicht.«

Eine Zecke war sie, ein Blutsauger. Eine listige Teufelin, die in immer neuen Verkleidungen auftrat. Um nicht erkannt zu werden, hatte sie sich bis über beide Ohren eingepackt, ja, sogar bis über die Nase. Ganz raffiniert hatte sie ihren infamen Plan eingefädelt. Eine gefährliche Irre, alles deutete darauf hin, in erster Linie jedoch die Tat selbst. Er hatte sie nicht alle. Wie hatte er auch nur einen Augenblick glauben können, daß sie es tat, um seinen Schmerz zu lindern, die Blutung zu stillen. Ehe er sich nicht eingehend hatte untersuchen lassen, konnte er nicht mit Pia ins Bett, unmöglich. Und was für einen Grund sollte er dafür anführen?

Er schaute in Pias stechende Augen. Wie lange starrte sie ihn schon so an? Den ganzen Tag, seit sie allein waren, hatte er gehofft, daß sie ihm die Frage stellen würde. Doch jetzt fing er wieder an zu zweifeln. Um sein Gesicht zu wahren, deutete er gleichgültig auf das Gästebuch.
»Es ist nicht dein Testament.«
Sie lachte auf, aber es war ein schrilles Lachen.
»Vielleicht solltest du dir nicht solche Mühe geben, etwas Tolles, unsterblich Originelles zu finden«, sagte er.
»Ich dachte nicht an etwas unsterblich Originelles. Ich dachte an das Mädchen, das dir auf dem Schiff sein Herz ausgeschüttet hat …«
»Ich auch.«
Keiner von ihnen beiden war erstaunt. Nach all den gemeinsamen Jahren konnten sie die Sätze des anderen nicht nur beenden, sondern auch beginnen.
»Dasselbe Alter ungefähr wie unsere Liesbeth.« Sie erschauerte. »Schrecklich.«
Er nickte, stimmte aber etwas anderem zu. Es geschah öfter, daß Menschen in der Blüte ihrer Jahre krank wurden – diese Grausamkeit war Teil des Lebens –, doch in diesem Fall hatte er, der Zuhörer, ihr Schicksal noch viel grausamer gemacht, indem er so getan hatte, als ob es ihn berührte. Soweit er sich erinnern konnte, hatte er noch nie zuvor so kläglich versagt.
»Du mußt nicht alles auf dich beziehen«, sagte er. »Die meisten Menschen werden nicht krank.«

»Das weiß ich auch.«
»Die Ansteckungsgefahr ist sehr gering.«
»Wieso Ansteckung? Ein Hirntumor ist nicht ansteckend. Wovon redest du?«
Er preßte die Lippen aufeinander. Nach seinem Abschied von Franka am Kai, als sie in eine andere Richtung gegangen und aus der Sicht verschwunden war, hatte sich seine Panik gelegt. Um wieder aufzuflackern, wenn er ihr irgendwo im Dorf begegnete; sobald er sie von weitem sah, tauchte er schnell unter. Sie erinnerte ihn nicht nur an sein schwaches Verhalten, sondern auch an die Angst, den Argwohn. Wie er, während er getan hatte, als ob er ihr zuhörte, unauffällig die Hand über den Kragen seines Oberhemds unter die Achsel geführt hatte, um sich angeblich zu kratzen. Wie er sich die Hand danach an die Nase gehalten hatte, um, wiederum so achtlos wie möglich, an seinen Fingerspitzen zu schnuppern. Roch er schon anders? Als sein Vater Krebs bekam, wollte der Hund, der ihm bis zu jenem Tag überallhin gefolgt war und auf seinen Füßen geschlafen hatte, nicht mehr in sein Schlafzimmer. Wann würde sich sein Geruch verändern, und würde er es selbst als erster bemerken? Oder würde Pia, unabsichtlich, den Kopf wegdrehen, wenn er vorbeiliefe, ihm im Laufe der Zeit gar aus dem Weg gehen?

Durch die Durchreiche sah sie ihn mit gekrümmten Schultern am Eßtisch sitzen; für so einen großen Mann machte er einen fragilen Eindruck. In spöttischem Ton las er vor, was andere ins Gästebuch geschrieben hatten.

– *Der Durchlauferhitzer geht manchmal einfach aus.*

– *Das Waschbecken ist undicht (nicht sehr), aber ich will es trotzdem melden.*

– *Ein paar Verbesserungsvorschläge für diese schöne Ferienwohnung: ein Wasserkocher, Fliegenfenster, Leselampen Schlafzimmer unten.*

– Das Meer gibt, das Meer nimmt. Das Meer nahm meine Brille.

Er würde mal einen Versuch wagen, hatte er gesagt, aber er hatte seinen Füller schon wieder weggelegt und hielt ein durchsichtiges Buchenblatt, das er zwischen den Seiten gefunden hatte, gegen das Licht der Lampe. Fühlte er sich ebenso ausgedörrt, müde? Hatte die Anwesenheit der jungen Familie ihm bewußtgemacht, daß er älter wurde? So war es nun einmal: wenn die Tochter ein Kind bekam, rückte man eine Generation auf. Als sie vorhin, am Tisch, versucht hatte, etwas über diesen Urlaub zu formulieren, war ihr klargeworden, wie gequält die Atmosphäre oft gewesen war.

Sie stellte zwei Tassen Kaffee in die Durchreiche und sagte: »Schreib doch: das Haus ist nicht gerade geeignet für vier Erwachsene und ein Baby, aber wir haben uns zu helfen gewußt.«

Sie ging ins Zimmer und setzte sich ihm gegenüber an den Tisch. Er widersprach ihr nicht, gehorsam schrieb er auf, was sie diktiert hatte. Na also, sie sollte kein Drama daraus machen. Es kam durch das Haus. Sie waren einfach nicht mehr gewohnt, von früh bis spät auf andere Rücksicht zu nehmen, auch wenn es Verwandte waren. Liesbeth hatte aus »Dünenrose« ein einziges großes Kinderzimmer gemacht. Das Wickelkissen aus Schaumgummi lag mal auf dem Sofa, dann wieder mitten auf dem Tisch, weil es »so praktisch« war, Laura überall trockenlegen zu können. Das Wohnzimmer roch nach einer Mischung aus Kackwindeln und Penaten; man hätte sich ständig das Genick brechen können über einem kniehohen Gestell mit bunten Ringen und allerlei Klimbim, das »Babygym« hieß. Wahrscheinlich hatte Lauras Geschrei ihn so gereizt gemacht, unberührbar. So kannte sie ihn nur aus der Zeit, als er überarbeitet gewesen war; damals hatte er sie auch nicht angefaßt.

Mit einer gewissen Scheu hatte sie ihn vor fast zwei Wochen ins Haus »Dünenrose« geführt. Während er noch allein auf der Fähre saß, hatte sie schon die Zimmer verteilt. Im nachhinein bezweifelte sie, ob sie gut daran getan hatte, ihrer Tochter und dem Schwiegersohn das einzige vernünftige Schlafzimmer unten anzubieten; als sie gerade Mutter geworden war, hatte sie auch die Neigung gehabt, den Kindern den Vorrang zu lassen, jetzt mit dem Enkelkind tat sie es wieder. Zusammen in einem Einzelzimmer zu schlafen war nicht bequem; in beiden Räumen stand zwar ein extra Klappbett, aber dann war kaum noch Platz zum Anziehen. Die einzige Möglichkeit war, daß sie getrennt schliefen; er oben in der blauen Kammer unter dem Dach und sie unten gegenüber der Dusche oder umgekehrt. Für eine Nacht würde er kein Problem damit haben, aber Ferien waren auch dazu da, wieder einmal öfter miteinander zu schlafen, morgens nach dem Aufwachen oder mittags, wenn man mit einem Buch auf dem Bauch eingeschlummert war. Doch nun wurden ihre Betten durch eine knarrende Treppe voneinander getrennt.

Zu ihrer Verwunderung hatte er sich sehr kompromißbereit gezeigt und sofort angeboten, oben zu schlafen. »Warum sollte ich das schlimm finden, die Aussicht ist schön genug.«

»Ja, aber ich schlafe unten; und es riecht hier so stickig. Findest du es wirklich nicht ungemütlich?«

»Überhaupt nicht.«

Auf der Suche nach der Ursache des Gestanks war sie in der Schublade des Tischchens unter dem Fenster auf eine Streichholzschachtel voller Asche und Zigarettenstummel gestoßen. Sie hatte sofort das Fenster geöffnet, die Schublade im Waschbecken ausgeseift, aber das Zimmer stank sicher noch einen Tag nach alten Kippen. Es wunderte sie, daß er mit seiner feinen Nase das so gelassen nahm.

Für einen Moment war ihr durch den Sinn gegangen, daß er vielleicht froh war, allein schlafen zu können, aber sie hatte diesen Gedanken noch nicht zugelassen. Erst später. Vielleicht heute abend zum ersten Mal, als sie in das Gästebuch schreiben sollte, wie es gewesen war.

Als sie am zweiten oder dritten Tag spätabends die Treppe zu der blauen Kammer hinaufgeschlichen war, hatte er sich schlafend gestellt, obwohl sie gerade noch durch einen Spalt in der Decke Licht gesehen hatte. Er tat nur so, das hörte sie an seiner Atmung, doch als sie sich auf die Bettkante setzte und fragte, ob sie sich zu ihm legen solle, antwortete er nicht. Am nächsten Morgen sah sie, auf der Suche nach einem Stück Zeitung, einen zusammengeknautschten Waschlappen zwischen seiner Bettwäsche. Sie war lange genug Ehefrau und Mutter, um das leichtzunehmen, doch mit der Erinnerung an die Abweisung des vergangenen Abends gelang ihr das nicht ganz.

Dabei war es nicht geblieben. Ein paar Tage später hatte er sie angefahren. Völlig sinnlos. Es regnete Bindfäden, aber da das Baby schon seit halb sechs an diesem Morgen immer wieder schrie, beschlossen sie, aus dem Haus zu flüchten. Auf der Ablage über der Garderobe lag ein großer Schirm, unter dem bequem zwei Leute Platz hatten, und während sie ihn nahm, sagte sie das auch und noch etwas über den Unterschied zwischen so einem schönen geräumigen Schirm und diesen pfuscherhaften Klappdingern. Und da war er in die Luft gegangen: daß Hunderte von Menschen damit sehr zufrieden seien, daß es ihr nicht zustehe, darüber zu urteilen. Sie habe doch keinen blassen Schimmer, wie andere Leute lebten und dachten, wovon andere Leute träumten. Den ganzen Weg ins Dorf lief er vor ihr her oder absichtlich gerade neben ihrem Schirm. Bis auf ein paar frühe Kirchgänger waren kaum Menschen auf der Straße, und doch hatte sie das Gefühl, daß sie sich lächerlich machte, unter diesem fröhlichen Zirkusschirm, hinter diesem störrischen Mann, und daß alle sahen, daß sie Streit hatten.

Daß er nicht nur sie anfuhr, sondern auch die anderen herhalten mußten, war ein schwacher Trost. Eines Morgens, nach dem Frühstück, saß Liesbeth neben ihm auf dem Sofa und spielte mit Laura, das normale Gegurre zwischen Mutter und Kind: Und das ist dein Opa, ja, sag mal hallo Opa, O-pa. Da rastete er plötzlich aus, wegen eines Wortes. Opa. Wenn er Opa hätte heißen sollen, hätten seine Eltern ihn auch Opa genannt. Sie gab Liesbeth Zeichen, nicht darauf einzugehen, aber ihre Tochter nahm das nicht einfach so hin. Früher, als all ihre Freunde ihre Eltern beim Vornamen nennen durften, wollte er unbedingt Papa genannt werden, aber jetzt auf einmal nicht Opa. Wie dann: Großvater, Gropi, Daddy Langbein, Teun? Er antwortete nicht und lief aus dem Haus, um erst Stunden später zurückzukehren.

Und so ging es jeden Tag. Wenn sie ihn fragten, wo er gewesen sei, druckste er herum. Radfahren. Spazieren. Am Watt entlang. Im Bomenland. Mehr bekamen sie nicht aus ihm heraus. Und dann, von einem Tag auf den anderen, war es vorbei gewesen mit diesen rastlosen Touren über die Insel. Von diesem Moment an saß er öfter lesend in ihrer Mitte oder mit zwei Pullovern auf der Terrasse, doch er blieb distanziert. Sie wußte nicht, was schwieriger für sie war, die physische Abwesenheit der ersten Woche oder diese Unerreichbarkeit.

Vor ein paar Tagen war Liesbeth nach dem Stillen mit dem Rad ins Dorf gefahren, um die Zeitung zu kaufen, die mit der Elfuhrfähre mitgekommen war. Sie war kaum weg, als Laura aufwachte. Naud nahm sie aus dem Bett, doch er konnte sie nicht beruhigen. Naud wiegte sie, summte, zog an der Schnur der Spieldose; vier-, fünfmal hintereinander mußten sie sich die klimpernde Melodie anhören. Er lief ewig mit ihr durchs Zimmer und steckte ihr schließlich seinen kleinen Finger in den Mund, an dem Laura selig zu nuckeln begann.

»Schau nur, Teun.« Mehr hatte sie nicht gesagt, doch er bekam einen roten Kopf und versteckte sich schnell hinter einer Zeitschrift. Kurz darauf, als er sich unbeobachtet glaubte, sah sie, wie er das Baby anstarrte, mit einer seltsamen Scheu im Blick. Aber jetzt davon anzufangen ... Seit heute morgen schaute er ruhiger drein und war auch wieder etwas entgegenkommender.

Er strich sich mit dem Zeigefinger über die Lippen. »Seit deiner Ankunft auf der Insel hast du dich verändert«, hatte sie gesagt. Du irrst dich Pia, vorher schon. Aber wie soll ich eine Erfahrung mit dir teilen, die ich selbst kaum in Worte fassen kann? Inzwischen denke ich auch anders darüber als noch in Harlingen oder auf der Fähre oder vor ein paar Tagen. Es kam dadurch, daß ich sah, wie Naud seinen Finger in Lauras Mund steckte und wie zufrieden sie daran zu nuckeln begann. Als mir die Unschuld dieser Geste bewußt wurde, verstand ich, daß die Frau im Bus in Arglosigkeit gehandelt hatte. Sie nahm meinen Finger in den Mund, und der Schmerz verschwand, die Wunde heilte. Daß ich krank vor Verlangen zurückblieb, ist nicht ihre Schuld.

Da erst konnte ich sie sehen, wie sie wirklich war, in diesen zehn Minuten, in denen ich sie erlebt habe: eine nette, wenn auch etwas rätselhafte Frau, aber keine gefährliche Irre, kein Junkie. Sie war nicht in mich verliebt, o nein, hatte aber sicher auch nicht vor, mich ins Unglück zu stürzen. Und wenn ich jetzt an das Ereignis zurückdenke, spüre ich etwas anderes. Wie soll ich es nennen? Ich kann es nicht mit etwas vergleichen, das mir je zuvor widerfahren wäre. Es war, als ob ich hochgehoben würde, nicht von Frauenarmen aus Fleisch und Blut, sondern von etwas Leichtem. Es fing an zu glühen, nicht nur in meinen Lenden, sondern in meinem Kopf, eine Glut, die nicht – wie unsere Körper, wenn wir beieinander liegen – auf Verschmelzung aus war. Das war nicht nötig, denn die Erfüllung war schon da, und ich begehrte nichts mehr, als daß dies andauern würde. Als es aufhörte, wünschte ich, daß es noch einmal und noch einmal –

und als das nicht geschah, bekam ich Angst vor dem, was ich erlebt hatte.

Soweit würdest du vielleicht folgen können. Aber daß ich dieser Frau hinterher wollte, würdest du das verstehen? Daß es Momente gab, in denen ich ohne weiteres bereit gewesen wäre, mich von allen achtzehn Banden zu lösen, nur um sie wiederzusehen? Du weißt, daß ich immer eine tiefe Abscheu vor solchen Männer gehabt habe. Schlappschwänze sind das für mich, treulose Weicheier, Feiglinge, die keinen Schuß Pulver wert sind. Doch jetzt muß ich einsehen, daß ich auch so ein Mann bin. Gewesen wäre, wenn alles ein klein wenig anders gekommen wäre. So jemand, ja, und schlimmer noch, denn es gab einen Moment, da schaute ich auf der Herrentoilette der Wartehalle in Harlingen in den Spiegel und dachte: Ich hoffe, daß die Fähre mit Pia und den Kindern untergeht, damit ich mit dieser anderen weitermachen kann, ohne die Scherereien einer Ehescheidung.

Er erkannte sich selbst nicht mehr. Er brauchte nur an jenes Foto von seinem Vater unter dem Sonnenschirm am Strand zu denken, um an seinen Eid erinnert zu werden. Es war jetzt ein halbes Jahrhundert her, aber er wußte es noch genau. Als er eines Tages mit Freunden über die Strandpromenade in Noordwijk geschlendert war, hatte er an der Pinnwand eines Fotografen seinen Vater entdeckt, Arm in Arm mit einer jungen Frau in einem weißen Sommerkleid. Er hatte sich nicht lange dabei aufgehalten, war an den Strand gegangen, um mit seinen Freunden im Wasser zu waten, Sandburgen mit tiefen Gräben zu bauen, bis er zum Mittagessen nach Hause mußte. Sein Vater hatte gerade am Kopf des Tisches Platz genommen, die dampfenden Kartoffeln waren noch nicht ausgeteilt, sie hatten noch nicht gebetet, als er schon aufgeregt von diesem Foto angefangen hatte. »Ich habe Sie gesehen, Vater, mit einer Frau unter einem Sonnenschirm. Wer ist das, wie heißt sie?«

Jetzt, fünfzig Sommer später, sah er, als wäre es gestern gewesen, wieder vor sich, wie seine Mutter erstarrte und seine Schwester den Vater mit großen Augen anblickte. Es war, als ob ein schneidend kalter Wind durch das Eßzimmer wehte. Seine Mutter piekte sich vor Schreck mit der Gabel in die Lippe, so stark, daß sie weinen mußte, woraufhin sein Vater sich mit einem Ruck die Serviette aus dem Kragen zog und vom Tisch aufstand. Später, viel später, hatte seine Schwester ihm erzählt, daß ihr Vater schon seit Jahren ein Verhältnis mit der Frau auf dem Foto hatte. Er hatte ein Kind mit ihr, ungefähr so alt wie Teun, ein Mädchen, das Claartje hieß, ein Töchterchen mit einer Behinderung, das Vater einen Haufen Geld kostete.

Er hatte sich das Gesicht seiner Mutter nur vorzustellen brauchen, die Streitereien, die gefolgt waren, um genau zu wissen, daß er – sollte er jemals heiraten – seiner Frau so etwas nie antun würde. Niemals.

In den ersten Tagen war er über die Insel gefahren, ziellos, ohne Plan. Die Insel hatte nicht nur die Form eines Walfischs, sie schien auch in der Lage zu sein, jemanden zu verschlucken, wie in der Geschichte von Jonas. Bei diesem Hundewetter trugen viele Leute eine gelbe Öljacke, und es passierte ihm mehr als einmal, daß er kräftiger in die Pedale trat, weil er irgendwo in der Ferne, wo die Düne steil anstieg oder der Radweg eine Kurve machte, etwas Gelbes schimmern sah.

Er rief sich zur Ordnung und beschloß, systematischer vorzugehen. Morgens fuhr er den Postweg entlang, vom Hafen bis zum »Posthuis«, und dann nach rechts über den langen, sich schlängelnden Muschelweg durch die Dünen, bis er wieder zu Hause war. Nachmittags legte er dieselbe Route zurück, nur in umgekehrter Richtung, um noch vor vier den Wald zwischen dem Hafen und dem Zeltplatz »Stortemelk« zu durchqueren. Unzählige Schleifen fuhr er, ließ keinen Abzweig aus, hatte es so ausgetüftelt, daß er zu jeder Tageszeit ein anderes Stück der Insel durchkämmen konnte.

Gegen zwölf und zwischen vier und sechs am Nachmittag, wenn die Häuschenbewohner ihre Einkäufe erledigten und die Hotelgäste ausgelassen von Lokal zu Lokal schlenderten, fuhr er die Dorfstraße auf und ab. Happy hour. Er versäumte nie, einen Blick in die Gassen zu werfen, die hier Gloppen hießen. Allein zwischen der Dorfstraße und dem Deich auf der Wattseite zählte er acht, davon einige mit seltsamen Namen wie Chirurgijnsglop und Koningin Wandaglop. Das schien ihm ein schöner Ort, um ihr über den Weg zu laufen.

Wenn es mal nicht regnete, saß er auf dem Deich am Watt, hoffte, daß sie vorbeilaufen würde oder vielmehr hinter ihm entlang, denn die Bank lag tiefer als der Fußweg. Immer wenn er Schritte hörte, schaute er sich um. Manchmal kam eine der Ziegen, die an einem langen Strick auf dem Deich grasten, auf ihn zu, um an seinen Hosenbeinen zu schnüffeln; sie hatten sich schon an ihn gewöhnt.

Auf der Bank saß er nur da und lauschte geduldig, in der Hoffnung, daß sich, was ihm einmal geschehen war, wiederholen würde. Der Wind auf seiner Haut, das Klatschen des Wassers gegen den Deich, ein Schmatzen wie von einem uferlosen Mund, es beruhigte ihn. Manchmal wußte er nicht mehr, ob er die Wattgeräusche hörte oder selbst verursachte. In solchen Momenten vergaß er, daß er hier zu einem bestimmten Zweck saß, auf jemanden wartete, doch dann sprang er plötzlich wieder auf und schnappte sich sein Rad: wenn er sein Schicksal nicht selbst in die Hand nähme, bliebe er für den Rest seines Lebens ein Bock an achtzehn Stricken.

Nach sieben Tagen der Suche, genau eine Woche nachdem er ihr auf dem Parkplatz in Harlingen begegnet war, wußte er auf einmal, wo die Frau war. Nicht weil er sie am Lesetisch in einer Pension hätte sitzen sehen oder hinter den Stores eines Hotelzimmers, nicht weil sie in einer

Gasse oder auf einem Waldweg aufgetaucht wäre, sondern durch puren Zufall.

Er saß im »Zeezicht«, um sich an einem Kamin mit künstlichen Scheiten aufzuwärmen, als ihm ein Faltblatt ins Auge fiel. Mehr aus Langeweile als aus Neugier schlug er das Heftchen mit den Abfahrts- und Ankunftszeiten der Fähre auf. Es gab einen Winterfahrplan und einen Sommerfahrplan. Auf der rechten Seite stand die Tabelle mit den Abfahrtszeiten Harlingen–Vlieland, auf der linken die für Harlingen–Terschelling. Sein Blick wanderte hin und her. Die Fähre um zehn vor halb drei war die Verbindung, die er verpaßt hatte. Das nächste Schiff ging fünf nach drei: nicht nach Vlieland, sondern nach Terschelling.

Da begriff er, was er schon längst hätte wissen können, wenn er sich nicht blindgestarrt hätte. Der Zubringerbus hatte Anschluß an die Fähre um fünf nach drei. In dem Moment, als er sich am Schalter umgedreht und entdeckt hatte, daß sie verschwunden war, da war sie auf dem Weg zum Schiff gewesen. Die nervösen Reisenden im Hafengebäude waren nicht Stunden zu früh gekommen, sondern auf den letzten Drücker. Hätte er eine Vierteldrehung weiter gemacht und durch die Glaswand hinausgeschaut, hätte er die MS Midsland am anderen Ende der Landungsbrücke liegen sehen können, und die Frau in der gelben Öljacke, über die Reling gelehnt. Vielleicht hatte sie ihm noch gewunken, ihm bedeutet, ihr auf die andere Insel zu folgen. Wenn man den Badweg hinunterlief zum Strand und nach rechts schaute, konnte man Terschelling sehen.

Eilig verließ er das Restaurant und schwang sich auf sein Rad. Von hier aus war es kürzer, den Havenweg hinunterzufahren und dann links in den Fortweg einzubiegen. Bei Ebbe konnte man von einem bestimmten Punkt vielleicht zu Fuß hinübergehen, täglich gab es einen Tagesausflug dorthin, morgens hin und abends wieder zurück. Er müßte nicht einmal übernachten.

Außer Atem erreichte er das Ende des Fortwegs. Er spähte zu der Insel schräg gegenüber und wußte nicht, ob er es ernsthaft erwog oder ob er einfach nicht von der Sehnsucht lassen konnte. Es gab dort verschiedene Dörfer, noch mehr Hotels, Pensionen, Ferienhäuser, Zeltplätze, Straßen, Radwege, Dünen, Dünenkuhlen. »Aber wo soll ich anfangen zu suchen, in Hoorn, Midsland, West-Terschelling?« Die Hand über den Augen, schaute er zu der Insel in der Ferne, der Leuchtturm sah aus wie ein riesiges Tischbein. Terschelling war zu groß, er würde sich noch selbst verrückt machen. Er mußte sich damit abfinden: er war hier, und sie war dort.

Müde – er merkte jetzt erst, wie besessen er gewesen war – ließ er die Hand fallen. Sein Blick ging vom Leuchtturm zu seinem Zeigefinger. Die Wunde war verheilt, es gab keine Spur mehr von dem Schnitt, nicht die geringste Narbe. Er strich sich damit über die Lippen, leckte daran und spürte nichts, keine einzige Unebenheit. Und doch zweifelte er noch immer nicht: er hätte es nicht erfinden können, so viel Phantasie hatte er nicht. »Wirklich nicht«, sagte er laut zu seinem Finger. Er mochte auch keine Geschichten, in denen die Abenteuer sich am Ende als Traum herausstellten. »Nur ein Traum« wurde dann suggeriert, und der Leser durfte erleichtert Luft holen, zur Tagesordnung übergehen. Ein Traum, oder eine Phantasie, war nicht weniger als die Wirklichkeit, aber etwas anderes.

Nein, er hatte es sich nicht eingebildet, dafür war er zu nüchtern. Er war kein Schwärmer. Er war eher wie der ungläubige Thomas, der mit seinem Finger in die Wunde in Jesus' Seite stach. Um sich zu vergewissern, daß er es wirklich war, dort neben ihm, vom Tode auferstanden.

Er hatte einen Fleck auf seiner beigen Jacke, zwischen der rechten Tasche und dem Saum, der Blutfleck war nicht verschwunden, der war noch da, hier, wo sich der Stoff ein wenig hart anfühlte. Wenn seine Jacke an der Garderobe hing, lief er ab und zu hin, um dieses Stückchen Stoff zu betrachten, mit der Hand darüberzustreichen. Aber nicht, weil er einen Beweis brauchte; das Ereignis selbst war der Beweis. Pia durfte die Jacke vorläufig nicht waschen, nicht mit Bürsten, Fleckensalz oder Ochsengalle bearbeiten, und es wäre ihm egal, wenn sie ihn auslachen würde.

»Was haben wir jetzt alles?« fragte Pia.

Er beugte sich über die Seite und las: *Der Urlaub begann nicht wie geplant. Mein Mann mußte das Auto auf den Langzeitparkplatz bringen, der ein ganzes Stück vom Hafen entfernt liegt, und verpaßte dadurch die Fähre. Das Haus ist nicht gerade geeignet für vier Erwachsene und ein Baby, aber wir haben uns zu helfen gewußt.* Er sah sie fragend an, ob sie noch einen Vorschlag habe.

»Jetzt etwas Nettes. Es ist ja, als ob wir nur kritisieren wollen«, sagte sie.

Er setzte die Spitze des Kugelschreibers aufs Papier, als wäre er ein Fischer und der Stift die Angel, und wartete darauf, daß ihm etwas einfallen würde.

»Nun äh ... ›Es ist eine herrliche Insel, so weit‹«, schlug Pia ungeduldig vor.

Er nickte. *Es ist eine herrliche Insel, so weit. Auf der Karte wirkt sie übersichtlich, aber man kann sich schnell verlieren ...*

»Aber wir haben uns doch nicht verloren?«

Er beugte sich tiefer über das Blatt. »Sozusagen. Daß die Insel viel größer ist, als es scheint, meine ich. Reicht das?«

Heute nachmittag war er auf der Bank am Watt eingeschlummert, die Jacke unter seinen Kopf gestopft. Er schlief mit Fragen ein, die er sich nun schon seit Tagen stellte. Warum ich, warum nur dieses eine Mal? Wer ist sie? Macht sie das öfter? Er erwachte durch das vorwurfsvolle Meckern einer Ziege. Er richtete sich auf, streckte die Hand aus, um das Tier zu trösten, kraulte es zwischen den Hörnern. »Nur ruhig, so schlimm ist das doch alles nicht. Durch dein Gejammer höre ich nicht einmal die Vögel.«

Hinter sich vernahm er schlurfende Schritte. Ein blondes,

etwa zwölfjähriges Mädchen kam auf ihn zu. Sie trug Jeans und zu große moddrige Schaftstiefel und versuchte, ein Liedchen zwischen den Zähnen zu pfeifen. Ihr weit fallender Pullover konnte nicht verhüllen, daß sie schon Brüste bekam. War sie vielleicht doch älter, als er zunächst angenommen hatte, dreizehn, vierzehn? Er schaute zu Boden, aus Angst, daß sie seine Blicke falsch auffassen könnte. Direkt neben der Bank blieb sie stehen, um mit einem Taschenmesser einen verschrumpelten Apfel in Stücke zu zerteilen.

»Paß auf, daß du dich nicht schneidest«, sagte er. In diesem Moment begriff er, daß er nie im Leben den Finger eines Wildfremden in den Mund stecken und das Blut herunterschlucken würde, mehrmals, bis es gestillt wäre. So töricht war er nicht und auch nicht so barmherzig. Er würde davor zurückschrecken, und nicht nur er. Es bedurfte keiner Umfrage, um zu wissen, daß die Chance, daß ihm so etwas noch einmal passieren würde, minimal war.

Er starrte vor sich hin auf das Wasser. An manchen Stellen, wo die Sonne durch die Wolken brach, glitzerte das graue Wattenmeer wie die Klinge eines Messers, die scharfe Kante an einem Schirm. Er schluckte und schluckte wieder. Es würde nicht noch einmal vorkommen, wie gern er es auch wollte.

Das Mädchen fütterte die Ziege mit ein paar Apfelstückchen, schon allein der Geruch ließ ihm das Wasser im Munde zusammenlaufen. »Auch ein Stück?« fragte sie und streckte ihm schon die Hand hin. Gierig griff er zu. »Lecker.« Er hatte einen gesunden Appetit, nein, ihm fehlte nichts, wirklich nicht, auch diese Wahnidee mußte er loslassen.

»Vielleicht hört das Geklage jetzt endlich auf«, sagte er und deutete mit dem Kopf auf die Ziege.

»Wenn Ziegen so meckern, gibt es Regen«, sagte das Mädchen.

»Woher weißt du das?«

»Das weiß man, wenn man hier wohnt.« So, wie sie das

sagte, hätte sie auch ein sechzigjähriger Fischer sein können; nur die Pfeife im Mundwinkel fehlte. »Ich laufe jeden Tag kurz auf den Deich. Es kommt ein Schauer, und was für einer.« Sie hatte recht. Große graue Wolken wurden über das Watt herangetrieben, so massiv und eindrucksvoll, daß sie selbst auch Inseln glichen.

»Ich gehe dann mal, ich werde erwartet. Wir wollten noch ans Meer, aber das können wir jetzt wohl vergessen.«

Das Mädchen nickte ernst, wischte das Messer am Ärmel ihres Pullovers ab und steckte es wieder ein. Sie gab der Ziege einen Klaps auf den Kopf, sagte ihnen beiden freundlich »tschau«, drehte sich um und stampfte pfeifend den Deich hinunter in Richtung Hafen.

Pia brütete noch über einem letzten Satz. »Schreib doch: ›Danke für die Gastfreundschaft‹«, sagte sie. »Du hast recht, ich sollte es nicht so tragisch nehmen. Und überhaupt, wer liest das schon? Der Besitzer selbst kommt nie hierher. Auf der ersten Seite steht ein Willkommensgruß, aber danach hat er nie mehr etwas geschrieben.«

»Das hast du überprüft?«

»Das war nicht schwer. Diese Handschrift taucht nicht noch einmal auf. Dafür ein Herman und eine Betty Slaghek, die sind hier fünfmal gewesen. Ihr Sohn ist gestorben, in Australien, ganz jung. Soll ich dir ein Stückchen vorlesen?«

Er sollte jetzt davon anfangen. Wenn sie sich das Leid wildfremder Menschen so zu Herzen nahm, bedrückte sie meistens etwas. Wahrscheinlich würde sie sogar erleichtert sein.

Beim Blättern fiel sein Blick auf eine Zeichnung mit zwei Zeilen darunter: *For once a thing is known, it can never be unknown. It can only be forgotten*, hatte jemand im August geschrieben. Das Bild stellte einen VW-Bus dar, auf dem »Mont Blanc« stand. Neben dem Fahrer war ein sommersprossiges Mädchen zu erkennen mit weit abstehenden

Pippi-Langstrumpf-Zöpfen. Es war gar nicht schlecht gezeichnet, aber worauf es sich bezog? Es gab kaum Autos auf der Insel. Er blätterte zurück, entdeckte eine Zeichnung von zwei Mondgesichtern mit roten Stacheln: Karlien hatte ihren Vater und ihre Mutter porträtiert; noch weiter vorn hatte jemand mit Wasserfarben den Strand, die See und eine rote, untergehende Sonne gemalt, oder war es ein aufblasbarer Ball, der am Horizont davonschaukelte?

Wenn er versuchen würde, mit ein paar Strichen zu skizzieren, was ihm geschehen war, was würde dann zu sehen sein? Ein Mann, der wegtrieb zum Horizont? Er begann, mit seinem Füllfederhalter etwas auf einen Zeitungsrand zu kritzeln: große Wolken, ein Schirm, ein Mann und eine Frau. Konturen, keine Gesichter. Es hatte etwas von dieser altmodischen Werbung einer Versicherungsgesellschaft – ein Ehepaar mit einem Schirm und einem angeleinten Hund – und erinnerte ihn an das Foto von seinem Vater mit der unbekannten Dame in Weiß.

Er setzte den Stift ab. Wollte er es Pia denn erzählen? Er mußte es loswerden, aber war das ein guter Grund? Würde ihn das nicht noch weiter von ihr wegtreiben? Würde es nicht zu endlosen verworrenen Gesprächen führen? Wollte er diese Erfahrung nicht viel lieber für sich behalten, in seiner Erinnerung bewahren, wie das Buchenblatt im Gästebuch?

In dem Moment, als er seinen Entschluß faßte, seufzte er unhörbar. Es war, als ob in ihm eine Seite umgeschlagen würde, ein viel zu eng beschriebenes Blatt voller Streichungen, Hinzufügungen, wütendem Gekritzel und mit Tintenklecksen.

»Warum weinst du?« hörte er Pia fragen.

Er wischte sich die Augen ab. Komisch, daß man Tränen nicht ansehen konnte, ob es bittere Tränen waren oder dankbare.

Sie streckte ihren Arm über den Tisch nach ihm aus und legte ihre Hand auf seine.

»Fühlst du dich alt, zur Seite geschoben?«
»Nicht mehr, jetzt nicht mehr.«
»Hätten wir es vielleicht doch nicht tun sollen?«
»Was?«
»In den Urlaub, zu fünft.«
»Vielleicht nicht, nein.«
Sie schaute ihn an, und er hatte das Gefühl, daß sie ihn noch etwas fragen wollte, sie zögerte, tat es aber nicht. Hatte auch sie den englischen Satz im Gästebuch gelesen und sich zu Herzen genommen?

Sie tranken ihren Tee und nahmen sich vor, noch für einige Tage nach Paris zu fahren. Oder nach London, da waren sie nicht mehr gewesen, seit sie Kinder hatten. Ein paar Tage zusammen weg, das würde ihnen guttun. Als sie aufstand, um zu duschen und ins Bett zu gehen, schlug er vor, hastig, fast unwirsch, als wäre es das erste Mal, daß er auch unten schlafen könnte.

»Auf diesem wackligen Klappbett, neben mir?« Sie ließ sich erstaunt wieder auf einen Stuhl fallen.

»Nein, neben dir im Doppelbett von den Kindern. Wenn es dir recht ist? Wenn du mich überhaupt noch haben willst? Es ist unser letzter Abend hier ...« Er machte einen schüchternen Witz: Als Liesbeth noch zu Hause wohnte, kroch sie, kaum waren ihre Eltern fort, mit Naud in deren Bett, jetzt war es umgekehrt.

Pia lächelte, und dieses eine Mal fand er es nicht schlimm, daß sie glaubte, ihn zu verstehen. Sie dachte offenbar, daß das Umschlagen seiner Laune mit der Abreise der jungen Familie zusammenhing. Sie hatte noch nicht ja oder nein gesagt, aber als sie aufstand, öffnete sie die Tür zum großen Schlafzimmer und stellte die Heizung höher.

Was höre ich da? Die Haustür, aber das kann nicht sein, die hatte ich doch bestimmt richtig zugezogen. O ja, Bram natürlich, hat sicher genug davon, drinnen zu sitzen. Vorhin stand er oben und rüttelte an der verschlossenen Tür: ob ich dafür keinen Schlüssel hätte? Nein, Bram. »Wirklich nicht, auch keinen Generalschlüssel? Aber Sie müssen doch überall rankönnen?« Er hielt sein Auge ans Schlüsselloch, legte sich auf den Bauch, um unter der Tür durchgucken zu können. Nein, Jungchen, ich brauche nicht überall ran. Jeder Mensch hat vermutlich so ein Zimmer in seinem Haus, und in seinem Kopf auch. »Aber vielleicht liegt da ja was ganz Gefährliches«, versuchte er noch, »ein Faß Benzin, Handgranaten oder eine Bombe aus dem Krieg?«

Er ist gerade mal elf, aber er hat mir schön geholfen. Alle Reste von Spaghetti, Reis, Zucker, Mehl, Kaffee in meine Einkaufstasche gepackt; die Papierkörbe geleert; die Kienäpfel, Muscheln, Kaninchenschädel, Stücke Schiffstau, toten Krabben, die die Gäste im Laufe der Saison angeschleppt haben, in Plastiktüten getan, eine für den Kamin und in die andere, was zurück soll ins Meer.

Schon ein merkwürdiges Hobby, den ganzen Plunder überall auszustellen. Es steht mir manchmal bis hier, denn es macht doch einen Haufen Arbeit. Aber dann denke ich: Wenn sie nun mal ihre Freude daran haben. Und wenn ich sehe, mit wieviel Liebe alles arrangiert ist, als ob es die Kronjuwelen wären, dann scheint es mir automatisch auch gleich wieder etwas Besonderes. Voriges Jahr habe ich Bram eine getrocknete Eidechse geschenkt, diesmal darf sich mein kleiner Nachbar selbst etwas aussuchen. Aber man merkt, daß es ein schlechter Sommer gewesen ist, es liegen weniger angeschwemmte Dinge auf dem Sims als in anderen Jahren.

Die Gäste sind häufiger dringeblieben, das sehe ich auch am Bücherbrett und an dem Bord mit Spielen. Außerdem klebt ein giftiger Zettel am Fernseher, daß er kaputt sei; in einem schönen Sommer stören die Leute sich nicht daran. Bram hat die Kartenspiele schon sortiert, doch übersehen, daß die Holzschienen vom Scrabble im Mensch-ärger-dich-nicht-Karton liegen und die Monopoly-Figuren zwischen den Damesteinen. Das werde ich diese Woche ordnen, ich muß sowieso noch mal wiederkommen für das Badezimmer, die Küche, die Waschbecken, sämtliche Fenster. Den nassen Kram mache ich am liebsten, wenn die Sonne scheint. An einem kalten Tag wie heute pansche ich nicht länger als nötig mit Wasser herum.

Gleich, wenn alles erledigt ist, koche ich ihm eine Tasse Kakao, und dann darf er lesen, was die Gäste in das Buch geschrieben haben. »Warum nicht jetzt?« hat er gefragt. Weil ich das, was ich hier gerade tue, erst noch fertigmachen muß: Staubsaugen, mit einem Flederwisch an den Zimmerdecken entlang, die Matten auf die Terrasse; die Sofakissen lüften und ausklopfen, die Gardinen von den Stangen, Leiter rauf, Leiter runter, die Matratzenauflagen, Kissenschoner und Decken zusammenlegen und stapeln, die holt Brams Vater morgen mit dem Jeep ab. So ein Junge hat doch keine Ahnung. Der sagt mit strahlendem Gesicht, daß er sich später ein ganz großes Haus »nimmt« mit mindestens zehn Zimmern, eins für seine Eisenbahn, eins für sein Lego, eins für seine Computer, eins für sein Wasserbett.

Was noch? O ja, die Vorhänge im Seitenzimmer. Die werde ich ersetzen, die sind so verschlissen, daß man praktisch hindurchsehen kann. Ich werde Putzlappen daraus machen, ich poliere meine Schuhe immer noch mit einem alten Oberhemd von Jelte, und auch mit diesem Geschirrtuch, das hier voriges Jahr liegengeblieben ist. Durch so einen Lappen kommen wieder allerlei Erinnerungen hoch.

Ach, nun sieh sich einer Bram an, da hat so ein Kind haufenweise Spielzeug zu Hause und spielt hier selig mit Papierfliegern. Er ist verrückt auf Düsenjäger, das kommt durch seinen Vater, der war während seiner Dienstzeit auf dem Vliehors stationiert und ist dann an einem Inselmädchen hängengeblieben. Sonntags, wenn die rote Fahne nicht gehißt ist und keine Schießübungen sind, nimmt er Bram manchmal mit, um sich auf dem Vliehors umzusehen. Nein, ich rufe ihn nicht herein. Ein Kind, das so schön spielt, soll man nicht stören. Guck, da fliegt wieder so ein Papierdüsenjäger im Wind davon, über die Düne, und da noch einer ... Ich lege das Gästebuch schon mal auf dem Tisch bereit und wärme die Milch auf, es ist noch eine halbe Rolle Kekse da.

Jetzt, wo Bram draußen ist, habe ich ein bißchen Zeit. Wenn er mir auf die Finger sieht, habe ich keine Ruhe, und bei dieser kniffligen Aufgabe muß ich einen kühlen Kopf bewahren. Wo sind sie bloß, sie lagen doch hier, neben den Autohandschuhen? Hier lagen sie, ich spinne doch nicht. Ich will nur mal schauen, ob ich sie nicht selbst einkleben kann mit diesem Zeug vom Buchbinder. »Es gibt einen Unterschied zwischen Restaurieren und Reparieren, letzteres können Sie auch selbst«, hat er gesagt, und dann hat er mir so eine Packung zum Probieren mitgegeben. Wenn es nicht klappt, darf ich sie zurückbringen, es ist eine orangefarbene Dose Filmoplast: »Selbstklebendes, hauchdünnes, transparentes Spezialpapier. Zum unauffälligen Ausbessern eingerissener Seiten.« Die nun weg sind. Sie können doch nicht einfach so verschwinden?

Bram wäscht die Tassen ab. Bramilein tut brav alles, worum ich ihn bitte. Er denkt, daß ich ihm böse bin. Wir sind noch eine Weile durch die Dünen gezuckelt, haben einen der Flieger gefunden, mit der Spitze im Sand, der Rest war weggeflogen.

»Es ist so guter Flugzeugwind«, sagte Bram. »Den hat man nicht jeden Tag. Wenn zuviel Wind ist, klappt es nicht, wenn es regnet, geht es auch nicht. Es geht eigentlich nie... Sie lagen auf dem Fußboden«, sagte er bedeppert, »neben dem Papierkorb, wirklich, da lagen sie, und darum dachte ich, daß Sie sie wegwerfen wollten und daß sie nur danebengefallen sind.«

Er wurde rot wie eine Tomate, als er es erzählte. Vielleicht flunkert er, konnte er einfach nicht die Finger davon lassen. Vielleicht hat die Zugluft sie vom Tisch geblasen, direkt neben den Papierkorb. Jedenfalls sind sie jetzt weg, die Seiten des letzten Gastes vom vorigen Sommer, alle sieben, und ich brauche mir nicht mehr den Kopf zu zerbrechen, was ich damit anstellen soll.

»Es macht nichts, Bram«, habe ich schon ein paarmal durch die Luke gerufen.

»Was stand denn in den Papieren?«

»Etwas über das Leben einer Frau.«

»Was denn?«

»Dinge, die sie aufgeschrieben haben wollte, bevor sie gestorben ist.«

»Ist sie jetzt tot?«

»Ja ... äh nein.«

»Ist sie nun tot oder nicht?«

»Ja, ich denke schon.«

»Was war es, etwas Wichtiges?«

»Ich finde ja.«

»Aber was denn?«

»Solche Gedanken ... daß man als Mensch nur zu Gast ist auf der Welt. Daß einem nichts wirklich gehört, nur der Name.«

»Und Sie sollten diese Seiten aufbewahren?«

»Ich oder jemand anderes. Oder niemand. Das weiß ich eben nicht.«

»Ich kann noch mal allein suchen gehen. Ohne Sie laufe ich viel schneller.«

»Nein, laß nur. Es ist gut so.«

Dieses Gespräch haben wir schon viermal geführt. So geht es nicht weiter. Ich muß ihn ablenken, aber womit? Ich will nicht, daß er mit dem Gefühl nach Hause geht, etwas falsch gemacht zu haben.

Selbst das Gästebuch konnte ihn nur mäßig fesseln. Lediglich die Zeichnung von einem winkenden Mädchen in einem Auto fand er witzig. Wir haben eine Weile hingestarrt: was hat sie bloß in der Hand, eine Fahne, einen Lappen? »Ich würde eine Bildergeschichte ins Gästebuch malen«, sagte er, »in Farbe, mit Filzstift.«

Eine Geschichte ... ich werde ihm eine Geschichte erzählen. Über die Frau mit den verschwundenen Seiten, daß ich sie im Zimmer stehen sah, als der Vorhang für einen Moment aufgeweht wurde. Einen Tag später kam ich zurück, klingelte, und ein Mann machte mir auf. Er behauptete, daß er dort allein wohnen würde ... Laß nur, viel zu kompliziert. Bram mag am liebsten Geschichten von früher. Als er klein war, stellten seine Eltern das Babyphon zu mir, wenn sie Jaß spielen gingen, doch ich schaute immer selbst noch einmal nach, ob er gut drinlag. Wenn es ihm zu lange dauerte, rief er mich, durch den Apparat, so winzig, wie er war: »Sie sind weg, komm ...« Und dann mußte ich erzählen.

»Auf Vlieland wohnte einmal ein Mann, Frits hieß er. Der hatte einen großen Wunsch: ein seetüchtiges Schiff zu besitzen und damit nach England zu fahren und vielleicht sogar noch weiter weg. In welchen Hafen er auch kam, er schaute immer, ob dort eins lag, das ihm gefiel. Eines Tages, nach Monaten der Suche, fand er einen Kutter, die ›Suo

Marte‹, und das bedeutet: Aus eigener Kraft. Er fuhr damit nach Hause zurück und steckte ein Jahr lang seine ganze Freizeit in das Schiff. Er veränderte alles mögliche, bis es genau seinen Vorstellungen entsprach. Nur den Namen ließ er stehen, denn ein Schiff muß den Namen behalten, den es bei seiner Taufe bekommen hat.

Doch nicht lange nachdem das Schiff fertig war, wurde Frits krank. Er merkte, daß er zu schwach war, um das Stützsegel zu hissen, das Ruder im Zaum zu halten. Alles war ihm zuviel. Zuerst lag der Kutter noch eine Weile im Hafen von Vlieland, aber dann beschloß Frits, schweren Herzens, ihn zu verkaufen. Ein Schiff muß unterhalten werden, es muß regelmäßig abgeschmirgelt und gestrichen werden, mit den Fingern muß man den Mast auf Schwachstellen und kleine Risse abtasten, die durch das Aufprallen auf die Wellen tiefer werden können. Man muß damit fahren; kein traurigeres Schauspiel als ein Schiff, das einen ganzen Sommer am Landungssteg liegt, während das Deck immer glitschiger wird, das Tauwerk grün.

Also gab er eine Annonce auf, und schon bald meldete sich ein Käufer. Der neue Eigner nahm das Schiff mit und brachte es nach Friesland, um die Seen befahren zu können. Bei der Übergabe sagte Frits, daß er und die ›Suo Marte‹ jederzeit auf Vlieland willkommen seien. Es war damals, glaube ich, daß der neue Eigner sagte, es sei ein schönes Schiff, nur dieser Name, ›Suo Marte‹, das klinge nach nichts. Er würde sich einen anderen Namen ausdenken.

Frits wurde immer kränker, und im Juli, vor gut vier Jahren, starb er. Am Tag, als er begraben wurde, an genau diesem Tag, lag das Schiff, für das dem neuen Eigner in den anderthalb Jahren noch kein anderer Name eingefallen war, im Hafen von Harlingen. Er wollte mit seiner Frau auf die Inseln, dort war er die ganze Zeit nicht mehr gewesen. Er schwankte: zu welcher Insel sollten sie fahren, Terschelling oder Vlieland? Auf der Karte hatte er gesehen, daß er sich erst im allerletzten Moment zu entscheiden brauchte. Jetzt geht das natürlich nicht mehr, das Schuitengat ist versandet. Heute müssen die Schiffe nach Terschelling ganz außen rum, über West Meep und Slenk, aber er konnte seinen Entschluß noch ein wenig aufschieben.

Indessen gingen Hunderte Trauergäste an Bord der Fähre. Um pünktlich auf der Beerdigung zu sein, nahmen sie die Neunuhrfähre. Als sie eine Weile unterwegs waren, erblickte einer von ihnen ein Schiff, das ihm bekannt vorkam. ›Das sieht aus wie das alte Schiff vom Frits‹, rief er.

Der neue Eigner hatte keine Ahnung. Es fiel ihm auf, daß die Fähre sehr voll war für einen Wochentag und die frühe Stunde. Und wenn er schon sah, daß viele Passagiere an Deck dezent gekleidet waren, in Grau, Schwarz und Dunkelblau, so dachte er sich nichts weiter dabei. Er mußte einen kühlen Kopf bewahren. Es war das erste Mal, daß er mit dem Schiff über das Watt setzte, und ohne erfahrene Besatzung an Bord. Immer wieder schaute er auf die Karte, und ansonsten spähte er angestrengt durch sein Fernglas nach den Nummern auf den Tonnen.

Er hatte etwa sechzehn Meilen zurückgelegt, sie waren bereits am Richel – du weißt schon, diese große Sandbank, wo immer so viele Seehunde liegen –, als es stärker zu wehen begann. Nordwestwind, eine höckrige See, das Schiff stampfte fürchterlich. Er übergab seiner Frau das Ruder und hißte das Stützsegel. Nach dem Richel fällte er eine Entscheidung und hielt direkt Kurs auf die Trennungstonne zwischen Vliestroom und Schuitengat: nach Terschelling, das schien ihm das einfachste.

Doch ehe er die Tonne erreicht hatte, fing das Segel nervös an zu flattern. Sie mußten noch einmal wenden, über Backbord, Richtung Vlieland, bevor er den letzten Schlag machen konnte. Er sagte seiner Frau, was er vorhatte, rief ›klar zur Wende‹, und sie fuhren dahin. Kaum hatte er das Segel befestigt und das Ruder wieder von seiner Frau übernommen, da merkte er, daß das Schiff schon ruhiger auf den Wellen lag. Es waren keine Baken in der Nähe, an denen er es hätte abmessen können, aber es schien, als ob sie immer schneller würden, sie flogen über das Watt. Er spürte es jetzt ganz deutlich: die Flut kenterte und zog sie mit großer Kraft in den Vliesloot hinein. Er brauchte nichts mehr zu tun, er konnte in einem fließenden Bogen, mit dem Strom, auf Vlieland zulaufen.

›Was machst du denn jetzt?‹ fragte seine Frau, als sie ihren Kopf aus der Plicht steckte und zu ihrer großen Verwunderung ein grünes Schild sah, auf dem stand: Vlieland grüßt Sie. ›Wir wollten doch nach Terschelling?‹ Er ließ sich nichts anmerken. ›Ich dachte: Ach, laß uns nach Vlieland fahren, dann können wir noch eben bei Frits vorbeischauen.‹ Er blickte geradeaus, zu einem Mann, der ihnen auf der Landungsbrücke entgegenkam. ›Jetzt mal nicht reden, Spatz, ich muß aufpassen. Lauf du mit dem Haltetau nach vorn.‹

›Sie sollten sich beeilen‹, sagte der Hafenmeister, der die ›Suo Marte‹ schon von weitem erkannt hatte.

›Beeilen, wieso?‹

›Sie kommen doch zur Beerdigung?‹

›Was meinen Sie?‹

›Die Beerdigung von Frits.‹

Der neue Eigner erbleichte. Er wußte von nichts. Er wußte nicht, daß Frits gestorben war, nicht, daß er heute begraben wurde. Keine Stunde, nein, keine halbe Stunde war es her, daß er beschlossen hatte, nach Vlieland zu fahren. Beschlossen? Ihn schauderte.

Auf der Insel ging es wie ein Lauffeuer herum, daß das Schiff von Frits in den Hafen eingelaufen war. Aber niemand wagte, es der Witwe zu erzählen. Sie hörte erst eine Woche später, daß, eine Viertelstunde vor der Beerdigung ihres Mannes, sein Schiff nach Vlieland zurückgekehrt war.«

Bram lauschte mit roten Ohren. Mir fiel noch ein, daß das Schiff schließlich doch keinen anderen Namen bekommen hat. Bis zum heutigen Tag heißt es »Suo Marte«. Auch das fand Bram toll, ja, nun war die Geschichte erst richtig zu Ende. Als er seine zweite Tasse Kakao ausgetrunken hatte und die Jacke anzog, um nach Hause zu gehen, sagte er: »Wenn das Schiff wußte, daß es an diesem Tag nach Vlieland zurückmuß, wissen die Flugzeuge es vielleicht auch.«
»Meinst du?«
»Ja«, sagte er, »ich würde doch mal nachschauen, ab und zu, ob nicht eins zurückgeflogen ist.«
»Weißt du, Bram, die Worte, die dein Flugzeug mitgenommen hat, sind nicht weg, sie sind noch in meinem Kopf. Und wenn ich will, kann ich sie weitererzählen. Nicht genau so, wie sie es geschrieben hat, aber auf meine Weise.«
Bram lächelte erleichtert. Ihm graute wahrscheinlich ein wenig davor, jede Woche bei mir nachzufragen, ob noch ein weißer Düsenjäger auf der Türmatte von »Dünenrose« gelandet ist. Jetzt ist er weg, da radelt er, am Waldrand entlang. Er manövriert ganz vorsichtig um die Schlaglöcher herum, denn in seinem Rucksack steckt das rosa Ei, das auf dem Sims überwintert hat. Wir haben es in meterweise Toilettenpapier gewickelt und dann in Zeitungen verpackt. Bram hat beschlossen, leere Eier zu sammeln, und dieses, bei dem nur ein Stückchen fehlt, ist das erste Exemplar in seiner Sammlung. Nicht vergessen, nachher zu fragen, ob das Ei heil zu Hause angekommen ist. Doch nun erst einmal verschnaufen, hier auf der Bank am Fenster. Wo ist das Gästebuch, und wo meine Brille? Mal sehen, was die Gäste diesen Sommer daraus gemacht haben.

Die Geschichten in diesem Buch sind eigenständig, wenngleich einzelne der Personen auch im Roman *Inselgäste* (1999, dt.: 2001) vorkamen. Wer zurückblättern möchte: die verschwundenen Seiten, die die Putzfrau findet, bilden das Schlußkapitel von *Inselgäste* (Kapitel VI, S. 177). Martine, die in Kapitel II mit ihrer Mutter nach Vlieland kommt, war im letzten Jahr auch da (Kapitel II, S. 38). Der alte Mann, der in Kapitel IV klingelt und neugierig hereinschaut, erlebte im vorigen Buch eine Woche lang ein einsames Abenteuer in »Dünenrose« (Kapitel III, S. 75). Alles, was Herman und Betty Slaghek zwischen 1994 und 1997 ins Gästebuch geschrieben haben, findet sich in Kapitel IV, ab S. 135.

Der Liedtext »Louise, hör auf, an den Nägeln zu kauen« auf Seite 21 ist von Lou Bandy. Das niederländische Original »Louise, zit niet op je nagels te bijten« wurde dem Band *Toen wij van Rotterdam vertrokken. Nederlandse liederen uit de 20ste eeuw* (Bert Bakker, Amsterdam 1987) entnommen. Die Verszeile auf Seite 126 f. kommt aus dem Gedicht »Kortom« (»Kurzum«) von Guillaume van der Graft aus dem Band *Mytologisch* (De Prom, Baarn 1997). Das englische Zitat auf Seite 184 stammt aus *Look at me* (Vintage Books, New York 1997) von Anita Brookner.

Vonne van der Meer

Inselgäste

Roman

*Aus dem Niederländischen
von Arne Braun*

208 Seiten
Band 1840
ISBN 3-7466-1840-1

Ein Häuschen in den Dünen, auf einer Insel im Wattenmeer. Die Saisongäste geben einander die Klinke in die Hand. Und was sie nicht alles treiben! So manches Mal wünschte sich die Putzfrau, daß sie sehen könnte, was in dem Ferienhaus vor sich geht, und daß die Wände reden könnten. Doch ihr Wunsch bleibt unerfüllt. Zeuge jener Träume und Geheimnisse, die die Gäste im Haus »Dünenrose« mit sich herumtragen, wird allein der Leser.

»In ihrem sonnendurchwärmten Roman erzählt Vonne van der Meer von den Wechselfällen des Lebens und den Ausnahmebedingungen des Inseldaseins.«

Die Zeit

»Was uns an den Geschichten anrührt, sind die sehr feine Zeichnung der Charaktere und die eindringliche Schilderung von Erlebnissen, die leicht unsere eigenen sein könnten.«

FAZ

»Unbedingt im Strandkorb lesen – oder im Ferienhaus«

Marie Claire

A^tV
Aufbau Taschenbuch Verlag

Willem Frederik Hermans

Die Dunkelkammer des Damokles

Roman

*Mit einem Nachwort
von Cees Nooteboom*

*Aus dem Niederländischen
von Waltraud Hüsmert*

*415 Seiten. Gebunden
ISBN 3-378-00640-4*

Nach über 40 Jahren erstmals in deutscher Übersetzung: Mit »Die Dunkelkammer des Damokles« hat Willem Frederik Hermans einen der raffiniertesten Romane der modernen Literatur geschrieben.

»Die niederländische Literatur dieses Jahrhunderts ist ohne Willem Frederik Hermans undenkbar.«
Cees Nooteboom

»Auch die europäische Literatur wäre ärmer ohne ihn. Privates und Politisches zu transformieren – darin ist Hermans ein Riese, auf dessen Schultern Zwerge stehen.«
Süddeutsche Zeitung

»Diesen Roman müssen wir irgendwo zwischen Dostojewski, Kafka und Boves' genialem Roman ›Die Falle‹ ansiedeln. Schöpferischer Nihilismus in Hochpotenz.«
Nürnberger Nachrichten

Willem Frederik Hermans
Nie mehr schlafen
Roman

Neuübersetzung

*Aus dem Niederländischen
von Waltraud Hüsmert*

*319 Seiten. Gebunden
ISBN 3-378-00645-5*

Mit der »Dunkelkammer des Damokles« hat Willem Frederik Hermans bereits einen großartigen Roman vorgelegt, nun erscheint sein wichtigstes Buch endlich in einer brillanten Neuübersetzung: Meisterhaft schildert er in seinem vielleicht suggestivsten Roman »Nie mehr schlafen« das Scheitern eines wahnhaft ehrgeizigen Menschen – und liefert damit eine perfide Satire auf unser Streben nach Glück und Erkenntnis.

»Hermans will nicht nur als (Anti-)Niederländer gelesen werden, sondern als europäischer Dichter, der die Traditionen von E. T. A. Hoffmann und Kleist, Kafka und Leo Perutz, Céline und Sartre auf einzigartige Weise integriert und fortgeführt hat. Dazu muss uns jedoch Gelegenheit zu lesen gegeben werden. Der Anfang ist endlich gemacht.« *Neue Zürcher Zeitung*

Mehr Infos unter www.willem-frederik-hermans.de

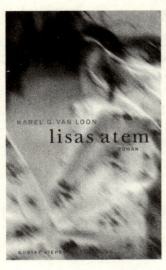

Karel G. van Loon
Lisas Atem

Roman

*Aus dem Niederländischen
von Arne Braun*

240 Seiten. Gebunden
ISBN 3-378-00639-0

Lisa war gerade siebzehn geworden, als sie während eines Urlaubs in der Bretagne verschwand. Die Eltern suchten erfolglos nach ihr. Die Polizei hat die Nachforschungen nach jahrelangen Ermittlungen eingestellt. Ist Lisa entführt worden? Hat sie Selbstmord begangen? Niemand ahnt, was mit der jungen Frau geschah. Die verzweifelten Eltern müssen damit umgehen lernen, daß ihre Fragen nach Lisas Geheimnis unbeantwortet bleiben. Doch der junge Talm will sich nicht damit zufriedengeben – für ihn war Lisa die erste große Liebe ...

»Ein Autor, der genau hinsieht und hinspürt – und mit seinen großen kleinen Beobachtungen ebenso in Bann zieht wie mit grandiosen Sätzen und Gedanken.« *Frankfurter Rundschau*

»Mit Leichtigkeit, raffiniert, komisch und elegant erzählt van Loon von großer Liebe und vielen Toden.« *Brigitte*

Gustav Kiepenheuer
VERLAG

Zoë Jenny
Ein schnelles Leben
Roman

165 Seiten. Gebunden
ISBN 3-351-02951-9

Mit ihrem Debüt »Das Blütenstaubzimmer« wurde Zoë Jenny schlagartig berühmt. Nun legt sie ihren dritten Roman vor. Er schildert die Liebe zwischen Aise und Christian, dem türkischen Mädchen, das vom Bruder bewacht wird, und dem Jungen, der einen Rechten zum Freund hat – eine moderne Romeo-und-Julia-Geschichte, erzählt in der klaren, unverwechselbaren Sprache einer Autorin, die schon heute als wichtige Stimme der Gegenwartsliteratur gilt.

»Eine junge Autorin, die aus einer Geschichte Literatur zu formen, Existenz in Sprache zu verwandeln weiß.«

Neue Luzerner Zeitung

»So eindringlich, so knapp, so präzise, so scheinbar nüchtern und doch voller Emotionalität und dichter Atmosphäre ist in der jungen Generation noch nicht erzählt worden.« *Lesart*

Aufbau-Verlag

Marc Levy
Solange du da bist
Roman

*Aus dem Französischen
von Amelie Thoma*

277 Seiten
Band 1836
ISBN 3-7466-1836-3

Was tut man, wenn man in seinem Badezimmerschrank eine junge hübsche Frau findet, die behauptet, der Geist einer Koma-Patientin zu sein? Arthur hält die Geschichte für einen Scherz seines Kompagnons, er ist erst schrecklich genervt, dann erschüttert und schließlich hoffnungslos verliebt. Und als er eines Tages begreift, daß Lauren nur ihn hat, um vielleicht ins Leben zurückzukehren, faßt er einen tollkühnen Entschluß.

Marc Levys wundervolle Lovestory, für die sich Steven Spielberg die Filmrechte sicherte, wurde in 28 Sprachen übersetzt und verkaufte sich allein in Deutschland 100000 mal.

»Eine körperlos leichte Liebesgeschichte.«

Cosmopolitan

»Zwei Stunden Lektüre sind wie zwei Stunden Kino: Man kommt raus und fühlt sich einfach gut, beschwingt und glücklich und ein bißchen nachdenklich.«

Focus

A^{t}V
Aufbau Taschenbuch Verlag

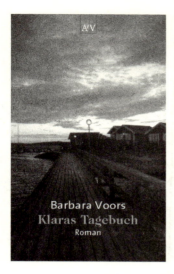

Barbara Voors
Klaras Tagebuch
Roman

*Aus dem Schwedischen
von Gisela Kosubek*

*302 Seiten
Band 1835
ISBN 3-7466-1835-5*

Saskia van Ammer führt mit ihrem Mann und ihrer Tochter ein glückliches Leben in Amsterdam, bis ein harmloser Fahrradunfall ihre mühsam verdrängte Vergangenheit wieder wach werden läßt: Erinnerungen an einen Todesfall und an ihre Zwillingsschwester Klara, die seit zehn Jahren verschwunden ist. Saskia sucht Zuflucht und Vergessen in den schwedischen Schären, dem Ort ihrer Kindheit. Dort warten nicht nur Klaras Tagebücher auf sie, sondern auch Kriminalinspektor Adolfsson, der immer geahnt hat, daß nicht alles aufgedeckt wurde, als man den Fall damals zu den Akten legte.

»Ein spannendes Buch von einer jungen Autorin, die wirklich eine Geschichte erzählen kann.«
Marianne Fredriksson

A^{t}V
Aufbau Taschenbuch Verlag

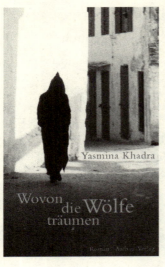

Yasmina Khadra
Wovon die Wölfe träumen
Roman

*Aus dem Französischen
von Regina Keil-Sagawe*

*331 Seiten. Gebunden
ISBN 3-351-02938-1*

Ein hochbrisanter Roman über die Tragödie unserer Zeit: Yasmina Khadra schildert die blutige Karriere des jungen, liebenswerten Nafa Walid vom Taxifahrer zum Killer der Bewaffneten Islamischen Gruppe.

»Der erste große Roman über das algerische Drama der neunziger Jahre. Erschreckend, fesselnd, lehrreich und gut übersetzt.« *F.A.Z.*

»Mit halluzinatorischer Kraft beschreibt das Buch die Verwandlung eines liebenswürdigen jungen Algeriers in ein wahllos tötendes Monster.« *Der Spiegel*

»Wenn es Hoffnung gibt, dann allein durch Bücher wie dieses, die sich dem illusionslosen Blick in die Hölle von Menschen und den von ihnen geschaffenen Gesellschaften nicht verweigern.« *Die Welt*

»Leute, lest dieses Buch!« *Daniel Cohn-Bendit*

Aufbau-Verlag

Literarische Spaziergänge mit Büchern und Autoren

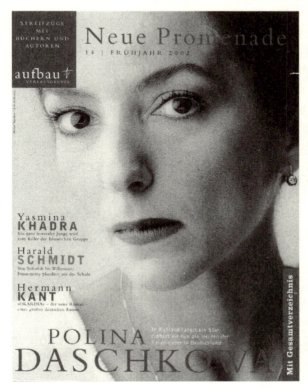

Das Kundenmagazin der Aufbau Verlagsgruppe
Kostenlos in Ihrer Buchhandlung

Aufbau-Verlag   Rütten & Loening   Aufbau Taschenbuch Verlag   Gustav Kiepenheuer   Der >Audio< Verlag

Oder direkt: Aufbau-Verlag, Postfach 193, 10105 Berlin
e-Mail: marketing@aufbau-verlag.de
www.aufbau-verlag.de